Mr. Sebastian
&
o Fantástico
Mágico Negro

Daniel Wallace

Mr. Sebastian & o Fantástico Mágico Negro

Tradução
Débora Landsberg

Título original
MR. SEBASTIAN AND
THE NEGRO MAGICIAN

Copyright © 2007 *by* Daniel Wallace
Todos os direitos reservados

Este livro é uma obra de ficção. Nomes, personagens, negócios, organizações, lugares, acontecimentos e incidentes são produtos da imaginação do autor ou foram usados de forma fictícia. Qualquer semelhança com pessoas reais, vivas ou não, acontecimentos ou localidades, é mera coincidência.

Direitos para a língua portuguesa reservados
com exclusividade para o Brasil à
EDITORA ROCCO LTDA.
Av. Presidente Wilson, 231 – 8º andar
20030-021 – Rio de Janeiro – RJ
Tel.: (21) 3525-2000 – Fax: (21) 3525-2001
rocco@rocco.com.br
www.rocco.com.br

Printed in Brazil/Impresso no Brasil

CIP-Brasil. Catalogação na fonte.
Sindicato Nacional dos Editores de Livros, RJ.

W179m   Wallace, Daniel, 1959-
          Mr. Sebastian e o fantástico mágico negro / Daniel Wallace; tradução de Débora Landsberg. – Rio de Janeiro: Rocco, 2011.

          Tradução de: Mr. Sebastian and the negro magician
          ISBN 978-85-325-2623-6

          1. Mágicos - Ficção. 2. Romance norte-americano. I. Landsberg, Débora. II. Título.

10-5936   CDD-813
                                        CDU-821.111(73)-3

Para meus filhos:
Abby, Lillian e Henry

2 de julho de 1959

Minha querida,
  Preciso lhe contar uma história.
  Depois que enterramos o nosso Henry e viemos para casa, retornei ao Alabama. Precisava voltar. O que me atraiu foi o peso de todas as coisas que eu não sabia. Quando cheguei lá, tive a oportunidade de conversar com algumas pessoas com quem Henry trabalhou em seus últimos anos de vida – seus últimos amigos. Você os conheceu de vista. Na época, pareceram muito bizarros, não é? A forma como olhavam para nós, como se tivéssemos entrado em seus mundos pelas frestas de um pesadelo, o que os deixava quase mudos de tristeza. Entretanto, eu sabia que poderiam me dizer alguma coisa; e voltei na esperança de que falassem. E falaram mesmo. No final das contas, demonstraram ser pessoas amistosas e acessíveis, ao contrário do que se esperaria de pessoas com profissões tão peculiares e temperamentos tão singulares. Acho que lhe contei que eu estava em Savannah, numa viagem a negócios, uma mentira pela qual agora lhe peço perdão. Mas queria saber tudo o que pudesse a respeito de Henry. Nunca parei de pensar nele. Nunca consegui me esquecer da expressão em seu rosto naquele último dia. É uma imagem que me persegue em sonhos, e sei que me perseguirá até a morte. Não fiz nada de errado. Mas é como se eu estivesse no meio da imensidão do oceano, em um barco salva-vidas com espaço só para dois, e Henry estivesse boiando ali, gritando por mim, estendendo o braço – e eu tivesse de vê-lo afundar.
  Isso que temos aqui é tudo o que sei. Nunca esperamos viver do jeito que vivemos, e tenho certeza de que Henry não esperava nem desejava ter tido a vida que teve. A diferença é que tivemos sorte, e Henry não. Uma parte de mim gostaria que Henry continuasse um mistério para sempre, mas, no fundo, acho melhor sabermos tudo o que for possível sobre as pessoas, compreendê-las, principalmente quando se trata de membros da nossa própria família – que às vezes são as pessoas mais misteriosas que conhecemos. Talvez um dia, seu filho, meu neto, leia estes papéis. Acho importante conhecermos a história de Henry e sabermos o papel que tivemos nela. Não fiz nada de errado, mas espero que você me perdoe mesmo assim.

James

Uma longa história

20 de maio de 1954

Jeremiah Mosgrove – o proprietário do Circo Chinês de Jeremiah Mosgrove – contratou Henry Walker quatro anos atrás, bem na metade do século XX; contratou-o praticamente no instante em que ele pisou em seu escritório: precisava de um mágico. Tinha quase um ano que o espetáculo estava sem mágico, desde a época de Rupert Cavendish. *Sir* Rupert Cavendish era seu nome completo, e tinha sido um prestidigitador habilidoso – quer dizer, até perder a maioria de seus dedos em um debulhador. Mantiveram-no por um tempo como adivinhador de peso e idade. Mas ele sempre exagerava ambos os números, e em pouco tempo as pessoas começaram a evitá-lo. A última notícia que Jeremiah teve foi de que ele conseguira emprego em uma granja, retirando as tripas dos frangos. Desde então, mais nada. E o que é um circo sem mágica? Mal podia ser chamado de circo.

Antes de se tornar o dono, Jeremiah – um homem enorme, com pelos cobrindo quase que o corpo inteiro – era o Homem-Urso: as pontas de seus dedos e o brilho de suas bochechas eram as únicas provas de que ele tinha pele. Mas sempre teve sonhos, e, quando o proprietário do circo morreu (de causas naturais surpreendentemente, nesse mundo de aberrações e casos aberrantes), Jeremiah usou seu tamanho intimidante e sua lábia para ascender ao trono, onde está desde então. Nada mudou desde sua posse, exceto o nome: apesar de nunca ter havido qualquer chinês ligado ao circo, Jeremiah gostava da sonoridade. Então ficou "Circo Chinês".

No dia em que Henry chegou, o escritório de Jeremiah era uma tábua de compensado equilibrada sobre dois cavalos de madeira e uma cadeira, sem paredes nem teto, atapetado com palha e bosta de cavalo, no canto de um terreno que escolhera para montar o espetáculo. Henry aparecera do nada. Depois, algumas pessoas disseram que o viram vagando sozinho por uma longa estrada, ou se arrastando na sarjeta, ou algo assim: a história de um aparecimento misterioso para apoiar o desaparecimento misterioso que aconteceria quatro anos mais tarde.

– Me mostre o que você sabe fazer – disse-lhe Jeremiah, perfeito homem de negócios. Mas Henry, fraco, magro e trêmulo, sabia quase nada. O baralho de cartas velhas que tirou do bolso era como confete em suas mãos nervosas. Por fim, conseguiu pressionar uma carta, criar uma flor, transformar a água em vinho. A verdade, contudo, é que ele pouco tinha além de sua presença magnífica: era alto, esquelético, amaldiçoado – e negro. Um homem negro de olhos verdes – um mulato –, e foi por isso, no final, que Jeremiah o contratou. Ele não poderia deixar escapar uma estratégia de marketing de tal dimensão. Pois um mágico não era nada, na verdade, do mesmo modo que uma vaca não era nada. Mas um mágico negro – ou, digamos, uma vaca com duas cabeças – era, sim, *algo*. Ainda melhor que um acrobata chinês. Jeremiah achou que a incapacidade de Henry de fazer qualquer coisa estupenda (Henry achava isso uma espécie de impotência, depois de tantos anos de potência) talvez funcionasse a seu favor, pelo menos diante das plateias das cidadezinhas sulistas de onde Jeremiah tirava seu sustento. Portanto, ele o contratou, e sua previsão se concretizou. Assistir a um negro fracassar era divertido. Era reconfortante. Um mágico branco que se apresentasse como Henry – deixando cair as cartas, sufocando um pássaro dentro do paletó por acidente, e que, ao serrar uma mulher ao meio, quase chegou a cortá-la de verdade (ela ficou bem, depois que a enfaixaram) – seria uma demonstração triste e patética da incompetência pura e simples. Mas *Henry, o Mágico Negro* – o mágico negro desprovido de mágica –, bem, era uma comédia, e as plateias nunca se cansavam de assisti-la. Ele se apresentava para uma tenda lotada todas as noites.

A noite em que Henry conheceu os três rapazes não foi a mesma em que eles vieram pela primeira vez; foi a terceira. Ele já os tinha visto em ocasiões suficientes – e entreouvido conversas entre eles – para ser capaz de identificá-los. Tratava-se de Tarp, Corliss e Jake. Todos estavam bem no finalzinho da adolescência. Tarp: maldoso, cruel, seco e rijo como uma corda. Corliss: uma banha de massa e músculos, grande como um cavalo, mas sem sua inteligência. E Jake. O reservado. Irmão caçula de Tarp. Jake não o agrediria, mas também não faria nada para ajudá-lo, intimidado pela determinação de seu irmão e o tamanho de Corliss. A cada noite se sentavam mais à frente, e agora estavam na primeira fila. A tenda de Henry não era muito grande – todo mundo, até a mulher gorda, tinha uma tenda maior que a dele –, mas lotada, era literalmente lotada, e isso lhe dava um pouco de satisfação, um leve prazer, no mínimo. Quando Henry dava uma olhadinha pela cortina e colocava uma tina de água nos baldes de gelo seco dispostos estrategicamente em volta do palco, fora do campo de visão da plateia, ele tinha a ilusão de sucesso, o que, em sua situação atual, tinha de lhe bastar. A ilusão sempre foi sua vida.

O espetáculo começou. Um tapete de fumaça realçado por um trio de lanternas presas com cordas a tábuas de madeira precediam sua entrada previsível.

Sua cena, da forma apresentada, era uma paródia do que todo mundo já imaginava ser um espetáculo de mágica. Ele usava um fraque preto, camisa branca, gravata-borboleta, cartola – tudo. Só isso, às vezes, já causava risos abafados. Mas Jeremiah insistira naquilo tudo.

– Tenha o visual do personagem – dizia ele. – Mesmo que você não consiga interpretá-lo.

O que também aumentava a diversão era a expressão no rosto de Henry. Era totalmente séria. Ele não distribuía sorrisos para a plateia ao subir no palco. Os sorrisos viriam mais tarde. Tão bonito quanto qualquer outro homem que se via por aí, fosse negro ou branco, ele tinha todos na palma da mão apenas pela sua aparência. Tinha presença. Alto, de ombros largos, pernas que pareciam de pau. Seu rosto era tão magro, mas tão magro, que dava para ver como foi formado: as maçãs salientes, o queixo protuberante e a testa grande. O nariz comprido e afilado. Eram os olhos, porém, sua característica hipnotizante: tinham o formato amendoado, mas eram verdes, verdes como esmeraldas. Toda noite, Henry continuava aberto para a possibilidade de que aquela seria a noite em que seus poderes voltariam. Embora nunca tivesse acontecido nada antes de ele subir ao palco – nenhuma ressurreição em sua alma, nenhuma epifania; em suma, nenhuma mágica –, Henry queria estar pronto para quando acontecesse, se acontecesse. Queria estar *apto*. Portanto, nos últimos instantes que antecediam o espetáculo, ele acalentava uma esperança desenfreada, mesmo quando não havia motivo nenhum para tal.

Era só uma lembrança, mas do tipo mais forte, a lembrança de uma época quando era mais poderoso do que qualquer um seria capaz de imaginar. Esses dias agora estavam bem distantes, faziam parte de uma outra vida. Mas a lembrança estava em seu olhar, no destemor de sua expressão, na sua própria postura. Ele era, simplesmente, orgulhoso. E isso também era divertido para a plateia reunida.

Divertido e, para Corliss e Tarp, em especial, enfurecedor. Henry notava pelas expressões, postura e atitudes deles. Na noite anterior, quando Henry saiu do palco, Tarp cuspiu no chão de serragem. Corliss lançou um olhar indignado. Jake, o terceiro, tirou o cabelo dos olhos – sua franja comprida e rala os cobria como um véu – e tentou sorrir. Apesar de todos serem quase homens recém-crescidos, o rosto de Jake lhe concedia a possibilidade de se maravilhar, como o rosto de um menino pequeno. Parecia dividir com Henry, mesmo naquela terceira noite, mesmo depois de vivenciar os dois deploráveis fracassos anteriores, a expectativa de que agora aconteceria alguma coisa boa, de que todos seriam brindados com uma noite de mágica de verdade. Era difícil para Henry ver a crescente decepção de Jake, era pôr sal na ferida aberta de decepção que ele tinha em si próprio.

Enquanto os últimos espectadores enchiam a tenda naquela noite, Henry escutava o refrão diário de JJ, o Anunciante, que, embora fosse sempre idêntico, palavra por palavra, de alguma forma ele conseguia revestir de uma energia comparável à de um sacerdote no púlpito improvisando seu discurso: *... e não é um mágico qualquer, joaninhas e escaravelhos. Tenho cara de quem teria a audácia de pedir aos senhores que gastassem seu dinheirinho suado num simples mágico, num espetáculo desgastado em que um pobre coitado tira um coelho da cartola, ou serra uma bela mulher ao meio, ou faz sua esposa desaparecer para sempre – embora ele seja capaz disso, caso os senhores queiram (e estou vendo que querem)? Não! Eu não pediria que os senhores perdessem tempo assistindo a números tão desgastados e sem graça. Pois o que e quem os aguarda atrás das paredes antigas e praticamente destruídas desta tenda é bem melhor que tudo isso. Trata-se de um homem que conheceu o diabo em pessoa – o diabo em pessoa! – e voltou com os segredos mais sombrios de Lúcifer; segredos que, se ele contasse, derreteriam suas almas. Mas ele irá mostrar, e não contar. E é aí que mora a magia.*

Henry e JJ eram amigos.

Naquela noite, Tarp e os outros se recusaram até a pagar. Henry escutou a discussão deles com JJ na entrada. Tarp disse:

"Já vimos o espetáculo duas vezes. É uma merda – louvado seja Deus." E JJ retrucou: "Isso me lembra a reclamação que uma mulher fez sobre uma refeição cara: não só a comida é ruim, ela disse, como ainda por cima as porções são pequenas." Mas JJ deixou-os entrar, assim como qualquer um teria deixado. Corliss, com um de seus braços robustos, poderia tê-lo espremido até tirar sua vida.

E então a apresentação começou. Parecendo deslizar em meio à fumaça, que ia até a altura de seus joelhos, Henry parou na beirada do palco e observou o público. Em seguida, falou, sua voz grave tingida pela melancolia de um homem que sabia estar prestes a fracassar como só ele seria capaz: de forma magnífica.

– Sejam bem-vindos, amigos – disse. – Eu sou Henry Walker, o Mágico Negro. Mas a mágica que os senhores irão testemunhar esta noite não é de minha autoria. As ilusões que irão fundir suas cabeças: eu mesmo não poderia lhes contar como são feitas.

– Mal e porcamente – Tarp retrucou para que todo mundo ouvisse. – O senhor sabe que são feitas mal e porcamente.

Henry olhou na direção de Tarp, mas só de relance.

– As artes sombrias – Henry prosseguiu – são sombrias por várias razões. Só o diabo conhece suas fontes, pois é do próprio diabo que elas surgem.

– Isso é verdade – comentou Tarp.

– *Mantenham a mente aberta* – Henry continuou. Ele sentiu que os olhares da plateia se voltavam mais para Tarp do que para ele. – E se os senhores virem o mundo como um lugar onde a mágica pode acontecer, verão a mágica em seus mundos esta noite.

– Muito pouco provável – contestou Tarp.

Claro que Tarp estava certo. A partir desse começo, o espetáculo prosseguiu num estilo tão funesto quanto possível. As mãos de Henry tremiam ao pegar o primeiro baralho de cartas e deixá-las cair; elas se espalharam aos seus pés, viradas para baixo. Rapidamente, se abaixou para recolhê-las, embaralhando-as e alisando-as com agilidade. A plateia já deixava escapar uma energia exaltada. *Como podia ser tão ruim?*, eles se perguntavam. *Há quantas maneiras imagináveis de fracassar?* E em vez de mágica, era a isso que eles tinham ido assistir, o que tinham ido aprender – que, independentemente do quanto a escada da vida os puxasse para baixo, independentemente do quão infelizes fossem ou se tornassem um dia, sempre haveria alguém se agarrando ao degrau abaixo deles, e seu nome seria Henry Walker?

Entretanto, era bastante rápida a forma como ele recolhia as cartas. Era quase como se nunca tivesse deixado caírem. Ele sorria para o público, um sorriso largo, seus dentes tão brancos, tão perfeitos, seus olhos tão severos e vivos, o sorriso provando a eles que sua confiança não estava nem de longe destruída. Não estava sequer abalada. Isso poderia acontecer a qualquer um, e talvez – quem sabe? – fosse uma espécie cativante de inabilidade forçada com o intuito de torná-lo benquisto: "Pois, embora dentro de instantes eu vá impressioná-los com mágicas que vão fundir suas cabeças, o fato é que não sou diferente dos senhores. Cometo erros como qualquer outra pessoa – nem de longe sou perfeito, assim como o senhor, o senhor e o senhor."

Mas naquela noite havia outras forças em ação. Em geral, sua plateia era composta de pessoas simples em busca de diversão e, naquele momento, à noite, numa tendinha em uma feira de apresentações de segunda categoria, repleta de aberrações e pessoas excêntricas e a concatenação da escória da vida, quem não adorava o negro desprovido de mágica? A maioria adorava. Adorava-o da mesma forma que se adora um cachorro de três patas, apesar de agora estarem no Alabama, não muito distantes do local onde algum gênio teve a ideia de criar o Ku Klux Klan. As pessoas dali tinham um jeito diferente de enxergar as coisas. *Não, ele não seria bem-vindo na minha casa, e se ele olhar para a minha filha vou ter de matá-lo. Mas é claro que ele pode apresentar uns truques de mágica. Acho que não tem problema.* Naquela noite, contudo, Henry sentia que a tenda estava abafada por um ódio genuíno e uma espécie maligna de fome que não poderia ser mitigada por nada, exceto sua própria satisfação.

Corliss pigarreou enquanto Henry, muito organizado, abria as cartas em leque. Tarp riu. Jake balançou a cabeça com tristeza. E quando Henry lançou-lhes um olhar cortante, a vida foi drenada de seu rosto.

Tarp estava com uma de suas cartas.

– Está procurando alguma coisa? – perguntou.

Henry forçou um sorriso.

– Estou – respondeu, estendendo a mão vazia. – Obrigado.

Ele tentou pegar a carta e, prestes a alcançá-la, Tarp afastou-a de sua mão.

– A carta – pediu Henry. – Por favor.

– Eu vou devolver.

– Obrigado.

– Mas, primeiro – Tarp anunciou pausadamente, prolongando o constrangimento de Henry –, você vai ter que me dizer qual é. Não deve ser muito difícil para um homem da sua... – Tarp não conseguia lembrar a palavra. Deu uma cotovelada em Jake.

– Magnitude – falou Jake baixinho.

– Está bem, está certo. Para um homem com um talento da sua magnitude.

– Qual é? – disse Henry. – Você está querendo dizer: qual é a carta? A carta que você está segurando contra o peito?

– Isso mesmo.

Algumas pessoas riram. Porém, estavam todos concentrados em Henry e em sua situação, pois ninguém imaginou, nem por um segundo, que ela fizesse parte do espetáculo. Todos sabiam muito bem o que estava acontecendo, e, meu Deus, ia de mal a pior rapidamente. Tarp apertou a carta contra o peito e encarou Henry, o olhar radiante, desafiando-o a arriscar um palpite ou, caso não conseguisse fazê-lo, tentar tomá-la de suas mãos. O que, quando Henry foi se aproximando dele, pareceu ser uma possibilidade real.

Porém, a alguns centímetros de distância, Henry parou.
– Tenho uma memória perfeita – declarou Henry. – Não há nada que eu veja de que não me lembre. Por exemplo, o senhor aí. – Ele apontou para um agricultor na terceira fileira. – Tem um milho de pipoca preso na sola do seu sapato esquerdo. – O agricultor olhou e, que droga, tinha mesmo. Suspiros por todos os lados. – E a senhorita ali – disse ele, olhando para uma garota sentada atrás do agricultor – deveria tirar a etiqueta do vestido. Cinco dólares é mesmo um ótimo preço por uma roupa bonita como essa, mas também não precisa anunciar isso aos quatro ventos. – A jovem ficou ruborizada, estava muito mais que envergonhada. Em seguida, Henry olhou para Tarp. – É claro, portanto, que me lembro de cada uma das 52 cartas que há neste baralho. Em meio segundo, sou capaz de olhar para as cartas que tenho na mão e lhe dizer quais estão aqui e quais estão faltando.

Ele deu a Tarp um momento para absorver a informação.

– Mas seria fácil demais. Já que o senhor sabe qual é a carta, e na verdade agora não consegue pensar em nada mais além dela, vai ser um exercício impressionante, mas, ainda assim, simples, ler a sua mente.

Henry fechou os olhos e tomou um fôlego preparatório. Uma expressão zombeteira surgiu em seu rosto.

– Eu estou... Estou tendo problemas para localizar. Localizar seu cérebro. Onde você o guarda? Ah, aí está ele. É tão pequeno que eu nem estava enxergando.

Disse isso com delicadeza, de um jeito brincalhão, e a plateia adorou, e não parava de rir. Até Jake abriu um sorriso. Mas não Tarp, nem Corliss.

Henry balançou magicamente a mão no ar.

– Ah, agora, sim, vejo a carta... Está mais perto, mais clara, sim, eu a vejo, a vejo como se estivesse emergindo de uma névoa e se exibindo diante de mim...

E de repente Henry abriu os olhos.

– É um três de copas – anunciou.

Tarp olhou fixo para Henry, perplexo, completamente imóvel. Em seguida, forçou um sorriso cheio de ódio e arremessou a carta em Henry, fazendo-a voar, em círculos, em direção a seu peito. Henry pegou a carta antes que chegasse ao chão e mostrou-a para os espectadores. Ficaram encantados.

Era mesmo o três de copas.

– Obrigado – disse Henry, com uma pequena reverência. – Obrigado. – Ele esperou que os aplausos cessassem. – Mas não foi mágica. A mágica, a verdadeira mágica, é bem diferente disso. Isso é um truque. – E foi nesse momento que ele virou o baralho e mostrou à plateia: todas as cartas eram três de copas. Isso a deixou ainda mais satisfeita, é claro, pois um deles tinha sido totalmente enganado, e de um jeito tão simples. Só Tarp ficou injuriado, e Jake teve de impedi-lo de atacar Henry ali mesmo.

Porém, se havia alguma dúvida quanto aos seus objetivos, Henry soube que naquele momento eles já eram líquidos e certos. Haveria consequências, e elas viriam logo.

O restante da apresentação foi um fracasso maravilhoso, colossal. O sucesso acidental de seu primeiro truque deu lugar às cinco ou seis catástrofes embaraçosas que fizeram a plateia murmurar, numa decepção impiedosa. Alguém lhe jogou um cubo de gelo. Quase a metade foi embora. Perto do fim, não havia um único olhar amistoso no qual se apoiar. E Tarp e Corliss estavam no paraíso. Henry sempre tentava colorir os fatos aprendendo com os desastres. Naquela noite, por exemplo, jurou nunca mais fazer malabarismo com ovos. Porém, noite após noite, seu arsenal encolhia, e, já que sua assistente (que na verdade não passava de uma criança foragida chamada Margie) ainda se recuperava das graves feridas adquiridas quando ele tentara cortá-la ao meio, Henry estava sozinho ali no palco, suando a camisa. A que ponto tinha chegado. A lembrança de tudo o que fora um dia zombava dele. Grandes homens vivem com a glória de suas realizações. Era como se não fosse *ele* quem fracassara, mas sim um outro homem, um que ele mal conhecia. As coisas mais simples, como fazer uma moeda desaparecer, esconder um lenço, sumir com uma caixa de fósforos ou fazer uma pomba aparecer, até esses truques estavam além de suas forças. E, como falou com todas as letras para a plateia naquela noite, aquilo não era mágica; tratava-se de *truques*, e qualquer um poderia aprender truques, qualquer um... e, certa vez, ele dominou todos eles. Ainda praticava constantemente. Como um atleta aposentado que continuasse em forma para o caso de um dia ser chamado a voltar para a seleção, Henry trabalhava dia e noite as manobras mais elementares – falsas cartas, copos e bolas, esconder moedas na manga –, o que você imaginar. Mas descobriu que tudo estava além de sua capacidade. Engolir uma espada era morte certa. A ponta falsa de seu dedão era da cor errada. Tinha medo de acender um fogo por temer incendiar o circo todo, e um mágico sem fogo deixa oficialmente de ser um mágico. Como era do conhecimento de Henry, o primeiro mágico do mundo – um homem com os mesmos poderes que ele um dia já possuíra – foi o homem que descobriu este fato.

Encerrado o espetáculo – os aplausos medíocres, como uma chuva rala, um respingo –, Henry se meteu atrás da cortina e caminhou pelos fundos da tenda, até chegar ao centro do circo. Parou ali para absorver um pouco da doçura da noite aromatizada pelo esterco e fechou os olhos: mais uma apresentação horrorosa chegava ao fim. Sozinho sob as sombras, com os anunciantes oferecendo seus serviços a distância, não muito longe de pais que tentavam ganhar bichinhos de pelúcia para os filhos e de mães que confortavam seus bebês exaustos, Henry parou e simplesmente esperou que eles chegassem. Misturar-se às pessoas era impossível, claro: Henry era o único negro que havia ali à noite. Até as aberrações – muitas das quais, na verdade, eram gafes refletidas – tinham mais chances de andar por ali do que ele, sob o torvelinho de lâmpadas amarelas, vermelhas e laranjas berrantes. A lastimável música do circo – tão alegre e convidativa, tão desafinada e cansativa – parecia estar em desacordo com seus odores (os fregueses dos prostíbulos se retiravam sempre às seis horas da tarde) e com os homens e as mulheres que trabalhavam ali, seus olhos afundados nos rostos magros e pálidos sempre parecendo achar você, escolher *você* no meio da multidão passando perto de suas barracas: *Faça uma tentativa, não tem como errar, o primeiro lance é de graça.*

A mão de Tarp se apoiou em seu ombro e Henry se virou. Tarp tirou uma pequena cruz de madeira do bolso, dois gravetos unidos por um preguinho de latão.

– Nós somos mensageiros de Deus, Sr. Walker – disse ele. – Estamos aqui para consertar as coisas.

– É mesmo?

– É mesmo.

– Estou surpreso – disse ele. – Faz um tempão que Deus não assiste ao meu espetáculo.

– Nada é por acaso – retrucou Tarp.

Henry olhou ao redor para ver se alguém estava assistindo ao desenrolar daquela cena. Ninguém. Como sempre, estava por sua própria conta.

– Peço desculpas se o espetáculo está abaixo das suas expectativas – declarou ele. – Também está abaixo das minhas. Mas vale quanto você paga.

– Nós não pagamos – retrucou Corliss.

Tarp lhe lançou um olhar.

– É isso mesmo o que ele está falando, Corliss.

– Ah.

Jake hesitava atrás dele, coberto pelas sombras, os olhos mais uma vez escondidos pela franja. Com o bico do sapato, ele arrastava a terra, erguendo os olhos vez por outra para analisar Henry e os outros, e depois, se voltando para dentro de si, quase desaparecia.

– Então, Deus fala com você?

Tarp confirmou com a cabeça. Olhou para a cruzinha.

– Ele fala com todo mundo, Sr. Walker. A diferença é escutar.

– E o que Ele diz?

Tarp pestanejou. O restante de seu corpo ficou paralisado.

– Bem, Ele diz muitas coisas. Não tenho dúvida de que Ele é um tagarela. Mas, quanto ao assunto em questão, Ele diz que é da opinião de que um mágico branco seria bem melhor que um negro.

Henry refletiu.

– Ele disse isso? Fico surpreso. Porque alguns mágicos brancos são melhores, mas outros não são. A cor da pele não tem muito a ver com isso. Acho que um mágico branco também deixaria você decepcionado.

– Gostaria muito de saber se é verdade – respondeu Tarp.

A cada palavra dita, Corliss e Tarp se aproximavam mais de Henry, e agora estavam a poucos centímetros de distância dele. Henry respirava fundo para se acalmar, e aguardava. Não lutaria contra eles. Não tinha motivos para lutar contra eles.

– Então... e agora? – indagou Henry.

– Agora? – repetiu Tarp. – Bem, se não fosse pelo truque da carta, aquela coisa que você fez com o três de copas, talvez a gente simplesmente te enchesse de porrada, dissesse umas palavras feias e depois fosse embora. Mas agora queremos que você entre no carro para dar uma voltinha com a gente.

Corliss o pegou pelo braço, a firmeza de suas garras fazendo até seus ossos arderem.

– O três de copas – Corliss respirou no ouvido de Henry. – Por que você fez isso com ele?

Em seguida, no instante em que Corliss o arrastava para a escuridão, aconteceu algo que só poderia ocorrer no meio de um espetáculo itinerante de segunda categoria, pequeno e sórdido: a eles se juntou Rudy, o Homem Mais Forte do Mundo. Rudy não era o homem mais forte do mundo, não era nem mesmo o homem mais forte do circo (Coot, o motorista de caminhões-plataforma, reclamava o título), mas compensava tal fato com um destemor insano incitado pelo uísque. Era a força da determinação provocada pela embriaguez absoluta que fazia com que Rudy entortasse um cabo de aço como se fosse uma balinha de caramelo. Seus dentes estavam destruídos porque ele triturava pedras; as bochechas, a testa e o nariz enorme eram cheios de cortes e feridas nunca cicatrizadas, pois ele quebrava pedaços de madeira com o rosto. Sua apresentação dependia dos objetos que a plateia levava para que ele destruísse, e ainda não tinha recusado nenhum desafio. Numa manhã, alguns meses antes, Henry o viu completamente sóbrio pela primeira e única vez em quatro anos. Rudy chorava de desespero pelo estado de seu corpo arruinado, pela forma como decidira viver sua vida e pela relação com Yolanda, a furadora de ingressos vadia. Foi um momento doloroso, um infeliz surto de realidade. Mas não era nada que um litro de uísque não pudesse curar. Quando sóbrio, sua vida era um caos. Bêbado, ele era o Homem Mais Forte do Mundo.

Rudy chegou, deu um tapa nas costas de Henry e puxou-o para perto para lhe dar um abraço de urso. As garras de Corliss cederam. Agora, Rudy estava contente. O cheiro de uísque em seu hálito, em todo o seu corpo, na verdade, era opressivo. E era bem possível que ele tivesse acabado de sair do trailer de Yolanda, pois era nesses momentos em que ele ficava mais alegre. Estar com Yolanda – independentemente de com quantos outros homens ela já estivera – era o ápice de seu dia.

Em poucos instantes, ele entendeu a situação arriscada em que Henry estava: Rudy não tinha nada de burro. Ao abraçar Henry, ele estava feliz, rindo com seus urros de homem grande, mas congelou quase que instantaneamente, ficou em silêncio total, e compreendeu tudo o que acontecia. Neste momento, a expressão em seu rosto mudou. Seus olhos brilharam. Principalmente ao ver Corliss, que sabia que poderia lhe causar grandes estragos, se quisesse. Porém, Rudy aguentaria qualquer coisa: Corliss poderia machucá-lo muito, mas Rudy resistiria e depois quebraria Corliss ao meio.

– Bom, olá, garotos – disse ele, de um jeito ao mesmo tempo amistoso e ameaçador. – O que está pegando?

Tarp deu de ombros.

– Nada de mais. Pregando um pouquinho aqui e ali – disse ele. Mostrou a cruzinha para Rudy. – Vi a apresentação dele e achei que o Espírito Santo lhe cairia bem.

Rudy cuspiu. O cuspe caiu bem perto do sapato esquerdo de Tarp. Em seguida, riu.

– O Henry não sabe fazer nenhum truque para salvar a própria vida, não é? – disse ele. – Mas acho essa característica cativante. Muito fofa, a cruzinha que está na sua mão. – E cuspiu de novo.

Tarp enfiou-a no bolso.

– Deus te ama – anunciou ele. – Por mais difícil que possa ser para Ele, Ele te ama. Ele ama até o Henry. Essas são as Boas-Novas.

Rudy balançou a cabeça numa espécie de desespero melancólico.

– Vocês todos me parecem ser más-novas – retrucou.

Tarp suspirou.

– Bom, acho que não dá para tudo ser bom o tempo todo.

Rudy puxou Henry para ainda mais perto de si. Não o soltaria.

– Então tudo o que posso dizer é que vocês, vândalos, se deram bem por terem encontrado o Henry hoje – disse Rudy. – Há alguns anos, ele seria capaz de transformar vocês em um montinho de sal sem precisar nem encostar o dedo. Seria só ele pensar e *voilà*: sal. Não é, Henry?

Henry olhou para o outro lado. Seu rosto parecia atrair as sombras da noite, tornando sua pele ainda mais escura, ela mesma uma sombra.

– Não importa – respondeu ele baixinho.

– Importa, sim – replicou Rudy. – O que um homem foi um dia pode até não ser a mesma coisa que ele é hoje, mas não podemos esquecer seu passado. Só porque já faz duzentos anos que George Washington viveu e hoje ele já virou pó, isso não quer dizer que não queremos pensar nele do jeito como era. Como um herói. Nosso primeiro presidente. Escreveram livros sobre ele. Livros! Não é verdade? – Ele estava olhando nos olhos de Corliss.

– Imagino que sim – disse Corliss, dando de ombros.

– É verdade – afirmou Rudy. Inclinando a cabeça, ele olhou para Henry com afeição. – Lembro bem da noite escura e chuvosa em que você chegou aqui, Henry, quatro anos atrás, pedindo a Jeremiah Mosgrove um emprego no Circo Chinês.

– Não estava chovendo – contestou Henry. – E também não estava escuro.

– Aquela noite estava escura – retrucou Rudy. – Muito escura. Tão escura que você se misturou a ela. Você ficou quase invisível. E não é uma piada: é fato. A gente estava em West Virginia naquela época. Foi lá que você nos achou. Antes disso você estava... o que mesmo?

– Fazendo outras coisas – disse Henry.

– Fazendo outras coisas – repetiu Rudy. – Isso mesmo. Vagando no deserto, um filho perdido de Deus. Você precisava de um lugar para descansar seus pés cansados. Precisava de uma família. E foi o que nós lhe demos, não foi? Eu, JJ, Jenny e todos os outros.

Henry confirmou com a cabeça. Olhava para o chão, recordando.

Rudy lançou um olhar afiado para Tarp.

– Este homem aqui é um irmão para mim – explicou. – Não importa de que cor ele é. Ele é meu irmão. O que você acha disso?

– Fico curioso a respeito da sua irmã – respondeu Tarp.

Por causa do comentário, Corliss soltou seu riso idiota, e Rudy balançou a cabeça.

– Eu devia matar você por isso – disse Rudy. – Você e seus amigos também. Mas em vez disso, deixa eu te contar uma história.

— Ótimo — disse Tarp. — Maravilha.

Rudy, ainda com o braço em volta do ombro do amigo, guiou os outros até a tenda vazia de Henry. Gesticulou para que se sentassem em três cadeiras vazias. Ele e Henry permaneceram de pé.

— Foi assim que aconteceu, camaradas — começou Rudy. — Embora eu não o conhecesse naquela época, segundo todas as versões, ou pelo menos segundo a versão dele, Henry Walker era, muito provavelmente, o maior mágico do mundo. Pois fazia mágica *de verdade*. Ele nem usava o nome Henry Walker, era algum outro: um nome secreto que nunca me disse. Não era que nem Houdini, ou Kellar, ou Carter, que só faziam as coisas *parecerem* mágica. O que eles faziam eram truques; Henry fazia mágica *de verdade*. Por exemplo: os outros amarram cordas nas mulheres que levitam. Mas as mulheres do Henry *flutuavam mesmo*. Quando cortava uma mulher ao meio: meu Deus, ela ficava *partida em dois pedaços*. Ele nem usava caixa! Simplesmente partia ela ao meio e depois, se houvesse algum médico na plateia, pedia que ele subisse ao palco e a examinasse, não só para ver se ainda estava viva, pois era claro que estava, mas também para estudar os órgãos, que estavam ali à mostra. Depois o Henry juntava a mulher de novo.

Rudy sabia muito bem como contar histórias. Tarp, Corliss e Jake estavam hipnotizados. Henry sentiu que poderia simplesmente sair dali naquele instante e ninguém perceberia. Mas ficou, e não só porque o enorme braço de Rudy ainda cobria seu ombro: Henry também queria ouvir a história.

— Para ele, fazer uma carta sumir e depois achá-la no bolso de trás não era nada. Não era nada transformar uma corda em uma cobra. Nada, encher o céu de pombas. O que impressionava os outros, para ele era tão incrível quanto um bocejo. É possível até dizer que ele tinha poderes *infinitos*, se ele se permitisse praticá-los. Mas não praticava. Porque na única vez em que fez isso o resultado foi muito trágico.

— Essa história não, Rudy — pediu Henry. — Por favor, essa não.

— Mas essa é a *única* história — disse Rudy. — Não há nenhuma história além dessa. E foi você quem me contou. É meu dever contá-la para esses garotos, e é dever deles passá-la adiante depois. — Rudy se inclinou na direção de Tarp e sussurrou, de um jeito conspiratoriamente zombeteiro: — Seu dever.

— Rudy — disse Henry, mas Rudy o apertou forte com o braço e ficou impossível para Henry falar mais alguma coisa.

Rudy arranhou o rosto, arrancando da bochecha uma casca de ferida do tamanho de uma moeda grande. Ele a examinou e depois deixou que caísse no chão. A ferida aberta gotejava.

— O Henry só tinha dez anos quando algo muito estranho aconteceu — começou Rudy. — Antes disso, ele era uma criança normal, como outra qualquer, mas depois ele mudou totalmente. Sua família, o pai e a preciosa irmã caçula, Hannah, tinham acabado de se mudar para uma casa nova, uma mansão que ocupava todo um quarteirão. Um homem feito ficaria intimidado com aquela imensidão toda, mas uma simples criança, como Henry era há estranhos 25 anos, teria a sensação de que descobriu um universo inteiro de quartos. Henry e Hannah, ela um ano mais nova que ele, exploraram a casa com a audácia característica às crianças que ainda não conhecem o medo. Andar por andar, cada um levando ao próximo, até que parecesse impossível existir mais algum. Poderiam dormir num quarto diferente todas as noites e levariam meses para usar todos os que estavam disponíveis. Pois, vejam só, eles não mais moravam em uma casa. Sua família tinha se mudado para um hotel.

Rudy sabia dessa história porque não era o único beberrão do grupo; de vez em quando, Henry o acompanhava, apertado nas sombras entre os trailers, no banco de trás do carro de alguém, ou na mesa de piquenique que havia atrás do escritório de Jeremiah. Juntos, bebiam e contavam histórias. Foi assim que Henry soube das experiências de Rudy como CDF, muito antes de Rudy nem sequer saber o que era um CDF. Quando criança, Rudy comia cabeças de lagartixas para divertir os amigos do irmão mais velho, para impressioná-los, mas isso não lhe garantiu os próprios amigos. Henry também soube do estirão de crescimento pelo qual Rudy passou – 2,5 cm por semana (para cima ou para os lados) ao longo de meio ano – e de sua timidez, e que ele continuou a jogar no time de futebol americano do colegial depois de já ter passado dos vinte anos; seu tamanho era tão assustador que alguns times se recusavam a entrar em campo. Nada disso era verdade, ou talvez tudo fosse. Henry não tinha mais certeza. Sua cabeça estava cheia com tantas coisas, apinhada de mortos. O ato de contar histórias durante a bebedeira – que às vezes se tornava ruidoso, como se fosse, por si só, um espetáculo – não se prendia a coisas tão inúteis e cansativas como os fatos.

Entretanto, era possível que isso fizesse parte da dissimulação: o fato de que a verdade estava sendo apresentada como ficção, e que por isso fosse mais fácil contá-la.

Contudo, Rudy parecia acreditar em Henry. Ao menos desejava acreditar. Ele escutou: era só disso que Henry podia ter certeza. Teve certeza no momento em que contou e naquela hora, ao ouvir Rudy repetir a história que Henry lhe contara, textualmente e com vários acréscimos, com floreios que aparentemente só o verdadeiro narrador da história poderia dar. Por exemplo, o "universo inteiro de quartos" era uma invenção do próprio Rudy, e seus detalhes tornavam a história muito mais verossímil; faziam com que Henry não só fosse puxado para dentro da história, mas também voltasse no tempo.

Pois a realidade era que cada palavra que dissera a Rudy era verídica – não factual, mas verídica. Algumas partes ele tinha pulado, alguns capítulos inteiros, mas aqueles contados eram verdadeiros. O hotel. A irmã. Os quartos. Sua família tinha sido reduzida a isso. Já tinham vivido épocas de prosperidade; depois seu pai perdeu tudo no crash da Bolsa. Igual a muitos outros – quase ninguém foi poupado –, mas sua família parecia particularmente amaldiçoada. A mãe deles estava à beira da morte. Uma doença avassaladora, eles explicaram, tuberculose, mas Henry sabia que havia muito mais. Sua vida lhe fora arrancada, uma vida de vestidos e joias e festas esplêndidas e sapatos refinados e milhares de possibilidades, uma vida perfeita, agora perdida para sempre; nenhuma vida seria longa o bastante para recuperarem tudo o que perderam. Não podiam nem se dar ao luxo de levá-la para o sanatório, mas o médico disse que para ela faria pouca diferença: a doença já havia avançado a esse ponto. Estava morrendo na casa que em breve tomariam deles.

As crianças estavam proibidas de tocá-la. Henry e Hannah só podiam vê-la através da janela do quarto do primeiro andar. Hannah era muito pequena, portanto Henry tinha de levantá-la para que conseguisse ver a mãe. De pé entre dois arbustos frondosos, acenavam para ela, e arranhavam seus braços pequenos e delicados nos galhos, deixando-os cobertos de linhas de sangue. A mãe acenou até não poder mais fazê-lo. Virou um fantasma perante seus olhos. Viam a vida esvaindo-se do corpo dela, sua respiração torturante, os lábios margeados pelo sangue seco.

Então, um dia, o médico levou o Sr. Walker para conversar em outro aposento, e, sabe-se lá como, Henry tinha conhecimento do que ele estava dizendo. Entrou em casa com Hannah e deixou-a no corredor, diante da porta do quarto da mãe.

"Fique aqui", ele lhe disse. Não queria correr o risco de que algo acontecesse a ela. "É só um minutinho."

Ela aguardou sozinha no corredor, até que não aguentou mais. Como Henry sabia que a irmã faria, ela abriu a porta e deu uma espiadela. Ele balançou a cabeça para segurá-la do lado de fora, em seguida se inclinou para dar um beijo na bochecha da mãe. "E um por você", ele disse para Hannah, e beijou a mãe outra vez.

Ela morreu naquele dia. Uma semana depois, o banco executou a hipoteca. Portanto, Henry, Hannah e o Sr. Walker deixaram a bela casa para nunca mais voltar e deram início ao capítulo seguinte da história de suas vidas trágicas.

– O pai do Henry foi contratado como porteiro do hotel – prosseguiu Rudy. – Um homem que costumava usar gravata-borboleta e ternos de anarruga. Que tentava ensinar os filhos a pronunciarem "recorde" com acento no "o". Um homem cujas mãos eram macias como a água: agora um porteiro de hotel. Não há um fim nisso tudo? Um ponto em que a gente possa descansar na poltrona grande e confortável com os pés para cima, um drinque na mesinha ao lado, e dizer: "Então era esse o objetivo, chegar a este lugar, a esta poltrona confortável?" Não. Não há fim. A família morava na sala que ficava entre a cozinha e a lavanderia. Rudy rira tanto quando ouviu isso: "Entre a cozinha e a lavanderia!", como se não pudesse ser verdade, como se esse detalhe tivesse de ser acrescentado para causar impacto, para dar à história ainda mais vigor. Mas *era* verdade.

– Entre a cozinha e a lavanderia – repetiu Rudy baixinho, olhando nos olhos de Tarp ao dizê-lo, desafiando-o, de certo modo, a inventar algo ainda pior. "Claro", Rudy parecia estar querendo dizer "você pode até morar num barraco com uma fossa séptica quebrada e um cachorro raivoso rosnando na entrada, mas pelo menos você não precisava ver os homens poderosos e arrogantes se impondo sobre você, se amontoando em suas roupas extravagantes, andando com seus cães extravagantes, pessoas que, se pensavam em você, odiavam-no por ser pobre e por fazê-los lembrar que havia pessoas no mundo que tinham menos, que não tinham quase nada".

– Época sombria? Pode apostar – disse Rudy. – No fim do dia, o pai deles não tinha quase nada para dar aos filhos. Nada além de sua própria perseverança, sua relutância em desistir, em deitar na cama e morrer. Por seus atos, eles viam que o pai estava indo na direção da mesma estrela que sempre perseguiu, e que nada tinha a ver com dinheiro, ou casas grandes, ou poltronas macias. A meta era continuar vivo e permanecer assim até que chegasse o último dia. Até que também desistisse de tudo. Cada grama de sua força era usada na tentativa de consertar coisas que ele não sabia como fazê-lo. A mentira que contou para conseguir o emprego: *trabalho com ferramentas desde quando fiquei grande como sou hoje*, falou para o bigodudo dono do hotel. *Sou um doutor do universo mecânico*. A verdade é que ele nem sabia qual ponta do martelo usar. Mas tinha um teto, quatro paredes. Seus filhos tinham comida. Ele teria vendido o corpo, pedaço a pedaço, para lhes dar isso.

— Ainda assim, mesmo com essa situação toda, Henry e Hannah se divertiram um bocado, sabe? As crianças sabem se divertir. Uma criança é capaz de transformar o mundo com um galho. Henry roubava as chaves do pai e os malandrinhos investigavam os quartos desocupados, pulando de cama em cama, ouvindo rádio e fingindo ser outras pessoas: os apostadores perdulários que viam por todos os lados. Hannah interpretava a esposa, Henry era o marido. "Nós vamos nos atrasar se você não se apressar, querido", berrava ela para ele, do banheiro. "Não estou achando minhas abotoaduras!", dizia ele. "Seu bobo!", respondia ela. "Elas estão comigo. Acho que vamos nos divertir espantosamente na casa dos Schneider esta noite." E Henry respondia: "É, eu também acho."

Como Rudy se lembrava disso tudo, quando esteve bêbado naquele dia e em todos os dias desde então, era algo que não fazia sentido para Henry. Pois era exatamente o que Hannah havia dito. "Espantoso" — essa era sua palavra preferida. "Essas batatas são espantosamente boas! Não apareça assim, do nada — você me espantou! Tenho um anúncio espantoso a fazer: o casal do quarto 311 fechou a conta — e deixou dinheiro na cômoda!" Uma palavra pomposa para uma criança de nove anos. A única palavra pomposa que teria tempo de aprender.

— E também havia aquele velho recurso, a brincadeira perfeita para as novas acomodações: esconde-esconde. Foi justamente num dia em que estavam brincando disso que aconteceu: o momento que mencionei antes, aquele que mudou Henry para sempre, o momento que fez dele o homem que vocês veem hoje, por assim dizer.

– Pode parar – pediu Henry. – Pare com isso.

– Mas estou só no começo, Henry – retrucou Rudy. – Estou chegando à parte boa. E sei que vocês, garotos, querem ouvir a história, não querem?

Jake olhou para os outros, mas seus rostos estavam petrificados.

– Quero sim – respondeu.

Rudy assentiu, esfregando a nuca de Henry.

– E se esses garotos querem bater em você, Henry, e creio que querem – Rudy olhou de relance para Corliss, que confirmou seu desejo com um sorriso carnívoro –, é bom que saibam em quem eles estão batendo.

O objetivo de Rudy era exageradamente óbvio. Esperava tornar Henry algo mais que apenas um *crioulo* aos olhos deles. Queria que enxergassem Henry como ele de fato era. Um homem. Um homem com uma história. Não tinham como saber que essa era a única arma que Rudy possuía, que, por maior que ele fosse (um macaco sem pelos, uma regressão humana, um antropo-Gargântua), não teria como lutar para salvar a própria vida. Não havia nada que pudessem fazer com ele que ainda não tivesse feito consigo mesmo, mas de qualquer forma jamais iria ter desejo de vingança. Caso pudesse, ele teria engolido toda a dor do mundo.

– Foi no quarto 702, se me lembro direito – disse Rudy. Claro que ele tinha se lembrado direito. – Henry achou que o quarto estivesse vazio. Era um bom esconderijo, por ser o último quarto no andar mais alto. Com base nos relatórios da ocupação de quartos que tinha visto mais cedo no escritório, um casal de Wisconsin havia fechado a conta naquela manhã. Então, quando abriu a porta e entrou devagarzinho no quarto, ficou surpreso ao ver uma pessoa, um homem, sentado numa cadeira com encosto reto, olhando bem nos olhos dele.

"Henry gelou, se desculpou e foi saindo do quarto. Mas era como se o homem estivesse aguardando por ele. Sua expressão propositadamente plácida não se alterou. 'Por favor', disse o homem. 'Entre.' Henry não sabia muito bem o que fazer. Ele e Hannah sempre tinham sido bastante cuidadosos. Isso nunca tinha acontecido. 'Por favor', repetiu o homem, e Henry, que na época estava apenas com dez anos e não tinha forças para contestar um adulto, deixou a porta se fechar atrás de si. 'Tem uma coisa que quero lhe mostrar', declarou o homem. 'Acho que você vai achar muito interessante. Aproxime-se.' Henry fez o que ele mandava. A passos lentos, foi chegando perto do homem na cadeira, que não parou de lhe sorrir nem por um instante. Ele usava roupas excepcionalmente elegantes: paletó e calças de tom preto-azeviche, camisa branca e gravata prateada, o que podia ser considerado extravagante até mesmo naquele hotel, principalmente porque parecia que não ia sair e ainda era cedo para se arrumar para o jantar. Tinha uma vasta cabeleira ondulada e preta, controlada por um excesso de loção fixadora, e um rosto tão leitoso e pálido que, anos depois, Henry diria que ele foi a primeira pessoa realmente *branca* que tinha visto. Pois o homem não era bronzeado, nem rosado, nem tinha um leve tom alaranjado, como todos nós, e sim totalmente branco.

"'Mais perto', disse o homem, e, quando Henry deu outro passo vagaroso, os olhos do homem passaram a brilhar um pouquinho, como se a luz-piloto dentro dele tivesse sido ligada, e aqueles olhos, junto com o sorriso sábio e a gélida pele branca, eram *assombrosos*, absolutamente *perturbadores*, e mesmo agora, falando sobre isso, sinto o sangue nas minhas veias começando a circular devagar e a virar uma pasta vermelha, dura." Rudy baixou a voz. Num semissussurro rouco, disse: "Pois não se tratava de um homem. Não se tratava de um ser humano." Rudy hesitou, depois sussurrou lentamente: "*Era o próprio diabo!*"

Agora, até Tarp e Corliss ficaram arrebatados, tão absortos na história que passaram a fazer parte dela. Estavam *naquele quarto* com o jovem Henry, a poucos centímetros de um homem que, no fim das contas, não era um homem, mas sim o diabo. Corliss estava prendendo o fôlego e, ao expirar, foi possível ouvi-lo dizer: "Jesus Cristo Todo-Poderoso." O motivo que tinha para estar ali foi esquecido. Os três homens estavam sob o feitiço de Rudy; somente Henry continuava imune. Tentou lembrar se tinha contado isso a Rudy. Tentou lembrar qual versão havia lhe contado – a que só continha fatos ou a que era um pouco mais detalhada e ainda mais verdadeira. Mas devia ter sido a versão ainda mais verdadeira, pois Rudy estava acertando tudo. Todas as palavras.

– O diabo – prosseguiu Rudy – não tem nome, portanto não houve apresentação. Henry simplesmente soube, assim como vocês também saberiam, Deus nos livre, caso o conhecessem. Ele sorriu para o menino, e o menino simplesmente ficou ali parado, incapaz de se mexer. O diabo o possuiu. Envolveu-o em sua luz sombria. Nenhum respiro foi dado até que o diabo permitisse. Henry conseguia ouvir os batimentos do próprio coração, como se o quarto tivesse se tornado seu coração, como se tivesse sido devorado e virado do avesso. Os olhos do diabo tinham um brilho avermelhado, se dilataram, como túneis pelos quais pudesse caminhar. E então, como se tivesse recebido ordens para fazê-lo, ele caminhou dentro deles, dentro dos túneis frios e ardentemente tempestuosos que eram os olhos do diabo. Batizado pelo diabo naquele dia. E acabou.

"E assim, do nada, o homem desapareceu. Henry estava sozinho quando Hannah abriu a porta e o encontrou ali parado, olhando para a cadeira vazia. Ela tocou em seu ombro com delicadeza e disse: 'Está contigo.' E estava. Mas ele nunca lhe disse exatamente o que estava com ele. Não havia palavras para explicar."

Rudy parou, fez uma careta, e esfregou a mandíbula com uma de suas mãos enormes. Parecia estar com dor de dente. Abriu a boca e explorou-a com os dedos, finalmente descobrindo onde estava o culpado, e, diante de todos, arrancou o dente da gengiva, examinou-o e jogou-o para o lado. Engoliu o próprio sangue.

– Foi nesse dia que Henry se tornou mágico. Não do tipo que estamos habituados a ver: os charlatões, os ilusionistas, os mágicos estilo "eu faço isso aqui enquanto vocês olham para lá". Henry se tornou um mágico *de verdade*. Não era nada do que ele pretendia ou desejava ser, mas era o que tinha se tornado. Será que a gente um dia se torna o que gostaria de ser? Quantos de nós podemos olhar no espelho e dizer: "É isso mesmo, foi isso o que sempre quis, o que sempre imaginei que faria com a vida que me foi dada?" Algumas poucas pessoas preciosas. Acho que sou um desses sortudos. Já o Henry, nem tanto.

"Até o dia em que conheceu o diabo, ele só se relacionava com uma pessoa: a irmã. Com a mãe morta e a alma do pai destruída por dentro e jogada fora como se fosse uma folha de papel-carbono, Hannah era tudo o que havia nesse mundo para cuidar, para proteger, a única coisa boa que restara. Henry a amava mais do que nós já amamos qualquer coisa e mais que tudo o que ele amou desde então. Mas agora ele fazia parte de uma força maior. Mágico por acidente. Pois só precisava pensar em alguma coisa e ela se concretizava. Ele conseguia até mover coisas com o poder da mente. No jantar, o saleiro lançava-se do outro lado da mesa até suas mãos, e seu pai estava cansado demais, e logo depois embriagado demais, para notar o movimento. Um vaso quebrado foi restaurado. Ele podia fazer cartas sumirem no ar e fazê-las reaparecer embaixo da mesa, ou no seu cabelo, ou debaixo da camada mais superficial de sua própria pele. Hannah adorava. Ela só tinha nove anos, não se esqueçam, e não sabia que essas coisas eram impossíveis e que o irmão era agente do diabo. Um agente do diabo, não o próprio diabo. Porém um agente do diabo, pois estava possuído por forças que homem nenhum deveria ter, muito menos um jovenzinho.

"O que me leva a contar sobre a primeira apresentação de mágica do Henry. Foi ideia da Hannah: algo para distrair o pai deles de sua vida triste. Ela encontrou uma cartola velha no achados e perdidos, e Henry transformou uma toalha de mesa em uma capa que ele amarrou no pescoço com um nó desajeitado. Hannah colocou seu vestido mais cheio de babados. E achou um quarto no qual encenar. Mas, mas como era um fim de semana e o hotel estava quase lotado, só havia um quarto vago. O quarto do diabo. O quarto 702. Henry disse: 'Não. Não. A gente acha outro quarto, ou espera até segunda-feira, quando os outros estarão vagos.' Mas Hannah insistiu, e ele não conseguia dizer-lhe não por muito tempo. Então foi no quarto 702, mesmo.

"Hannah segurou uma de suas mãos e Henry segurou a outra, e ambos levaram o pai lá para cima. 'O que está havendo?', ele se perguntava em voz alta. 'Para onde vocês estão me levando?' Mas Hannah colocou o dedo nos lábios enquanto subiam a escada, desde o porão até o último andar, e depois seguiram até o quarto na ponta do corredor, o último quarto do hotel. Hannah estava prestes a abrir a porta quando Henry interveio. 'Vou entrar primeiro', anunciou. E uma vida inteira se passou com sua mão na maçaneta, a respiração presa no peito. Mas ele girou a maçaneta, abriu a porta e o quarto estava vazio. Voltou a respirar. 'E agora, o que há?', resmungou o pai deles. 'Nós vamos acabar arrumando encrenca por causa disso, vocês sabem, não sabem?' Mas Hannah se recusava a lhe dar ouvidos. Sentou-se a seu lado na beirada de uma das camas de solteiro. 'O Henry vai apresentar um show de mágica para você', anunciou Hannah, 'e eu vou ajudar!' Ele indagou: 'Um show de mágica? Bom, deve ser divertido.' E se arrumou na cama para assistir.

"Henry começou com lances simples da já bem conhecida biblioteca dos mágicos que fazem truques. Só que Henry nunca tinha ensaiado nenhum deles. Não precisava. Os truques se faziam sozinhos. Ele segurava um baralho e, antes de o pai puxar uma carta, já sabia qual ele iria escolher. 'É espantoso, não é?', disse Hannah. Ela fez uma reverência, um braço sobre o quadril, como se ela mesma tivesse feito o truque. Henry fez uma colher levitar, enquanto o pai se aproximava para procurar as cordas; quando não as viu, ficou realmente estupefato. Hannah bateu palmas. Henry tirou um coelho da cartola, uma pomba da manga... Tais coisas pareciam surpreender o próprio Henry. *Um coelho*, ele tinha pensado, e aconteceu. *Um pássaro*. Era tão fácil assim e, sim, como Hannah diria, tão espantoso. Observaram quando o ser de pelugem branca correu para debaixo da cama, quando a pomba voou contra a janela. E o pai sorriu pela primeira vez em anos. Hannah e Henry trocaram olhares felizes: era exatamente a expressão que esperavam obter. Vê-la foi um incentivo para Hannah. Ela ficou de pé, orgulhosa e ereta. 'E agora', disse, 'a coisa mais mágica, maravilhosa e espantosa de todas. Para o prazer do espectador desta noite, o Incrível Henry, meu irmão, me fará desaparecer!'

"Ideia da Hannah. Nunca tinham feito isso antes. Henry nunca quis. Nunca quis que Hannah ficasse a mais de alguns centímetros de distância dele, de seus olhos, dia e noite. Era um menino que esperava ao lado da porta enquanto ela tomava banho. Dormiam no mesmo quarto, a cama dela ao alcance do braço dele. Porém, como ela insistiu, ele concordou. Sem dúvida, nada poderia ser mais fantástico que isso: sumir com Hannah e depois fazê-la reaparecer no mesmo lugar, diante dos olhos do pai. *Vai ser incrível*, disse o pai, piscando o olho. E foi mesmo.

"Henry jogou um lençol sobre sua cabeça e ela ficou parada, totalmente imóvel. Parecia uma estátua prestes a ser desvelada. Então Henry aguardou um instante, sentindo a força sombria que havia dentro dele começar a dominá-lo, crescendo para além de si mesmo, uma magnitude expandindo-se em seus ossos até sentir que ele poderia explodir. Por fim, ele pensou na palavra *Desapareça!* e abanou a mão acima da cabeça da irmã, só para causar impacto. '*Voilà!*', ele realmente disse '*Voilà!*', e Hannah tinha sumido.

"O lençol, agora vazio, caiu no chão como um corpo sem peso. Henry e o pai olharam para ele com uma espécie perplexa de horror prazeroso. Nenhum dos dois conseguia crer que aquilo tivesse realmente acontecido. Mas tinha. O pai se levantou e ergueu o lençol. Ela não estava ali. Ele olhou para Henry. 'Como você...' – mas não foi capaz de terminar a frase. 'Isso foi... não dá para acreditar. Tem um buraco no chão?' Mas não tinha. 'Então eu não – é um mistério para mim como vocês dois fizeram isso. Meu Deus do céu.' E balançou a cabeça enquanto voltava a se sentar na beirada da cama. 'Agora vamos à parte em que você a traz de volta', disse ele. 'Sim', respondeu Henry.

"E ficaram esperando. E Henry disse *sim* outra vez, agora vamos à parte, à parte em que ela volta. Mas ao se preparar para pensar na palavra necessária, ele se sentiu estranhamente... normal. Sentiu-se vazio, como se tivessem lhe tomado algo. 'Agora vamos à parte em que eu a trago de volta', disse ele, mas sua voz soou fraca. Pensou nas palavras que deveriam causar a ação, as palavras que funcionaram com as cartas e com o livro e até mesmo com uma mesinha – *Volte!*, pensou ele –, mas dessa vez nada aconteceu. O lençol no chão continuava parado, sem vida. 'Estou esperando', disse o pai, com um tom de voz irritado. Dessa vez, Henry falou em voz alta, gritou a plenos pulmões: 'Volte!'" Rudy parou, seus olhos tristes e sombrios. "Mas ela não voltou. Nunca mais.

"Pois o mágico de verdade que havia ali era o próprio diabo, e esse era *seu* truque, *seu* plano, como sempre fora: roubar do homem tudo o que havia de amável no mundo, e fazer com que isso acontecesse pelas mãos do próprio homem. Foi isso o que Henry fez. Em troca do dom da mágica, sua irmã, a coisa mais preciosa que tinha na vida, sumiu."

Rudy olhou para o rosto estarrecido de Henry e prosseguiu, com a voz triste e baixinha.

– Desde então, ele nunca mais a viu. Mas nem um dia se passou sem que ele tivesse procurado por ela. – Em seguida, ele olhou para os três garotos, parecendo absorvê-los todos de uma só vez com seu olhar. – Mas houve o dia em que ele realmente encontrou o diabo, meus jovens amigos. Ele encontrou o diabo, e ele o matou. Não com a mágica, não. Ele não precisava de mágica. Henry o matou com a força de sua imensurável dor.

Rudy parou de falar. Fechou os olhos, respirou fundo e começou a assentir com a cabeça – assentir como se ele não estivesse contando a história e sim ouvindo – à medida que, palavra por palavra, os obscuros segredos do passado de Henry eram narrados. Porém, ele sabia que tinha perdido. Qualquer que fosse a impressão que quisesse deixar naqueles garotos – e na verdade era apenas "Lá no fundo todos nós somos iguais, não é, camaradas?" –, ele não conseguiu. Uma batalha perdida atrás da outra: assim é a vida. A vitória nem sequer existe, na verdade, não como algo em que alguém possa se agarrar; é somente aquilo que ocorre entre uma perda e outra. Qualquer bem que Rudy fizesse naquela noite já estaria desfeito no dia seguinte. Ele olhou para Henry, para seus olhos verdes e vivazes, e compreendeu que não havia nada que pudesse fazer para salvá-lo, e, sabendo disso, compreendeu ainda que jamais deixaria de tentar, pois eles eram amigos, e é nisso que consiste a amizade: tentativas.

Tarp acendeu um cigarro. Jake limpou o nariz com uma batidinha da manga de sua camisa, e parecia estar preso nas teias de algum pensamento magnânimo. Corliss cuspiu, mas não com o intuito de fazer um comentário sobre o que acabara de acontecer; era um ato simplesmente inevitável.

Agora, o centro do circo estava totalmente vazio. Todas as barracas estavam escuras e mortas. Todos escutaram alguém rindo, mas o barulho vinha de longe, de trás dos trailers. Agora, a vida estava em algum outro lugar, na noite reservada. Rudy já pensava em Yolanda.

– Bem – disse Tarp, em meio ao silêncio. – Essa maldita história foi a mais comprida que já ouvi na vida.

– E ele só tinha dez anos quando aconteceu – comentou Corliss. – Pela cara dele, ainda tem uns vinte anos aí até a gente se inteirar de tudo. – Olhou para Rudy. – Você ainda vai demorar muito para terminar?

Rudy suspirou.

– Já terminei – respondeu.

Tarp tentou conter um bocejo. Olhou para Corliss, para Jake.

– Não sei quanto a vocês, mas estou exausto. Acho melhor a gente voltar. Ainda dá tempo de orar. Para orar, sempre há tempo.

– Acho que sim – concordou Corliss.

Jake pareceu aliviado. Pegou uma moedinha no bolso e começou a atirá-la para o alto, pegando-a no ar com uma das mãos, falando ou "cara" ou "coroa" e batendo-a com um deleite infantil nas costas da outra mão. Henry lia seu rosto com facilidade a cada vez que examinava o resultado. Às vezes acertava, às vezes não.

– Vamos lá. – Tarp lhe deu uma cotovelada e os três se viraram e foram embora, caminhando devagar.

Rudy finalmente soltou Henry.

– Tudo correu bem – disse Rudy, assentindo, observando os rapazes indo embora. – Queria poder bater neles por você.

– Tudo bem, Rudy – disse Henry. – Funcionou muito bem. Pelo menos por esta noite. Mas, no que diz respeito à história, tenho que dizer.

– Sim?

– Não foi bem assim que aconteceu.

No lusco-fusco da tarde seguinte, eles voltaram. Atacaram Henry quando ele estava saindo de seu trailer, prenderam-no com suas próprias correntes e jogaram-no no porta-malas do Fleetline velho que Tarp dirigia. Corliss ficou com Henry e quebrou uma de suas costelas durante a fuga. Jake ficou no banco de passageiro, mantendo-se ocupado jogando a moeda, estapeando uma mão com a outra e com um sussurro ocasional, quase inconsciente – Cara, coroa, cara –, até chegarem ao local no meio do nada, um pasto, onde Corliss e Tarp passaram a bater em Henry com todo o moralismo que foram capazes de reunir. Revezaram, um dando a vez ao outro.

– Deus mandou vocês fazerem isso? – Henry conseguiu perguntar-lhes, já cuspindo sangue.

– Ele é um filho da mãe cheio de mistérios, não é? – respondeu Tarp.

Em seguida, Corliss usou sua mão para quebrar a de Henry. Tarp deu-lhe um chute no rosto com a lateral de seu sapato enlameado, se agachou para olhá-lo de perto e sorriu. De um jeito notável. Tarp tinha todos os dentes, talvez até dentes extras. Pareciam estar amontoados dentro da boca, um sobrepondo-se ao outro, como um ônibus apinhado de gente.

– Onde você arrumou esses olhos verdes? – perguntou a Henry. Mas não esperou resposta. – Essas porcarias de olhos não são da mesma cor que os meus.

Tarp se levantou. Ainda estava usando aquelas roupas estilo "é-domingo-estou-indo-à-missa". Agora estavam sujas de sangue; os respingos na camisa branca formavam uma espécie de desenho. Henry piscou, fitando a camisa, tentando descobrir do que se tratava.

– Corliss – chamou Tarp –, vem aqui me ajudar. Quantos crioulos cem por cento nós já matamos?

A pergunta pegou Corliss de surpresa.

– Crioulos cem por cento? – indagou ele.

– Crioulos cem por cento – repetiu Tarp.

Corliss tocou na ponta dos dedos, contando, e suspirou. Contou mais uma vez.

– Acho que pelo menos sete. – Olhou para Tarp a fim de saber se era um número satisfatório.

– Eu diria que foram oito – corrigiu Tarp. – Oito, se a gente contar com aquele cão.

Corliss franziu as sobrancelhas.

– Um cão pode ser considerado crioulo? – perguntou.

– Se o dono do cão for um crioulo, sim – esclareceu Tarp.

Corliss não gostou da ideia de cão crioulo.
– Não dá para saber só de olhar para o cão – retrucou.
Jake ergueu os olhos e balançou a cabeça. Quando falou, sua voz estava tão baixa e sussurrada que sua respiração era mais alta, clara, mais fácil de entender que suas palavras.
– Nunca matamos ninguém – disse ele.
– *Jake* – disse Tarp, enojado. – Cala essa sua boca.
Henry sabia, sentia que seu corpo estava quase liquidado. O vergão na maçã do rosto mantinha seu olho esquerdo fechado, e o direito estava ensanguentado. O rosto inteiro estava inchado. O smoking (que ele acabara de vestir quando chegaram para raptá-lo) estava em frangalhos, as caudas do fraque arrancadas e usadas para prender suas mãos antes de descobrirem a caixa de correntes. As correntes com as quais Tarp amarrara o corpo de Henry estavam tão apertadas que cortavam seus pulsos e impediam que respirasse. Por sorte, depois de anos de prática, Henry sabia como não respirar, como viver quase sem ar; a preparação para escapar da imersão na água como um Houdini de quinta categoria lhe foi útil mais de uma vez. Mas ele nunca tivera o braço esquerdo quebrado, as costelas partidas e as calças encharcadas de urina como agora – não foi um vazamento causado pelo medo, simplesmente precisava ir ao banheiro, e se segurar, sob a pressão da corrente, provou ser impossível. O instante em que soltou a urina foi o único em que sentiu alívio desde que seu martírio teve início.

Houve uma época em que Henry teria sobrevivido a isso. Caso tivesse acontecido dez, quinze, ou até vinte anos antes, aqueles criminosos teriam recebido uma retaliação maliciosa. Pensar em um bando de cães selvagens. Ele só precisaria disso. Pensar em um bando de cães selvagens, e um bando de cães selvagens surgiria uivando das profundezas da floresta de pinhos escuros que havia atrás deles, alguns de olhos vermelhos e outros amarelos, mas todos com olhar assassino, os dentes expostos como uma serra de metais, os pelos pretos ásperos como a casca de uma árvore, cães selvagens feito monstros, vorazes e imortais, capazes de cortar um homem em pedacinhos bem pequenos sem levá-lo à morte, até que a própria morte fosse seu maior desejo. E Henry Walker, o Mágico Negro, teria escapado ileso. Mas não agora.

— Nunca matamos ninguém — repetiu Jake.

Tarp fez que não com a cabeça. Naquele momento, ele odiava o irmão, percebeu Henry.

— Realmente atropelei um cão — disse ele.

— Foi um acidente.

— Bem... — murmurou Tarp.

O dia chegava rapidamente ao fim, as sombras ficando ainda maiores que as árvores. Pequenos fragmentos de sol deixavam a grama amarela em alguns lugares e um nocivo feixe de luz esquentava o alto da cabeça de Henry. Foi isso o que ele tentou apreender, recordar. A luz tocava todos os seus sentidos; Henry quase podia cheirá-la. Pensou em Hannah como se ela estivesse vivendo através do sol, a deusa da luz; a lua teria sido fria demais para ela.

Jake caminhou na direção de Henry. Tirou um pano manchado de óleo do bolso de trás, ajoelhou-se e estendeu o braço para limpar um pouco do sangue que havia no olho de Henry.

— Não — pediu Henry. — Por favor. Não.

Mas Jake limpou. Colocou o pano na beirada do olho direito de Henry e, com delicadeza, esfregou-o e raspou a pequena poça de sangue que se aglomerara sob a pálpebra inferior de Henry. Limpou o olho todo, colocando um pouco mais de pressão nos cantos. Henry estremeceu e Jake recuou, olhando de soslaio, ainda a poucos centímetros do rosto de Henry. Olhou para o olho de Henry e em seguida examinou a área ao redor. Era como se estivesse enxergando Henry pela primeira vez e, de fato, estava. Jake olhou para o pano, vermelho de sangue, e deu outra batidinha na bochecha de Henry, dessa vez com mais força, e ardeu. Jake voltou a sentar-se sobre os calcanhares e observou Henry e seu rosto, absorto em um momento que não conseguia compreender.

– Jake adora melhorar as coisas – disse Tarp, depois riu. – Você conhece aquela história, Corliss? Do pássaro? Um pássaro voou contra um dos ventiladores da varanda no verão passado e ele o colocou numa caixa, cuidou dele até que pudesse voar de novo. Deixou o pássaro perfeito. Daí o gato o pegou.

Corliss riu.

– Isso tem um nome – disse ele. – Existe uma palavra para isso.

– Triste – disse Jake, levantando-se, afastando-se de Henry sem tirar os olhos dele. – A palavra é "triste". – Virou-se para olhar para Tarp. – A gente deveria ir embora. Já aprontamos o bastante.

Mas Tarp não prestava atenção em Jake.

– Parece uma boa – disse Tarp. – Mas acho que tenho uma ideia melhor ainda.

Tarp tirou uma pistola do bolso do terno. Henry viu uma cruz caindo ao mesmo tempo, viu-a sumir no meio da grama escura. Tarp não notou. Agora seu interesse era a arma. Olhava a pistola como se antes não soubesse que estava ali.

Todos escutavam o canto de uma coruja, vindo de dentro da mata cerrada.

Agora. Agora seria mais ou menos a hora em que Jeremiah e os outros se dariam conta de que Henry sumira. O barco que era o Circo Chinês de Jeremiah Mosgrove não era conduzido com mão firme. Levantar-se com alguns minutos de atraso da única casa que se tinha – o trailer úmido e bolorento com a cama de armar, a chapa de aquecimento elétrico, um retrato de uma mulher que talvez você conhecesse do passado, preso à parede ao seu lado, perto do travesseiro onde ela encostaria a cabeça caso estivesse ali –, demorar-se, não era nenhuma surpresa. Sozinho, sem o resto do mundo ali para lhe dizer o que você era, você era igual a todo mundo; só lá fora virava o outro, a exceção à regra. Aproveite enquanto pode. Quem seria capaz de escolher esse tipo de vida?

É, havia a camaradagem, a afeição e intimidade que vinham da consciência de que você não estava sozinho nesta solidão. Mas aqueles amigos, aqueles desajustados malucos – quem os escolheria caso tivesse outra opção? Mesmo sabendo disso, mesmo com o desdém que sentiam pelo resto do mundo, havia o sonho: uma casa num bairro residencial. Nada particularmente grandioso, apenas uma casinha com quintal e uma senhora na casa ao lado que pendurasse as roupas lavadas em um varal estendido no quintal. Uma senhora que faria tortas e cultivaria flores amarelas. Onde a casa de todo mundo seria branca e teria antena de televisão – com o dobro do tamanho da própria casa – balançando de forma precária no telhado de madeira. Algumas crianças também. Coisas que, quando somadas, equivalem à sensação de pertencer a uma comunidade. Isso é ser *normal*, e normal é bom. Quando você é normal, as pessoas sorriem, pedem informações de como chegar a algum lugar, lhe dão um emprego, você se casa com a filha delas. Portanto, se você resolvesse passar alguns minutos a mais no trailer, o único lugar onde podia sonhar com esse tipo de mundo, ninguém iria impedi-lo.

Uma hora, entretanto, eles acabariam descobrindo que ele tinha sumido. Rudy talvez somasse dois e dois e entendesse o que acontecera, mas isso não tinha importância, não àquela altura. Jamais o encontrariam ali, pois nem sequer o procurariam. Sair dos confins do parque cercado onde faziam suas apresentações era algo que raramente acontecia. O circo era uma espécie de cidadezinha independente, um ecossistema onde organismos evoluíam, virando os horrores que dominam as trevas noturnas dos sonhos infantis. De tempos em tempos, alguém ia embora, desaparecia. Em geral, era um velho bêbado que ajudava a arrumar as tendas e as viagens, que jogava fora os pães doces e algodões-doces que ninguém comera. Era raro ser um dos artistas. Agnes, a Mulher-Jacaré, partira havia pouco tempo, retornara à Flórida para cuidar da mãe. E havia um mês que eles tinham perdido Buster, o engolidor de fogo, para o Exército. Agora Henry não estava em lugar nenhum. Prestes a ser morto, prisioneiro de suas próprias correntes, sangrando no meio de um pasto.

– Deixa disso – disse Jake assim que viu o cano prateado, como se fosse um sexto dedo, projetando-se da ponta da mão do irmão. – Quer dizer, *caramba*, Tarp. – Henry ouviu um leve tom choroso na voz de Jake; só agora o garoto havia compreendido aonde aquilo tudo ia parar.

– *Você* deixa disso.

– Você não quer usar essa arma, Tarp – disse ele. – Estou te avisando.

Com mais rapidez do que Henry imaginava ser possível, a mão direita de Tarp – a que segurava a arma – bateu na bochecha de Jake, rachando-a com um som de vidro. O golpe jogou Jake contra o carro, seus lábios delicadamente pressionados contra o capô, como se fosse um beijo. Ele permaneceu assim por um instante.

Tarp ficou perto dele, ofegante.

– Você é que nem aquele pássaro – disse ele. – Cuidado para o gato não te pegar.

Tarp, com as mãos trêmulas, ergueu a arma acima da cabeça e atirou. O som foi levemente reconfortante para Henry, que imaginou que este seria o último som que ouviria na Terra. Seus olhos giraram na derradeira luz do céu acima deles. Titubeante como Henry, quase inexistente.

– *Nunca mais* vamos ter outra chance que nem essa – declarou Tarp. Virou-se para Henry e lhe apontou a arma. Mas estava apertando a alavanca, não o gatilho. – Nunca. Olha só para ele. Olha só para *eles*. Antes, pertenciam a nós. Que nem uma mesa ou uma cadeira. – Tarp cuspiu. – Agora eles aparecem na TV e dizem qualquer porcaria. Podem ser médicos, dentistas, *mágicos*. Isso não vai ter fim. É como um trem. Vai te atropelar, o mundo vai te atropelar. Talvez eu não possa fazer nada para mudar isso, mas gostaria de poder votar. Gostaria de deixar registrado como me sinto.

Corliss deixou outra carta cair no lamaçal que eram seus pés. Olhou para o relógio.
— Estou contigo, Tarp — disse ele. — Mate-o.
— Não mate — pediu Jake.
— *Henry, o Mágico Negro*. Merda. Ele não é mágico nada.
Jake limpou o sangue de seu rosto com a manga da camisa. Olhou para Henry. Henry balançou a cabeça. Porém, Jake o ignorou.
— Pode até ser. Mas ele também não é negro.
Tarp soltou uma única risada e balançou a cabeça.
— Você merece um prêmio — disse Tarp. — Merece mesmo. O que você *quer dizer* com isso? Você perdeu sua cabeça burra?
Jake se afastou do carro e foi em direção a Henry. Tarp e Corliss o seguiram. E Henry pensou: "Hannah". Somente esta palavra: "Hannah", e em meio à escura floresta de pinhos ele a viu, brilhando, como meninas pequenas costumam brilhar, da mesma forma que a vira pela última vez, mais de vinte e três anos antes, com o vestido azul com delicados botões de marfim na parte da frente, sapatos pretos, meias brancas. Ela sorriu e acenou, e, com o grampo de cabelo que ele escondera na manga do paletó, soltou as correntes e levantou a mão para acenar-lhe. Tarp armou a pistola e mirou.
— Não se mexa nem mais um milímetro — avisou. — Nem um milímetro. — A mão de Henry parou no meio do aceno enquanto Hannah via os três se aproximando dele. Henry conseguia ver seus olhos, e percebeu que ela ainda o amava. Ainda assim eram olhos tristes, pois não havia nada que ela pudesse fazer por ele, nem agora, nem nunca. Ela era apenas o que sempre foi: dele, a bela irmãzinha dele.
Jake se ajoelhou e começou a limpar o rosto de Henry com o pano. A luzinha que havia tornou o mundo um cinza desbotado. Porém, Corliss e Tarp viam o rosto de Henry: Jake parecia estar apagando toda a cor que existia nele. A bochecha, o nariz, o pescoço. Por baixo da fina camada negra havia outro homem, um homem branco. Agora Jake era o mágico, transformando uma coisa em outra, fazendo o impossível, o inacreditável, o extraordinário.

— O quê? — disse Tarp, não para alguém que o ouvisse, nem para si mesmo.

— Uma ilusão — anunciou Henry. — A única que ainda tenho. Hannah sumira.

Tarp arrancou o pano da mão de Jake e deu batidinhas no rosto de Henry, avançando devagar em seus cortes e feridas, esfregando cada vez com mais força até que ele também fez o negro virar branco.

Tarp deixou o pano cair no chão e recuou, fitando-o.

Corliss também ficou olhando fixo.

— Dá para fazer isso com todos eles? — indagou.

Todos eles estavam completamente imóveis.

Tarp passou os dedos pelo cabelo e fechou os olhos.

— Isso não faz *sentido* — disse. Outro longo momento de silêncio total.

E então Corliss falou.

— Lembram do que o amigo dele contou? Do diabo? — Ele deu um passo para trás. — Parece ser obra dele.

— Cala a boca, Corliss — disse Tarp, porém sem olhar para ele. Estava fitando Henry, e Henry também o fitava. — Você não é crioulo — acrescentou. — E você não é um mágico. Então... que droga você é?

Uma pergunta dessas tinha várias respostas. Várias. Mas nenhuma delas era fácil, e Henry mal conseguia falar naquele momento.

— Essa — disse ele, mas com tanta lentidão e com uma voz tão baixa que Tarp teve que se inclinar para escutá-lo — seria uma longa história.

Tarp se levantou.

— *Uma longa história?* — indagou, balançando a cabeça, a raiva aumentando a cada palavra. Todo mundo olhou para ele, aguardando a explosão de sua ira. Ele olhou para o irmão, os olhos semicerrados, ardendo, e depois para Corliss. — Outra porcaria de longa história — zombou.

E então a última coisa que qualquer pessoa esperaria aconteceu: Tarp gargalhou. Gargalhou como uma pessoa louca. Em seguida, Corliss riu, porque Tarp ria. Depois Jake riu, pois teve certeza de que ninguém seria assassinado naquele dia. Mas Henry, que soube que não iria morrer, não riu. Sentou-se ali contemplando algo bem distante, a noite ascendendo e caindo sobre ele como tudo o que havia de sombrio no mundo.

O cão secreto
Como contado por JJ, o Anunciante

21 de maio de 1954

Foi assim que aconteceu.
    Senhoras e senhores! Meninos e meninas! Os que estão ficando carecas e os que têm cabelos azuis! Todos vocês, seus caipiras ignorantes, pobretões e tolos, boquiabertos, desesperados e perdidos neste novo mundo que acaba de nascer...
    Bem-vindos! Vocês vieram aqui para assistir a um espetáculo, para ter alguns breves momentos de descanso, para serem transportados desta realidade triste e sem graça para um lugar onde pássaros surgem do nada, coelhos vivem em cartolas, onde um homem pode lhes dizer não só o que vocês estão pensando, mas também o que *vão* pensar, que carta vocês escolherão e por que e quantas vezes já traíram suas esposas – em suma, vieram aqui para serem surpreendidos, até mesmo tomados de assalto, por um homem cujos poderes vão além de sua compreensão limitada.
    Porém, esta noite vocês não assistirão a esse espetáculo.
    Pois o artista sumiu. Desapareceu. A tristeza aperta meu coração, e sem dúvida também aperta os seus. Ela me corta, corta todos nós, nossas entranhas estão rasgadas por sabermos que esse valioso membro da nossa pequena trupe, esse homem com quem vocês contavam para se esquecerem de seus problemas e angústias por apenas uma noite, mesmo que a realidade de suas existências

tristes e patéticas lhes atinja o peito como um enorme martelo de ferro pouco tempo depois... Onde eu estava?, ah, sim – estou simplesmente deprimido por ele não estar aqui para divertir e alegrar.

Henry, o Mágico Negro, sumiu. Mas por quê, e onde estará?

Se eu soubesse responder tal pergunta, seria o dono desta cidade e de tudo o que há nela.

Teorias abundam, é claro. Ele encontrou o amor, encontrou Cristo, ele se encontrou, encontrou dinheiro! Ou trata-se, como suspeitam alguns, de um novo truque ambicioso que deu errado? Pois os mágicos têm uma boa razão para usarem mulheres gordas e solteironas nas mágicas mais arriscadas: se algo ruim lhes acontecer, dificilmente darão pela falta deles... Não me julguem por isso: até a gorda ali no fundo riu da piada. Mas eu me desviei do assunto e, para ser sincero, vou continuar a fazê-lo: a divagação, temo, é tudo o que sei e tudo de que preciso saber para fazer meu humilde trabalho. Mas a divagação tem um propósito – como um cão que segue um cheiro: é assim que chego aonde quero. A boa notícia é que já estou quase lá.

Doninhas e escaravelhos! Esta noite, vocês vão testemunhar algo que nunca foi tentado nessa mixórdia de aberrações e rejeitados que chamamos de Circo Chinês de Jeremiah Mosgrove.

Vou lhes dizer a verdade.

Para começo de conversa, acho que há alguns fatos fundamentais que vocês deveriam saber.

Nenhum de nós é o que aparenta ser. O Homem Mais Forte do Mundo? É um fraco. Ele chora toda noite, até pegar no sono. A Mulher-Aranha é um truque feito com espelhos (não existe aranha com cabeça de mulher, muito menos uma cabeça tão atraente quanto a de Katrina, por quem sempre tive uma quedinha). E Agnes, a Mulher-Jacaré? Não passa de uma terrível doença de pele.

O que traz à baila Henry.

Segure a mão da pessoa que está ao seu lado, independentemente do quão feia ela possa ser, pois o que vou lhes dizer pode

deixar até as pessoas mais fortes que há entre vocês zonzas, e é capaz até de caírem duras. Aqueles de vocês que têm coração? Preparem-se para tê-lo partido. E aqueles desprovidos de imaginação – o que vocês estão fazendo aqui?
 Lá vai a notícia: Henry, o Mágico Negro, não tem nada de negro. Ele é branco.
 Branco! Tão branco quanto vocês e eu.
 Vou lhes dar um instante para processar essa informação.

Nem todo mundo sabe disso, nem mesmo as pessoas aqui do Circo Chinês. Acho que vocês podem entender o porquê. Vocês já ouviram algo mais chocante do que isso em todas as suas vidas infelizes? E afora os grupos de teatro vaudevile do passado, a morte na qual se espelha a morte disso, de nós, do espetáculo de aberrações e todos os excêntricos que o integram, não sei de nem um único acontecimento semelhante. Imagine só. Por que um homem faria isso consigo mesmo? Um homem branco se transformar em um negro – nos dias de hoje? É como se o rei decidisse virar um indigente. Cary Grant, um leproso. Marilyn Monroe, uma caminhoneira desdentada e cheia de acne. Como se um cão de três patas doasse uma delas à ciência. É parecido, não é?
 Só que ainda pior. Só que ainda mais inacreditável. Mas, como tudo o que é inexplicável, há sempre uma explicação, não é? E é isso o que vou lhes mostrar esta noite. Éramos amigos. Talvez fôssemos os melhores amigos. Ele partilhava uma parte de quem era comigo, uma parte que não partilhava com mais ninguém, madrugadas acampados diante de uma garrafa de vinho tinto. Só eu posso contar a história. Mas só posso contá-la a vocês da mesma forma como ele me contou, usando as palavras que ele usou, e desse modo espero torná-lo real – recriá-lo, por assim dizer –, fazê-lo aparecer diante de nós assim como ele já apareceu de verdade, mas agora ainda mais nítido, mais sólido –, pois agora ele será iluminado pela verdade.

* * *

Um menino de dez anos, órfão de mãe, crescendo sob as nuvens negras da Depressão – é esse o nosso ponto de partida. Onde os que um dia foram abastados são obrigados a implorar por uma refeição sólida, ao menos. Homens orgulhosos são obrigados a limpar a sujeira dos cavalos em troca de um par de sapatos. E o Sr. Walker, um próspero contador com firma própria, foi reduzido a serviços de manutenção de um hotel de luxo. A irmã caçula de Henry, Hannah, era o único ponto luminoso que havia em sua vida – literalmente, pois seu cabelo dourado reluzia até de noite. O que faltava em sua vida?

Bem, quase tudo. Quase tudo o que pode faltar no mundo. Mas, acima de tudo, *surpresa. Possibilidades.*

Mágica. Há algo que seja mais necessário? Para cada um de nós? Eu, por exemplo. Não se passa nem um dia sem que eu torça por uma ou outra aberração. Sou eu quem lhes diz onde está o espetáculo, e o espetáculo está sempre aqui, do outro lado desta tenda de circo envelhecida, atrás das pinturas espalhafatosas dos erros cometidos pela natureza. É sempre a mesma coisa, é igual a um emprego de nove da manhã às cinco da tarde, na verdade, se desconsiderarmos Yolanda, que de vez em quando me encontra ao lado do buraco de escoamento que fica atrás daqueles pinheiros. Nós conversamos. Ela mesma admite que já esteve com todos os homens que vivem a um grito de distância – menos eu. Nunca ficamos juntos, nunca ficaremos. Ela é uma verdadeira aparição – com sua beleza morena de cigana e tudo o mais – e já fiquei tentado. É estranho, contudo: o fato de que só eu não a tenha tocado dessa forma faz com que eu me sinta mais íntimo dela do que os outros. Como se fôssemos casados e ninguém além de mim pudesse tê-la dessa forma. Isso é mágica, não é? Para mim.

Agora imaginem. Verão de 1931. Embora tivessem acabado de ser liberados da escola, ela já era uma lembrança remota. Ele e a irmã estavam livres para passear, investigar, para fazer tudo o que quisessem. E à disposição deles, o Hotel Fremont. Imaginem esse amável e tristonho menino de dez anos, durante uma brincadeira de esconde-esconde especialmente ambiciosa, envolvendo vários andares, girando a maçaneta de um quarto que ele acreditava estar vazio, *mas em vez disso descobrindo ali um homem* sentado em sua cadeira, olhando-o nos olhos, quase como se o estivesse aguardando. O homem trajava um terno preto, gravata-borboleta e o par de sapatos preto e branco mais reluzente que Henry já vira. O homem sorria, mas sua pele era tão branca – branca como um papel, branca como uma nuvem – que seus dentes, em comparação, pareciam amarelados. O cabelo estava úmido. Na mesinha ao lado, havia um livro e uma caneta, mas as folhas estavam em branco. Em sua mão, havia uma moeda que ele ficava girando de um lado para outro e sob os dedos.

– Henry – disse ele. – Que surpresa agradável.

– O senhor... sabe meu nome?

– Acertei por sorte – respondeu o homem, o sorriso paralisado no rosto, como se não houvesse outra pose. – Os nomes são divertidos. O meu, por exemplo, muda todo dia.

– Muda?

– Muda sim. Ontem meu nome era Horatio. Hoje é Mr. Sebastian. Amanhã? Quem sabe. Estou pensando em "Tobias".

Henry assentiu como se tivesse compreendido. Mas estava hipnotizado. Fora enfeitiçado por aquele homem num tempo que devia ter batido recordes. Em menos de um minuto.

– E cadê a Hannah? – indagou Mr. Sebastian, a moeda se movendo como uma serpente pelos dedos. Ele sabia o nome de todo mundo.

– Está se escondendo – disse Henry.

– Entendi – disse Mr. Sebastian. – E você achou que ela poderia estar aqui, não foi?

Henry assentiu outra vez, sem tirar os olhos da moeda.

– Como o senhor faz isso? – perguntou.

O sorriso de Mr. Sebastian pareceu ficar mais intenso, os olhos pareciam brilhar.

– Ah, você sabe. Da mesma forma que faço isso aqui.

E então, naquele exato instante, no dia em que se conheceram, Mr. Sebastian fez o impossível: desapareceu. Henry poderia jurar. Por alguns segundos, a cadeira não passava de uma cadeira. Não tirara os olhos das mãos do homem, e as mãos do homem também sumiram, junto com o resto do corpo. Henry mal teve tempo de procurá-lo pelo quarto antes que voltasse exatamente ao lugar onde estivera, sentado com as pernas cruzadas, sorrindo.

– O que foi isso? – perguntou Henry.

– Isso – esclareceu Mr. Sebastian – foi mágica.

Naquela noite, na escuridão de seu minúsculo quarto, tomado pelo colchão fino como uma folha de papel, nem Hannah nem Henry conseguiram dormir. Suas roupas, penduradas na corda estendida de um lado a outro do quarto, pareciam fantasmas. Ouviam a água gorgolejando nos canos de metal expostos que adornavam as paredes, quando algum hóspede dava descarga. Ambos sabiam que o outro estava acordado, sabiam que o outro estava deitado ali na escuridão com os olhos bem abertos: nasceram com pouco menos de um ano de diferença, e era como se um pedaço de Henry tivesse ficado no útero da mãe e se tornado parte de Hannah: a ligação entre os dois era muito clara. Um sentia os olhos do outro.

– Alguma coisa aconteceu hoje – disse Henry.

Hannah arfou.

– Comigo também! – disse ela, quase gritando em meio à voz sussurrada. – Alguma coisa aconteceu comigo também. – Ela se esgueirou para perto dele, aproximando-se da linha imaginária que dividia seus espaços na cama. – Você primeiro.

– Não, você.

– Está bem – disse ela. – Achei um cachorro.
– Como assim "achou um cachorro"?
– No beco atrás do hotel havia um cachorro, e eu o achei.
– O que você estava fazendo no beco atrás do hotel?
– Lendo revistas – respondeu ela.
– Revistas?
Ela tirou algo de baixo do colchão e mostrou a Henry. Era uma folha brilhosa arrancada de uma revista. *O Cunarder*. Era o retrato de uma bela ilha tropical com uma mulher na praia, ao lado de um homem lindo, contemplando o azul infinito do mar, com um biplano voando alto acima deles.
– Tem várias fotos como essa, de vários lugares. Um dia eu vou para lá.
– Nós – soltou Henry.
– O quê?
– Você quis dizer "nós" – explicou ele. – Um dia nós vamos para lá.
Mas Hannah não falou nada em seguida. Ficou simplesmente olhando fixo para o retrato.
– Eu estava atrás de um paredão de latas de lixo – contou ela –, só olhando fotos como essa. Já estava lá fazia um tempo quando escutei um barulho. Era um cachorro.
– De que raça?
– Azul – disse ela. – De certo modo. Um cachorro azul.
– Isso não é raça de cachorro.
– Bem, eu o achei.
– Parece é que ele achou você.
– Voltei lá depois do jantar e dei a ele um pouco de presunto.
Henry permaneceu em silêncio por um tempo, pensando nisso.
– Um pouco do *nosso* presunto?
– É – confirmou ela.
– A gente não tem muito presunto.
– Foi da minha porção de presunto. Não da sua. Não comi a minha porção esta noite, dei a ele.

— Então hoje o cachorro comeu melhor que você.
— Acho que sim. Mas não tem problema.
Ficaram em silêncio por alguns instantes, até que ela se virou para o outro lado. Sabia como Henry encararia aquilo. Não precisava ser sua outra metade que chegou atrasada para descobrir.
— O cachorro é meu — disse ela, com as costas viradas para ele.
— Dou a ele a comida que eu quiser.
E Henry sabia que era melhor nem discutir, pois, da mesma forma que a irmã era parte dele, também não era. Deixe que ela alimente a porcaria do cachorro. No que dependesse dele, Hannah poderia até viver no beco e dormir atrás das latas de lixo. Ao menos foi o que disse para si mesmo. Hannah tinha rolado até a beirada do colchão, bem mais longe do que de hábito, e Henry sentiu a distância e soube que, se ela pudesse se afastar ainda mais, o faria. Foi assim que começou. Ele adormeceu sem falar nada sobre Mr. Sebastian ou Horatio ou Tobias, ou qualquer que fosse o nome dele naquele dia, encontrando nesse segredo seu único conforto.
No dia seguinte, Henry voltou ao quarto 702, outra vez sem Hannah, que saíra logo depois de acordar, levando um naco de pão para o cachorro. Mr. Sebastian — para Henry, como ele *tinha cara* de Mr. Sebastian, era assim que se chamava — estava sentado na mesma cadeira, vestido com as mesmas roupas, esboçando o mesmo sorriso. No lugar da moeda, entretanto, segurava um baralho de cartas com o verso azul, e elas se moviam de uma mão para outra como se tivessem cabecinhas independentes, cabecinhas treinadas para pensar o que Mr. Sebastian quisesse que pensassem, deslizando no ar com delicadeza, uma depois da outra numa apresentação perfeita, presas como ímãs, mas livres como fumaça.
Henry não conseguia se mexer, nem falar. Era como se tivesse acabado de conhecer seu primeiro amor verdadeiro.
— Posso lhe mostrar — disse Mr. Sebastian. — Se você quiser.
Henry assentiu devagar. Ele queria.

* * *

Sou de Oklahoma. Meu pai era dono de uma companhia petrolífera. Quando eu era garoto, morávamos num castelo, um castelo erguido numa pradaria, como uma miragem estapafúrdia. Tenho uma foto minha diante da fachada, um menininho usando calçolas! Calçolas! Meu cabelo molhado penteado para trás, como ainda uso hoje em dia. Então, quando eu tinha doze anos, meu pai perdeu tudo; ele era jogador, e jogava mal, e essa é uma mistura infeliz. Abandonamos o castelo, minha mãe nos abandonou, e fomos morar em um prédio sem elevador, em Norman. Quando eu tinha catorze anos, ele conseguiu reaver tudo – era um trabalhador incansável, o meu pai, e era genial, ganhei até uma nova mãe –, e quando eu estava com dezesseis, ele perdeu tudo de novo, da mesma forma.

Cansei-me dessa vida. Da incerteza. De nunca saber se no dia seguinte eu seria pobre ou rico, se moraria em um castelo ou em um quarto em cima de um açougue, com ou sem mãe. Portanto, fui embora. Pulei num trem que partia de Oklahoma City e, depois de passar um ano a ver navios, vim parar aqui, desmontando e montando, até que meu predecessor perdeu a voz e tudo o que tinha na vida no incêndio de 1949, e fui designado a tomar o lugar dele, a fazer propaganda das aberrações. É claro que as amo e que elas me amam. Ainda assim, elas são as estrelas. É engraçado que seja assim. Os talentos são eles. Sou normal demais para ser alguém aqui, alguém importante. Minha única opção é falar. O ponto onde quero chegar é o seguinte, é em que sentido Henry e eu somos parecidos: se não fosse pelo meu pai, eu nunca teria vindo parar aqui.

No decorrer do ano em que moraram naquele hotel, Henry vira as mãos do pai engrossarem. Cortadas, machucadas e calejadas, haviam se amoldado para se parecerem mais com as ferramentas que manuseavam. Na casa onde viviam antes, o pai às vezes segurava a mão de Henry na hora em que o filho adormecia, e tirava o cabelo de sua testa. Mas Henry não queria mais que o pai o tocasse, pois não havia nada de confortante naquilo: era como se fosse acariciado por uma sovela.

    Havia outras razões por trás disso, é claro. As mãos do pai contavam a história de suas vidas melancólicas. Durante o jantar, Henry observava de soslaio o pai segurando o garfo e a faca: era como se os estrangulasse. Em seguida, atacava a comida com uma necessidade voraz. Henry tentava não julgá-lo, mas o ato de tentar só servia para fortalecer seu preconceito. Pois era *inconveniente* a maneira de o pai comer. Ele trabalhava o dia inteiro, estava faminto, e eles não tinham muito o que comer, nem muito tempo para fazê-lo. Mas como a mãe dele tinha dito uma vez, "Só porque você está em um país estrangeiro, não quer dizer que tenha que se vestir como os nativos". Henry lembrava-se da mãe lhe mostrando como segurar o garfo e a faca, como se sentar ereto na cadeira, como pedir que lhe passassem a manteiga, e ele ainda fazia desse jeito, do jeito *dela*. Ele cortava a comida com delicadeza e em seguida a espetava nos dentes prateados do garfo, depois levantava a comida devagar e a colocava na boca, onde a mastigava, pausadamente, sempre contando "um, dois, três, quatro, cinco". E assim por diante. "Fletcherismo" era o nome que a mãe dava a isso.

    Hannah estava no meio-termo entre os dois. Sabendo como o irmão se sentia, ela não queria decepcioná-lo, mas, por outro lado, achava que comer à maneira de Henry envergonhava o pai, pois, em algum lugar dentro de si, ele sabia o que tinha se tornado. Portanto, ela serrava os restos de bife secos e duros que a cozinha do hotel lhes dava, mas, ao ver Henry observando-a, ela voltava aos bons modos antigos e, assim, tentando agradar a todo mundo, não agradava a ninguém. Ela era nova, estava dividida entre dois mundos, alianças e afetos. Henry compreendia. Henry a perdoava. Ela podia comer como bem quisesse.

    Naquela noite, as sobras do hotel incluíam uma mistura de legumes, quatro cascas tiradas da ponta de um pão e um prato de peixe com creme que a cozinha tinha feito em excesso, servido em folhas de flandres antigas.

— Está gostoso — disse o pai de Henry, a boca cheia, pedacinhos de creme escorrendo pelos cantos dos lábios.

Henry e Hannah confirmaram com a cabeça, em seguida Hannah suspirou.

— Estou satisfeita — disse ela.

Ela mal tocara na comida. Henry olhou-a fixo.

— Não é possível que você esteja satisfeita — retrucou ele.

— Bom, eu estou — afirmou ela.

O pai sorriu e fez carinho na cabeça de Hannah, e ela recuou.

— Ela é uma pequerrucha, Henry — disse ele. — Olhe só para ela: é capaz de ser carregada pelo vento! Talvez ela só precise de algumas garfadas. A gente pode dividir o que sobrou — sugeriu ele, já estendendo o braço na direção da comida.

— Não! — exclamou ela. — Não. Quero guardar o resto para mais tarde. Acho que aí sim eu vou comer. Mas não agora.

— Quando? — indagou Henry.

— Mais tarde — respondeu ela.

— Dá para ouvir daqui o seu estômago rosnando — anunciou Henry. Ela fixou o olhar nele, desafiando-o, encarando-o. — Rosnando que nem um cachorro.

Ela se levantou e se retirou da mesa, o prato na mão, lançando um olhar a Henry para ver se ele ainda estava observando-a. Estava. Ela se retirou mesmo assim.

— O que está acontecendo? — perguntou o pai.

Henry pensou em falar a verdade para o pai — que Hannah ia levar a própria comida e alimentar o cachorro abandonado que tinha achado no beco atrás do hotel —, mas não podia traí-la. Por enquanto.

— Só fico preocupado de ela não comer bem — disse ele. — De ela ficar doente ou alguma coisa assim.

O pai sorriu e examinou o filho, uma luz fraca brilhando em seus olhos cinzentos.

– Você é um bom irmão – disse ele. – E também um bom filho. Fico preocupado de você não ter o bastante para comer. Você está virando um varapau! Logo, logo vai estar maior que eu. Logo, logo... – Ele parou e examinou o filho com mais atenção. – Henry, o que é isso?

Enquanto o pai conduzia o inventário do filho em processo de crescimento, viu uma coisa protuberante em um de seus bolsos, e o entusiasmo em seu rosto se dissipou.

– São *cigarros*? – inquiriu.

– Não, é claro que não – respondeu Henry.

– Pois não temos dinheiro para comprar cigarros – disse o pai. – Parei de fumar charuto quando as coisas ficaram desse jeito, não foi porque eu queria, e sim porque tinha de parar. E você *não vai* gastar dinheiro...

– Não são cigarros – afirmou Henry. – São cartas.

– Cartas? – perguntou o pai.

Relutante, Henry tirou o baralho do bolso e colocou-o na mesa, diante do pai. Apesar de ter passado cerca de meia hora antes do jantar fitando o baralho, Henry ainda achava que jamais tinha visto algo tão belo. Sob todos os aspectos: o vermelho vivo da caixa de papelão, a palavra "Bicicleta" – tão simples, mas tão adorável – estampada na capa, e a imagem de um Cupido montado em uma bicicleta no verso: que ideia ridícula! Um Cupido em uma bicicleta? O que significava? Henry não tinha ideia, mas isso pouco importava. Ele a adorava. A caixa discretamente firme na qual se encerrava tanta coisa. Cinquenta e duas cartas. Já estava começando a acreditar, embora ainda não soubesse que havia mais vida dentro do que fora dali. Mais possibilidades. Mágica.

– Bem – disse o pai –, acho que fiquei chateado sem motivo. É um baralho de cartas. – Henry estremeceu quando o pai estendeu o braço para pegá-las.

– Não...

– O quê?

– Não as machuque – disse Henry.

O pai de Henry reconheceu o tom de voz do filho: era categórico e arrogante. Mas sorriu.
— Como seria possível eu machucar um baralho de cartas? — questionou. — Elas são feitas de papel, não de cristal fino.
— Só que, por favor, dá para o senhor limpar as mãos, primeiro?
— Claro — disse ele. — Claro. Não queremos sujá-las, não é? — Ele esfregou as mãos no guardanapo antes de pegar o baralho cautelosamente e examiná-lo. — Parecem novas.
— São novas.
— Você comprou?
— Foi um presente.
Os óculos do pai precipitaram-se para a ponta do nariz enquanto ele analisava o baralho.
— Um presente? De um dos hóspedes?
— Sim — confirmou Henry. — Isso mesmo.
O pai de Henry balançou a cabeça.
— Eles se sentem bem quando dão alguma coisa para os menos afortunados, mesmo que seja um baralho. — Ele riu. — É isso o que somos agora, sabe, os menos afortunados. E eles os mais.
Henry reprimiu a vontade de contradizer o pai. Pois, embora não houvesse nada de errado no que ele e Mr. Sebastian estavam fazendo, Henry achava que tudo o que precisasse ser explicado ao pai acabaria sendo chamado de "péssima ideia" e seria proibido. Não tinha contado nem a Hannah, pois as cartas eram dele e de mais ninguém. Desde que se mudara para o hotel, não teve nada que fosse dele e de mais ninguém.
O pai continuou a examiná-las.
— Eu sabia jogar cartas — comentou ele. — Quando eu era... bem, digamos apenas que foi há muito tempo. Depois do trabalho, a gente tirava tudo da mesa e jogava algumas partidas. A aposta era uma moeda de cobre. O perdedor sempre perdia a cabeça. — O Sr. Walker abriu um sorriso. — As cartas têm uma bela história, sabia? Não sei muito bem qual é, mas acredito que a realeza representada nelas quer dizer alguma coisa.

Henry não se conteve. Ele deixou escapar:
– O rei de copas representa Carlos Magno; o rei de ouros, Júlio César; o rei de paus é Alexandre, o Grande; e o rei de espadas é Davi, da Bíblia.
O pai o olhou por cima dos óculos, um tanto entretido.
– É mesmo?
– É – confirmou Henry.
– Você ao menos sabe quem são todas essas pessoas?
– Não – respondeu Henry. – Mas vou saber.
– Tenho certeza de que vai, sim, filho.
O pai virou o baralho nas mãos e sorriu.
– Eu adorava embaralhar – contou. – Só o som que faz, especialmente quando as cartas são novas como estas. Quer ouvir como o seu pai costumava embaralhar as cartas?
Henry avançou nas cartas, mas o pai imediatamente afastou-as dele, instintivamente, como um cachorro tomando conta de um osso. Era esse tipo de homem que ele havia se tornado, o tipo que guardaria algo para o filho. Seus corpos congelaram nessa posição – a mão de Henry esticada, o ombro do pai se desviando – e trocaram um olhar. Porém, enquanto os olhos de Henry estavam frios e duros, os do pai tinham ficado opacos e tristes.
– Você... não quer que eu faça isso? – disse o pai.
Ele soou como se tivesse sido atingido por um tiro e essas fossem suas últimas palavras. "Você não quer que eu faça isso?" E por mais que Henry *não* quisesse, não pôde superar o tom na voz do pai – o quanto ela estava melancólica e devastada, ao pensar que seu próprio filho lhe negaria aquele pedido, uma coisa tão sem importância.
– Não – disse Henry. – Claro. Quero ouvi-lo embaralhar. Só ia abrir a caixa para o senhor.
O pai sorriu.
– Sei abrir a caixa, filho – disse ele. Agora, havia uma frieza em sua voz. – Eu já jogava cartas antes de você ser um vislumbre nos meus olhos.

— O que isso quer dizer?

— Quer dizer que eu já jogava cartas bem antes de você pensar em nascer.

— Mas o que quer dizer "vislumbre nos meus olhos"?

— Quer dizer — disse ele — que um dia olhei para a sua mãe, que Deus abençoe sua alma cansada, e meus olhos, eles, sabe como é, eles faiscaram, e os olhos dela faiscaram também, e nós resolvemos fazer um bebê, e foi isso o que você se tornou: o bebê que um dia foi apenas um vislumbre nos meus olhos. — Henry ficou se perguntando como seriam os olhos do pai vislumbrando.

— O senhor e a mamãe jogavam cartas?

— Acho que não — respondeu o pai com sua voz distante. — Fazíamos muitas coisas, mas nunca jogamos cartas. Ela... Sua mãe passava muito tempo ao ar livre, no jardim. Depois de você e de Hannah, o que ela mais amava eram as plantas.

— Eu e Hannah e o senhor — corrigiu Henry.

— É, acho que entro na lista... logo depois das hortênsias.

Ele riu e Henry riu junto, e o feitiço foi quebrado. A atenção se voltou para as cartas. O dedão do pai pressionado contra a tampa da caixa, e, depois de duas ou três tentativas, ele a abriu. Henry observou como se o pai estivesse executando uma operação. Os dedos dele pareciam gigantescos e disformes segurando a perfeição luzidia da caixa vermelha. Ele balançou-a com uma das mãos e, quando as cartas caíram, pegou-as com a outra. Naquele mesmo dia, mais cedo, o próprio Henry tinha aberto a caixa pela primeira vez. "São para você", dissera Mr. Sebastian. Fazia muito tempo que Henry não ganhava algo sem importância, um acessório para a vida em vez de alguma coisa puramente necessária. Um brinquedo. "Os melhores perfumes estão nos menores frascos", havia dito Mr. Sebastian. "E nesta caixa há cinquenta e duas coisas." A única palavra que Henry conseguiu falar foi "Obrigado", e mesmo assim ela saiu fraca e não representou o que ele sentia por dentro. "Em breve estas cartas farão tudo o que você mandar", declarou Mr. Sebastian. "Vou lhe mostrar como fazer isso. Não podemos prever o que acontecerá no resto de nossas vidas, as sortes ou tragédias que podem abater-se sobre nós, mas sobre estas cartas você terá controle total."

Agora, ele não tinha controle algum. Seu pai as segurava, espalhava-as em forma de leque. Olhava para o filho como se algo maravilhoso tivesse acabado de acontecer. Embaralhou as cartas e, ao fazê-lo, fechou os olhos e ouviu o som cortante, engenhoso. *Era uma beleza.* Parecia uma plateia aplaudindo.

– Eu conseguia embaralhar as cartas no ar – contou o pai, tirando as cartas de cima da mesa.

– Não tem problema – disse Henry. – Gostei de como o senhor embaralhou em cima da mesa.

– Deixe-me tentar. No ar.

– Pai, é sério...

Tarde demais. O pai segurou as cartas diante de si e começou a embaralhar, mas, praticamente a partir da primeira carta, elas saíram de seu controle, e em vez de cortarem-se direito e unirem-se como se fossem uma só, todas as cinquenta e duas cartas saltaram no ar, como se estivessem fugindo, e voaram para todos os lados possíveis: o chão, a mesa, o fogão. Uma delas caiu na beirada do prato do pai; Henry notou o canto da carta absorvendo o molho.

– *Pai!* – gritou Henry, pegando a carta e enxugando-a na blusa. Examinou-a; parecia estar bem. Em seguida, foi atrás das outras, furioso. Encarou o pai. – O senhor... Olha só o que o senhor fez! *Eu* sou a única pessoa que deve tocar nessas cartas. A culpa é minha, eu não devia ter deixado que o senhor tocasse nelas. Eu já devia ter aprendido que tudo o que o senhor toca...

Mas Henry parou, pois sabia que o que diria em seguida seria mais doloroso que qualquer outra coisa que pudesse dizer.

– Henry – disse o pai. – São apenas cartas.

O que piorou ainda mais a situação.

– Apenas cartas – repetiu Henry. – *Apenas cartas?* – Abaixou-se e pegou mais algumas. Agora não estava olhando para o pai. – Apenas cartas – disse outra vez, contando-as à medida que as recolhia debaixo da cadeira, da mesa, da geladeira: estavam em todos os lugares, espalhadas pelo linóleo frio e rachado como folhas ao vento. Mas procurou-as até achar, e depois de limpar o prato, foi para o quarto e contou-as várias e várias vezes, até ter certeza, até não restar dúvida de que resgatara todas elas.

O que me traz à mente o dia em que meu pai me achou. Eu estava em cima de um engradado de maçãs, porque o andaime que eu usava tinha sido destruído por um elefante predatório. A chuva da noite anterior deixou o chão muito molhado e lamacento, com poças por todos os lados, uma desgraça para os pés. Lembro-me de ter começado – "Senhoras e senhores! Senhoras e senhores! Meninos e meninas! Os que estão ficando carecas e os que têm cabelos azuis!" – quando olhei para o público e o vi. Estava de pé nos fundos, com um terno preto e gravata-borboleta – que era num tom claro de laranja, pelo que me lembro –, e pensei (enquanto meu discurso continuava) que talvez ele tivesse se recuperado. Talvez tivesse voltado a ser rico. Bom para ele, pensei. Tinha sua empresa, na qual esperava que eu entrasse um dia e assumisse seu cargo – tomasse as rédeas, por assim dizer –, e ali estava eu, em cima de um engradado de maçãs, berrando como se o mundo estivesse em chamas "Mulher-Aranha! A cabeça de uma mulher e o corpo de uma tarântula devoradora de homens!". E ele simplesmente foi embora. Vi a parte de trás de sua cabeça desaparecendo na multidão. A última vez que vi meu pai.

O cachorro, claro, não tinha nada de azul. Era preto da cabeça até o rabo, e totalmente feroz na primeira vez que Henry aproximou-se dele. Rosnava pra valer, o pelo ao longo da espinha tão levantado e tão vigoroso que parecia o gume serrilhado de uma faca. Henry gelou. Tinha medo de mexer qualquer parte do corpo – os dedos, os olhos – pois, mesmo quando respirava, o rosnado do cachorro ganhava modulações ascendentes, como se o avisasse para não fazê-lo. O fedor era esmagador. Atrás de uma fileira de lixeiras manchadas e amassadas, alinhadas como soldadinhos de chumbo junto ao muro do beco, Henry e o cachorro encararam-se friamente, como se adiando o momento do combate inevitável. Para prolongar o momento, Henry parou de respirar.

Claro que ele não tinha pensado que as coisas aconteceriam daquele jeito, pois não imaginava ser aquele o cachorro que encontraria. Hannah, ele imaginou, tinha adotado um bicho sarnento, dócil e digno de pena que mexera com seu coração de menininha e cuja vida dependia das sobras que ela trazia, um bicho que ele pudesse amedrontar com um graveto. Mas aquele cachorro era um monstro, e ele ficou se perguntando se Hannah não o alimentava por temer pela própria vida. Se fosse o caso, não havia por que ela sequer voltar ali. O Hotel Fremont era todo de primeira classe; a insinuação de que a vida tinha suas imperfeições se dissipava no instante em que um hóspede passava por suas enormes portas douradas. Ali no beco estava a parte verdadeira daquilo tudo. Era para lá que ia tudo, o lixo do faz de conta. Havia toda espécie de detrito humano, os físicos e também os espirituais. O odor era medonho e profano, como se algo tivesse morrido três ou quatro vezes e depois tivesse sido deixado ali para apodrecer e desintegrar no calor mormacento de verão. Era um odor tão denso e pungente que conseguia até enxergá-lo, erguendo-se em nuvens e pairando em torno das lixeiras.

Era impossível imaginar Hannah ali fora. Nunca a vira como algo menos que a perfeição, a melhor menina entre todas as outras, seu cabelo tão louro e a pele tão clara que não poderia existir sujeira em um lugar onde ela estivesse. O beco era o oposto dela: escuro e horrível, quase diabólico, como ele imaginaria ser um canto do inferno.

Foi a primeira vez em toda a sua vida que ele sentiu que não a compreendia.

Depois de passado um instante, achou que não aguentaria mais prender a respiração. O cachorro preto percebeu – estava esperando um motivo para atacar. Seus olhos, agora vermelhos, encaravam Henry com um olhar assassino, os dentes escancarados como um serrote; cada vez mais ele parecia um monstro. Henry sentiu compulsão de morrer por conta própria, antes que o cachorro tivesse a chance de matá-lo.

No instante seguinte, Hannah estava ali.

– Henry – disse ela. Incapaz de se mexer, ele só a viu quando esta ficou bem ao seu lado. Estava usando o vestido azul-claro desbotado com mangas franzidas, no cabelo o prendedor de couro de tartaruga predileto da mãe. Parecia um anjo. Sorriu-lhe.

– Eu poderia ter te avisado que era uma péssima ideia. Se você tivesse perguntado.

Em seguida, se virou e gritou para o cachorro.

– Joan Crawford! – disse ela, da maneira perfeita de chamar um cachorro, ao mesmo tempo alegre e potente. E Joan Crawford veio, abanando o rabo, a súbita mudança de personalidade que era impossível para Henry entender ou acreditar.

Hannah acariciou a cabeça do doce cachorrinho, depois desceu a mão pelas suas costas, onde o pelo havia se eriçado. Agora parecia tão macio quanto assentado.

– Você deu ao cachorro o nome Joan Crawford?

Ela confirmou com a cabeça. Ele deu uma olhada embaixo das patas traseiras do cachorro.

– É macho. Por que você não dá a ele o nome de Pretinho ou coisa assim, que nem um cachorro de verdade?

– Gosto de "Joan Crawford".

Joan Crawford rosnou e se aproximou um pouco de Henry.

– Faz carinho nele – sugeriu Hannah.

– Não, não. – Ele não conseguia se livrar do medo de que essa fosse uma espécie de armadilha.

– É assim que se faz amizade com os bichos – afirmou ela. – Sendo legal. – Ela parou para refletir a respeito. – Acho que com as pessoas também é assim. Se você for legal com estas, elas também vão ser legais com você.

Ela olhou para Henry e aguardou, mas como ele permanecia imóvel Hannah pegou sua mão pelo pulso e a abaixou. Enquanto isso, ele tentava puxá-la, mas a força de Hannah era surpreendente e levou seus dedos até a boca do cachorro.

— Faz carinho nele — pediu ela.
— Hannah — disse ele, esperando a mordida.

Porém, Joan Crawford só deu uma fungada e em seguida provou a mão de Henry com a língua. Mais algumas lambidas e ele se deu por satisfeito. Depois tudo ficou bem.

Hannah tirou um pedaço de presunto do bolso e o estendeu para o cachorro. O bicho o arrebatou, e, com três breves mordidas, ele se foi.

— Você não pode ficar fazendo isso — declarou Henry.
— Posso sim, se eu quiser — respondeu ela.
— A gente precisa da comida.
— É minha, não sua.
— Você precisa dela, Hannah.
— Joan Crawford também precisa — afirmou ela. — Acho que sou uma boa pessoa por dividi-la com ele.
— Boa demais — retrucou ele.
— Como é possível ser boa demais?
— Você é. Você é boa demais.

Ela balançou a cabeça.

— Não se preocupe comigo, Henry.
— Tenho de cuidar de você.
— Não — disse. Ela sorriu-lhe. — Você não precisa fazer isso, não, Henry. Estou bem. Além disso, você veio aqui para afugentá-lo. Não foi?

O cachorro os observava. Olhou para Hannah, depois para Henry, indo e voltando de um rosto para o outro, como se achasse difícil acompanhar a conversa, mas não muito. O sol ultrapassou o contorno do hotel de luxo e, como um holofote, bateu em todos eles, em Henry e Hannah e no cachorro, cozinhando o lixo, em seu odor monumental. Henry parou de respirar outra vez.

Mas Hannah não. Ela estava bem. Acariciou a cabeça de Joan Crawford com sua mãozinha e o cachorro se esfregou contra a perna dela.

– Ensinei uns truques para ele – contou. – Quer ver?

Ele respondeu que sim.

No dia seguinte, Henry foi ao quarto 702, como fizera no dia anterior e no dia antecessor. Mas naquele dia, pela primeira vez desde que Henry o conhecera – não tinha muito tempo, mas, ainda assim, tinha sido a primeira vez –, Mr. Sebastian não estava sorrindo. Henry sabia o que isso significava: negócios. Então Henry também fez cara de quem estava ali a negócios.

– Sente-se, Henry – disse ele.

Henry se sentou. Mr. Sebastian segurava uma caneta-tinteiro e, com delicadeza, colocou-a ao lado do livro, cujas folhas ainda estavam em branco. Em seguida, olhou bem no fundo dos olhos de Henry. Este nunca tinha se sentido dessa forma. Sentiu Mr. Sebastian dentro dele.

– Este é o início – anunciou. – O início de sua vida como mágico. Antes de começarmos, você tem que fazer um juramento. O juramento dos mágicos. Pois as coisas que estou prestes a lhe mostrar são segredo para aqueles que *não são* mágicos, e se você contar-lhes...

Ele parou, deixando as consequências para a imaginação de Henry. E Henry imaginou coisas bem piores do que as que poderiam acontecer de verdade: a morte imediata e súbita pelo fogo, por afogamento, ser enterrado em um buraco, em uma caixa, em um barco no meio do mar, em um mundo que ninguém pudesse enxergar, invisível, morto, com a língua cortada fora, mudo para sempre.

– Concorda?

— Mas não sou mágico — disse Henry.

Mr. Sebastian ergueu uma sobrancelha e depois a franziu.

— Não é mágico? — indagou. — *Não é mágico?* Você é muito mais mágico do que jamais fui. Estou falando sério. Há um poder especial escondido nas profundezas do seu ser, um poder tão grande que você não pode nem entender. Por enquanto. O poder de evocar o que, nas mãos de um simples mortal, seria bastante arriscado. E se você o descobrisse antes de ser capaz de controlá-lo: ah, que desgraça para o mundo inocente! Um mágico acaba perdendo seus poderes um dia. Estou perdendo os meus. Mas antes que eles me abandonem por completo, tenho de passá-los para outra pessoa. Veja só: já faz muitos anos, Henry, que estou procurando um aprendiz, alguém com caráter forte e potencial para vestir o manto de um mundo que não é o nosso, que possa seguir adiante depois que eu me for. E acredito tê-lo achado em você.

— Em mim?

Mr. Sebastian assentiu solenemente.

— E ao fazer o juramento, a pessoa é considerada mágica e torna-se um principiante autorizado nesse universo. Você está pronto?

Henry não precisava nem pensar, mas fingiu que sim, só para garantir. Assentiu.

Em seguida, Mr. Sebastian tirou uma faquinha do bolso interno do paletó.

— Me dê a sua mão — pediu.

Henry olhou para a faca, depois para a mão. Olhou para a faca mais uma vez. Então — evocando aquele poder especial escondido nas profundezas de seu ser, aquele que por enquanto somente Mr. Sebastian sabia existir —, ele estendeu a mão, como fizera diante de Joan Crawford no dia anterior. Joan Crawford o lambera, mas Mr. Sebastian furou rapidamente o dedo indicador de Henry até sair uma gota de sangue, que pingou no chão. Mr. Sebastian fixou o olhar por um momento, petrificado. Em seguida furou o próprio dedo e, quando o sangue brotou de sua pequena ferida, ele apertou o dedo contra o de Henry, fechou os olhos e disse:

– Como mágico – começou Mr. Sebastian –, juro nunca revelar o segredo de nenhuma ilusão, nem mesmo *falar* sobre mágica com alguém que não seja instruído na magia negra, e que não fez, como eu, o juramento dos mágicos. Juro *nunca* revelar a fonte da minha magia ou dizer o nome do mágico que me instruiu, nem apresentar um truque perante alguém que não seja mágico sem antes ensaiá-lo até que a ilusão esteja perfeita; caso contrário, perderei tudo o que ganhei. Juro não só ensaiar a ilusão, mas também viver dentro dela, para *parecer* sem *ser*, pois só dessa forma posso participar totalmente do universo da mágica. Como o sangue do mágico e de seu aprendiz é um só, juro tudo isso para sempre.

– Eu juro – disse Henry.

Sebastian abriu os olhos.

– Então podemos começar.

Está tudo nas cartas. Foi o que Mr. Sebastian disse depois que Henry fez o juramento. "Está tudo nas cartas." Sem dúvida, Henry esperava mais depois daquele juramento assustador, do sangue, da seriedade no rosto de Mr. Sebastian. Mas o que importava eram as cartas – "a base de tudo o que está por vir", dissera ele. Portanto, Henry ensaiava o tempo todo, até passar a ensaiar dormindo, literalmente: ele acordava com as cartas nas mãos, executando algum truque que vira no dia anterior. Em geral, treinava no banheiro, pois, por mais que quisesse, não podia mostrar a Hannah: ela não era mágica, não fizera o juramento, então não podia contar o segredo nem para ela. Durante o dia, isso não era problema, porque Hannah ficava no beco com Joan Crawford e seu pai estava trabalhando, mas quando eles voltavam, havia muitas batidas na porta, questionamentos sobre o que estava acontecendo lá dentro, e Henry, disfarçando da melhor forma possível, soltava gemidos e suspiros terríveis enquanto dava descarga e saía.

– Você está precisando ir ao médico? – perguntou-lhe o pai. – Você está sempre aí dentro quando chego em casa. – Henry disse que não, que estava bem, mas o pai o olhava com suspeita mesmo assim, desconfiando de alguma coisa ruim. A verdade é que o pai também precisava do banheiro: um dia, atrás do pedestal onde ficava o esfregão, no armário, Henry achou uma garrafa de gim sem identificação. Nunca soube que o pai bebia, mas de repente, quase que da noite para o dia, beber passou a ser tudo o que ele fazia. Era ali que ele bebia, compreendeu Henry, sozinho, no banheiro. Tal pai, tal filho.

Mr. Sebastian tinha nomes para todos os truques que lhe mostrava. Refúgio em Montana. A Batalha Carpática. O Motim Montanhoso. A Fuga de Houdini. Havia dezenas e, como se estivesse na escola, Henry tinha de decorar todos eles. Mas não era difícil. Não havia nada de difícil, em nenhum deles. O treino era cansativo e repetitivo, mas parecia que Henry fora fisgado no momento exato de sua vida, como ao aprender uma língua, na qual conseguia dominar as manobras mais complexas em segundos e, no final do dia, já as repetia com perfeição. Até Mr. Sebastian ficou estupefato. "Você vai ser ótimo mesmo", disse a Henry. "Especial, até melhor que eu. E o mundo saberá, sem que você precise dizer, que foi comigo que você aprendeu tudo, pois ninguém mais poderia ensinar você. Ninguém além de Mr. Sebastian."

Henry o visitava todos os dias. Esperava Hannah sair para brincar com Joan Crawford e subia os seis lances de escada na maior velocidade possível, passando pelos mensageiros e os hóspedes chiques que o fitavam. E todos os dias, Mr. Sebastian estava lá, esperando-o, na mesma cadeira, vestindo as mesmas roupas, o mesmo sorriso no rosto cadavérico. Henry teve vontade de lhe perguntar a respeito de sua pele, pois as mãos também eram daquele jeito – queria saber se ele já tinha sequer saído ao sol, porque era isso que parecia, era isso o que *ele* parecia, um homem que, sabe-se lá como, nunca saíra do quarto, daquele quarto, que nascera ali e que tinha todas as necessidades atendidas pelo serviço de quarto e pelas governantas. Entretanto, não parecia correto perguntar, pois talvez se tratasse de alguma doença. Se Mr. Sebastian quisesse tocar no assunto, ele tocaria, mas Henry sabia que isso não iria acontecer. Eles só conversavam sobre mágica, e isso bastava para ambos.

No começo, tudo se resumia aos truques. Aprender os truques e a mágica viria em seguida. "Você está criando um lar para a mágica", disse ele a Henry, "um lugar para onde ela possa ir quando confiar em você, quando se sentir em casa. O ofício vira arte, e quando vira arte não é simplesmente sua: é preciso compartilhá-la, você é impelido a isso. É preciso achar um público que pense compreender o que está acontecendo, que os efeitos da apresentação são obtidos mediante alguma prestidigitação ou trapaça, ardil, ilusão, ou de um possível conluio com alguém da plateia, mecanismos secretos, espelhos. Você vai tentar apresentar um efeito tão sagaz e apurado que a plateia não acreditará nos próprios olhos e não conseguirá pensar numa explicação, mas sentirá em seus corações que ela existe. Mas não existirá; nem você será capaz de explicar. A sensação de malogro universal faz parte do espetáculo. É uma mentira transformada em verdade. Pense só: você será o senhor de uma das únicas situações na vida em que as pessoas aceitam de boa vontade serem enganadas – elas *pagam* para serem enganadas. E só então, depois que pensam que sabem as regras, perceberão que esse é o maior engodo de todos, e que o que testemunharam está além de qualquer coisa que suas parcas mentes poderiam imaginar. "Mágica", disse ele, várias e várias vezes. "Mágica!"

Henry era o aprendiz perfeito: acreditava em tudo o que lhe dissessem.

O verão trouxe ondas e mais ondas de pessoas bonitas ao Fremont, pessoas elegantes, amáveis, felizes. Parecia que não suavam sequer. Para Henry, todos pareciam novinhos em folha, como se tivessem acabado de sair de uma linha de produção humana já adultos, infinitamente ricos e com permissão para pular qualquer etapa que machucasse o restante de nós, que nos fizesse envelhecer antes do tempo. Os homens tinham um aspecto tão refinado em seus ternos brancos engomados, e as mulheres também, com seus vestidos marcados embaixo dos seios e, à noite, peles de raposa. Tantos animais davam suas vidas por aquelas pessoas, mas Henry pensava que eles deviam ficar felizes em fazê-lo. Hannah era como eles. Brilhava como eles.

O hotel estava lotado em julho, o que significava que o Sr. Walker tinha pouco tempo para ficar com os filhos; tinha pouco tempo para qualquer coisa que não o trabalho. A única oportunidade que os três tinham de ficar juntos era durante o jantar, e mesmo assim por pouco tempo. Cansava o Sr. Walker. Esse emprego – essa vida – o estava matando, e, sob alguns aspectos, ele já começara a parecer morto: a palidez doentia de sua pele, o olhar opaco, o modo como a pele do rosto parecia estar afundando para dentro do esqueleto. Desde que descobrira a garrafa escondida do pai, Henry a olhava todas as manhãs e marcava de leve, a lápis, o nível em que estava. Mas a medida provou ser desnecessária: o pai secou o troço todo em dois dias, e depois uma nova garrafa tomou seu lugar. Seu trabalho, que era no máximo ordinário, piorou; o gim perturbava seu cérebro. Bebum. Ele esquecia coisas: como consertar um vaso sanitário, fazer uma chave, tampar um vazamento. Perdia as ferramentas. Henry entreouviu o gerente do hotel – Sr. Croton, "o queijão", como o Sr. Walker o chamava, o homem mais gordo que Henry já vira – repreendendo o pai por sua aparência.

– Você parece *um mendigo* – sibilou ele, e deixou bem claro que seu emprego estava em risco. – Tenho mais de uma centena de candidatos ao seu cargo no meu arquivo. Só te empreguei como favor a um amigo. Espero que você saiba disso. Mas a amizade tem limites. Já tive reclamações de hóspedes, Sr. Walker. – No jantar, o pai ficou quieto, todo mundo ficou, e ouviram *Flash Gordon* no rádio para encher a sala de sons humanos. Era como se eles não estivessem ali.

Portanto, Henry e Hannah estavam mais sozinhos do que nunca. Enquanto Henry aprendia truques, Hannah os ensinava – para Joan Crawford. Em meados de julho, o cão já sabia sentar, ficar e pedir. Henry sabia fazer a dama de copas aparecer na carteira guardada no bolso de sua calça, em cima da qual você esteve sentado na última meia hora. E o pai sabia fazer uma garrafa de gim sumir em um dia. Henry estava louco para mostrar a Hannah o que já sabia fazer, mas havia aquele juramento – "nunca apresentar um truque perante alguém que não seja mágico sem antes ensaiá-lo até que a ilusão esteja perfeita" –, e Mr. Sebastian ainda não tinha dito que estava perfeito. Isso ficava só entre os dois. Então continuou a passar muitas horas no banheiro, dando descarga com frequência para dar a impressão de que estava fazendo outra coisa.

A mãozinha de Hannah sempre dava três batinhas leves.

– Henry – dizia ela –, anda logo. Preciso usar o banheiro.

– Usa o do saguão.

– Eu preciso *agora*. – Ela girou a maçaneta, mas a porta estava trancada.

Henry soltou um gemido.

– Você não vai querer entrar aqui – disse ele. – O cheiro vai te matar. Estou com um problema, Hannah. Um problema sério. O que está saindo de mim agora não é nada bom.

– É mentira.

– Não é.

– Sei o que você está fazendo aí dentro, Henry – declarou ela.

– Espero que saiba mesmo – respondeu ele. – Faço isso, que nem todo mundo faz.

– Não – disse ela do outro lado da porta –, eu *sei* o que você está fazendo. Você está brincando com cartas.

Henry abriu a porta. Ela estava parada como se tivesse passado a vida inteira naquele lugar, o lugar onde sempre ficaria. Bem diante dele, natural, bela e impossível de ser tirada dali. Naquele instante, se olharam da mesma forma que antes, quando tudo o que um sabia o outro também sabia. Não havia mais segredos entre eles.

— Ele me contou — anunciou ela.

— Ele te contou — disse Henry. Havia algo nisso que ele não era capaz de compreender. — Ele te *contou*?

— Ele disse que não tinha problema eu saber — disse ela. Sorriu. — Porque sou sua irmã. E porque ele falou que um dia vou ser uma boa assistente.

— Assistente.

— Assistente *de mágico*. — Ela estava animada com tal perspectiva.

Henry assentiu e disse alguma coisa que nem ele mesmo conseguiu escutar. Era muito confuso. Sua mente não conseguia parar em um ponto só por tempo suficiente para que ele o entendesse. Mr. Sebastian tinha dito para não contar a ninguém, e ele não contou, mas Mr. Sebastian sim. Não era assim que as coisas deviam acontecer.

— Você conhece Mr. Sebastian? — indagou Henry.

Ela assentiu.

— Mas o nome dele não é esse — contestou ela.

— É, sim.

— Era. Agora é James, o Magnífico.

— Foi o que ele te disse?

Ela disse que sim.

— Talvez seja outra pessoa — ponderou ele. — Outro homem.

Ela balançou a cabeça.

— O homem bem branco — explicou ela. — Só existe um assim.

Ela olhou para baixo, para as cartas apertadas na palma de sua mão.

— Então, me mostra alguma coisa — pediu ela.

— Não posso.

— Ele me disse que você é bom.

— Só posso quando ele me disser que não tem problema.

— Ele me disse...

— Como você o conheceu? — perguntou-lhe Henry, finalmente organizando as informações na cabeça por tempo suficiente para compreender o que era necessário saber.
— Ele me ajudou com o Joan Crawford — esclareceu ela.
— Te ajudou?
— Alimentou o cachorro. O Joan Crawford precisava de mais comida do que eu tinha para dar. Eu não queria que ele fosse embora para procurar o que precisava em outro lugar. Então, um dia James, o Magnífico, surgiu do nada com um balde enorme de sobras, e *voilà*.
— *Voilà?*
— Foi como um passe de mágica — disse ela, seus olhos azuis arregalados.
— Talvez tenha sido um passe de mágica — declarou Henry.
— Provavelmente. Você nunca viu um cachorro mais feliz. Nem uma menina mais feliz. — Ela abriu um sorriso, que depois foi murchando. — Somos amigos desde então, James, o Magnífico, e eu.
— Mr. Sebastian.
— Tudo bem — disse ela —, você pode chamá-lo assim, se quiser. — Voltou a olhar para as cartas. — Então, você não vai me mostrar nada?
Porém, Henry não ouvia nada além dos próprios pensamentos.
— Fico me perguntando por que ele não me contou — explicou. — De você.
Ela olhou para Henry, deu de ombros. Afastou o cabelo castanho do irmão dos olhos dele.
— O que ele teria para contar? Não fique com essa cara zangada. A gente se conheceu um dia e ele ficou meu amigo. Fim.

Do nada, uma mão segurou o ombro de Henry na hora em que ele corria pelo saguão a caminho do quarto 702. Era seu pai, avultando-se sobre ele.

— Você não devia correr — disse ele. O pai olhou ao redor, nervoso. — Você pode esbarrar em alguém, e aí o que vai ser de nós? — Henry sentia o bafo de gim. Estava bêbado.
— Vou parar — respondeu.
O pai estava com um olhar estranho.
— Preciso conversar com você.
— Agora não — disse Henry.
— Agora.
O pai lançou outro olhar panorâmico pelo saguão: ninguém olhava para eles.
— Aqui — indicou.
Entraram na sala de reuniões do hotel. Ali, havia uma mesa marrom comprida, feita com mogno de primeira qualidade, e abajures estilizados em todas as cadeiras. Havia retratos de homens importantes pendurados na parede, homens que pareciam ser Deus, homens cujos rostos exalavam uma autoconfiança serena e altiva. Fatos importantes aconteciam ali. Era um lugar onde grandes decisões eram tomadas.
O pai fechou a porta, tirou o chapéu e colocou-o na mesa. Esfregou o rosto com a mão calejada, fechou os olhos e suspirou.
— Henry — disse ele —, sei aonde você tem ido nessas últimas semanas. — Olhava para Henry em busca de confirmação, mas não a obteve. Henry não traía nenhuma emoção. Todo mundo sabia de coisas que não deveria saber. Não era para ser assim. — Você tem ido ver um homem no quarto 702. O senhor... sei lá qual o nome dele. Ele tem vários nomes, pelo que sei. Ele ficou seu amigo.
O pai parou e se virou para o outro lado. Olhou para um dos homens na parede, um homem que, não era inconcebível, poderia ter sido ele mesmo, se não tivesse acontecido tudo o que aconteceu.
— Infelizmente, não é uma notícia boa a que tenho para te dar. Ele vai embora. O gerente, os outros, as pessoas que tomam as decisões determinaram que a presença dele não é mais conveniente para o hotel. Portanto, ele vai embora.

— Quando?
— Em breve — disse o pai. — Logo, logo. Até ele ir embora, acho que é melhor você não vê-lo. Para se acostumar à ideia de que ele não vai mais estar aqui. E porque acredito que não é bom para você visitá-lo.
— Por que você não quer que eu o veja?
O pai não conseguia olhar para Henry, e achou mais fácil comungar com os olhares dos retratos na parede. Ia de um para outro; era como se falasse com eles.
— É melhor você não vê-lo — explicou ele.
— Então eu *não posso* vê-lo? — indagou Henry. — É isso o que o senhor está dizendo?
— É isso o que estou te dizendo — confirmou o pai, e olhou rapidamente para Henry: um hostil relance passageiro. Havia um vácuo em seus olhos; Henry enxergava o fundo de sua alma, e não existia nada ali. Nada. — Eu te proíbo.
— Então não vou — declarou Henry, e deixou o pai na sala com todos os homens importantes e apressou-se até o quarto 702.

Mágica é difícil. Era o que Mr. Sebastian dizia toda vez que Henry cometia um erro imperdoável — perdia uma carta, não conseguia desviar a atenção de si, não era sagaz com as mãos. Às vezes era a única coisa que dizia ao longo de uma sessão inteira. "Mágica é difícil". Ou "a prática leva à perfeição". Em seguida, vinham demonstrações. As cartas como água, como ar, como fumaça em suas mãos, manobras que Henry, desajeitado, imitava com variados níveis de sucesso, mas nunca com a mesma facilidade, a mesma compreensão. O que Mr. Sebastian fazia *era* mágica. Mesmo que Henry soubesse como ele tinha feito o que fez, sentia que não podia fazer igual. Era como um idioma: independentemente do quão fluente Henry ficasse, um mágico de verdade sempre seria capaz de perceber que ele viera de outro país.

Mas desde que aprendeu a embaralhar, não houvera nenhum dia pior que esse. Desde o começo, Mr. Sebastian parecia distante, e até um pouco zangado. O livro estava fechado sobre a mesa. Henry não mencionou a conversa que acabara de ter com o pai, e Mr. Sebastian não mencionou nenhuma conversa que tivera com o Sr. Croton. Foi como uma aula qualquer.

– Force o cinco de copas – disse Mr. Sebastian. Mas Henry forçou o nove de ouros.

– Esconda o ás – pediu ele. Mas a carta estava bem visível através de uma fresta entre os dedos.

– Corte o baralho. – Ele cuspia as palavras como um carro com o escapamento solto. Mas agora a mão de Henry estava trêmula e, ao pegar as cartas, o baralho todo escorregou entre seus dedos e ele deixou as cartas caírem, como o pai tinha deixado naquela primeira noite. As cartas se espalharam por todos os lados. Henry logo se ajoelhou para catá-las, olhando para Mr. Sebastian por cima do ombro, esperando que este dissesse algo, qualquer coisa. Mas ele continuou em silêncio. Reclinou-se na cadeira e ficou olhando em silêncio até que Henry pensou que cada uma das cartas já tinha sido contada.

– Eu te mostrei tantas coisas – disse Mr. Sebastian. – E você aprendeu muito pouco.

– Aprendi muito. O senhor disse que eu estava me saindo bem.

– Você nem recolheu todas as cartas.

– Recolhi, sim. Peguei todas.

– O três de copas está embaixo da cômoda – avisou Mr. Sebastian.

– Não está, não. – Não era possível que Mr. Sebastian soubesse disso. De onde estava sentado, não poderia ver embaixo da cômoda.

– Peguei todas elas – afirmou Henry. – Eu contei.

Mr. Sebastian suspirou e fechou os olhos e, ao abri-los e ver Henry ainda de pé, encarou-o até que o menino teve a sensação de ter sido obrigado pelo poder da determinação no olhar singular de Mr. Sebastian, e agora sabia que a carta estava lá, sabia que tinha de estar, que aquilo não estaria acontecendo caso não estivesse. Henry se ajoelhou e, sem enxergar nada, se esticou contra o chão. Como mesmo assim não via nada, passou a mão pela poeira até que seus dedos pararam, sentindo algo que poderia muito bem ser uma carta, tinha quase certeza de que era uma, era de fato – tinha de ser – o três de copas. Mas sua mão saiu de lá vazia, ou ao menos pareceu. Embora fracassasse em todos os outros aspectos, ele ainda sabia esconder uma carta na palma da mão.

Levantou-se e olhou nos olhos de Mr. Sebastian.

– Não tem nada – disse.

Henry estava mentindo e Mr. Sebastian sabia e, embora parecesse, na época, ter sido esse o momento que marcou o início de tudo o que viria mais tarde, a rivalidade vitalícia, o antagonismo bíblico, o ódio obstinado, Henry teria que ficar bem mais velho até se dar conta de que o começo se dera bem antes, muitas vidas antes, de que aquilo fugia totalmente ao seu controle. Nenhum dos dois poderia ter feito nada.

– Por que você não me contou? – indagou Henry.

– O quê?

– De Hannah – disse ele.

– O que eu teria para contar? – declarou ele, ecoando Hannah. Era como se tivessem combinado um código.

– Nada – retrucou Henry. – Só que você não contou.

Mr. Sebastian sorriu.

– Mas isso não tem nada a ver conosco. Com isso aqui. Com o trabalho que estamos fazendo. Você não me conta nada sobre as outras coisas que acontecem na sua vida, não é?

Porém, não havia nada mais acontecendo em sua vida para lhe contar. Henry dedicara todos os instantes que passava acordado àquilo, ao que estava ocorrendo no quarto.

– Ela é minha irmã – declarou Henry.

– E também *não é* sua irmã – retrucou Mr. Sebastian. – Da mesma forma que sou seu professor, seu mentor, mas ao mesmo tempo não sou. Eu sou Mr. Sebastian, mas também sou outra pessoa. Por exemplo, nunca conversamos sobre o interesse que nutri minha vida inteira pelas borboletas.

— Borboletas?

Mr. Sebastian abriu a mão direita e uma bela borboleta, azul, marrom e verde, saiu de dentro dela e voou pelo quarto, como se procurasse algo no ar, algo que só ela pudesse enxergar, e depois pousou no quebra-luz, onde suas asas se abriam e fechavam, se abriam e fechavam. Da mão esquerda, saiu outra. Ele abriu uma caixa na mesa ao seu lado e mais três borboletas fugiram, depois mais meia dúzia, até que o quarto ficou cheio delas.

— Ela é minha irmã — repetiu Henry.

— Sim, entendo. Mas agora é diferente, entre você e Hannah. Não é? Diferente do que era antes. Ela disse isso. Acho que Joan Crawford mudou as coisas.

— Joan Crawford é um cachorro.

— Neste momento de sua jovem vida, a Hannah se importa mais com um cachorro do que com qualquer outra coisa.

— Você devia ter me contado — reclamou Henry.

— Qualquer outra coisa, Henry — disse ele. — Até mesmo você.

— Você devia ter me contado.

— De qualquer modo, a diferença entre o que fazemos e o que deveríamos fazer muitas vezes é enorme, Henry — disse ele. — É algo que aprendemos cedo. Também preciso ensinar isso a você?

— Não — respondeu Henry. — Eu sabia disso. Já sabia disso.

Mr. Sebastian pegou seu relógio de bolso e o examinou por um instante.

— Então acho que isso é tudo — declarou.

— *Tudo?* — Ele não esperava por isso. Tinha esperanças e temia que acontecesse, mas não esperava que fosse agora. — O que isso significa?

— Acho que terminamos, Henry. Hoje não é o seu dia, está longe de ser, mas agora você é um mágico de verdade. No aspecto que interessa: dentro de você. Não tenho mais nada para te mostrar.

— Não — pediu Henry —, isso não pode ser tudo.

— Não é. Mas o resto você vai descobrir por conta própria.

Henry o odiou. Queria bater nele. Queria fechar a mão em punho e se atirar em seu rosto. Mas algo que Mr. Sebastian estava fazendo, algum poder estranho, grudara seus pés ao chão. Henry só conseguia ficar ali parado e respirar.

— Mais um — pediu Henry. — Mostre só mais um.

Mr. Sebastian levantou os braços e gargalhou.

— Mas não tenho mais! — disse ele. — Você me deixou seco! Não tenho mais nada para te mostrar.

— E aquele primeiro truque? — perguntou Henry.

— O primeiro truque? — Mr. Sebastian pareceu confuso. Teve realmente que pensar a respeito. — O primeiro truque...

— Aquele de você sumir — esclareceu Henry. — Aquela coisa que você fez no primeiro dia. Você nunca me mostrou.

Mr. Sebastian sorriu e olhou bem nos olhos de Henry. Compaixão, amor, pena, orgulho — estava tudo ali, naquele único olhar. Mr. Sebastian bem que poderia ter sido seu pai, pensou Henry. Se Mr. Sebastian fosse seu pai, nunca iria embora e o olharia assim para sempre.

— Ah — exclamou Mr. Sebastian. — Aquele. — Ele suspirou. — Esqueci daquele. Tinha planejado mostrá-lo a você. Mas não hoje.

— Então quando?

— Amanhã.

— Amanhã — repetiu Henry. — Tem certeza?

— Tenho sim, tenho certeza — afirmou. — Amanhã. Vou te mostrar amanhã.

Mas no dia seguinte é claro que ele havia sumido.

E Hannah também, assim como o cachorro.

Ele os levou, vejam vocês. Ele os roubou. Como num passe de mágica, todos sumiram.

O que me traz, damas e vermes, ao final de uma história e ao começo de outra. O que, talvez vocês tenham se perguntado quando comecei minha narrativa, o que pode incitar um homem a mudar a cor da própria pele, ainda mais quando a pele que tinha era bem melhor do que a pele com a qual ficou? Bem, a pergunta foi respondida. Já lhes disse tudo o que vocês precisam saber: um homem branco – o homem mais branco que há, um homem cuja pele é de um tom fantasmagórico, um branco puro – roubou sua irmãzinha. Como ele poderia permanecer ligado àquela cor? É essa a minha visão dos fatos, pessoal. A vida dele se tornaria um antídoto para esse mal, e Henry se tornaria tudo o que seu mentor não era.

A vida dá reviravoltas, não é? Uma coisa leva a outra, e depois a outra. Mas como isso tudo começa – esse é o mistério. Sei que estou aqui por causa do meu pai, e Henry também. Mas há algo mais... Tem que haver. Nunca conseguimos voltar o suficiente no tempo a ponto de compreendermos onde estamos agora, mas logo a escuridão toma tudo, todo mundo morre, e os pequeninos estão chorando de fome. Sei que vocês estão cansados de ficar em pé. Obrigado pela paciência e pela compreensão. Aqueles que ainda quiserem o dinheiro de volta, por favor, dirijam-se à Yolanda, na cabine atrás de vocês. Será um prazer para ela ajudá-los.

Foi isso o que eu disse a eles.

*Do diário de Jeremiah Mosgrove, proprietário
do Circo Chinês de Jeremiah Mosgrove*

28 de maio de 1954

O livro das aberrações desaparecidas

Hester Lester, a *Mulher-Galinha*. Vamos começar pela noite de nove de agosto de 1944. A história dela já iniciou de forma triste: nascida com pele frouxa. Do corpo todo, a pele simplesmente caía. Uma daminha com um enorme traje de pele. Tornou-se a Mulher-Galinha devido à sua pele, em especial a do pescoço: pendia do queixo do mesmo modo que o troço da galinha. As sobrancelhas caíam sobre os olhos, fazendo com que eles parecessem miúdos, como os das galinhas, e ela possuía um traseiro imenso, costas arqueadas e seios fartos. Portanto, suas formas também eram adequadas ao trabalho. Muito popular. Quando os jecas apareciam, ela fremia a cabeça e grasnava. Em diversos aspectos, a aberração perfeita: proscrita pelo resto do mundo, ela encontrou aqui um lar e era bastante querida. Principalmente pelo Sr. Bob Simmons, nosso Homem Gordo. Sua pele, claro, caía do mesmo jeito, mas, com toda a sinceridade, ele não era gordo o bastante para ser um gordo legítimo. Uma decepção e um constrangimento quando a plateia gabava-se de ter um homem ainda mais gordo. Deixaram o emprego juntos, na mesma noite, depois de uma festinha para desejar-lhes felicidades. O amor enche o espírito humano de esperança. A esperança deles: uma vida normal. Talvez a tenham encontrado, mas imagino que não. O otimismo de Hester diante de tudo o que ela aguentou foi um grande exemplo para todos nós, e ela deixará saudades. Bob, nem tanto.

Shelby Cates, o Alfineteiro Humano. Não tenho certeza, mas dizem que morreu em uma noite fria de dezembro, nos arredores de Lexington, em Kentucky. Nascido sem a capacidade de sentir, Shelby deixava-se ser espetado, cortado, martelado, serrado, beliscado, ou qualquer outra coisa que as mentes sombrias do populacho pudessem imaginar. Só uma regra: todos os membros que ele possuía no início da apresentação tinham de estar lá no final. Caso contrário, era uma troca: olho por olho, dedo por dedo. Shel era esquisito. Sangrava sem saber que estava sangrando, se quebrava sem se sentir quebrado. Sempre deixávamos uma mulher por perto, a mais sexy que achávamos, embonecada com um uniforme de enfermeira vulgar, três números menor do que seu tamanho. Ela parecia atendê-lo. Nos bastidores, tínhamos um médico de verdade (na mesma medida em que tudo aqui é de verdade), o dr. Nathan P. Jones. Um homem que, podia-se garantir, havia frequentado boa parte da faculdade de medicina. Era capaz de tapar uma ferida com um chiclete, e às vezes fazia isso. Salvou a vida de Shel dezoito vezes.

O problema de Shel foi duplo. Ele não sentia nada, por dentro e por fora. Quando bebia, ficava bêbado, mas não se sentia bêbado. Quando se apaixonava, não se sentia apaixonado, mas estava. Isso criou uma fissura que o dilacerava. Ele amava sua enfermeira fajuta. Ela também o amava, mas ele não podia lhe demonstrar o que sentia, pois não sabia. Portanto, ele se embebedava, mas ainda assim não sabia. Beberrão insensato, de coração partido, numa noite fria entrou na floresta e nunca mais foi visto...

***

Mark Markson, o Homem-Macaco. Ficou calvo. Suicidou-se. Março de 1947.

Whit, o Homem-Vara, o Homem Mais Magro do Mundo. Raios X são desnecessários, pois com o Homem-Vara você pode ver todos os ossos! Por uma moedinha de 25 centavos, pode contar suas costelas! Passar a mão em seu estômago e tentar adivinhar o que ele comeu no jantar! Tem que ficar parado no mesmo lugar três vezes para fazer sombra. Whit se cansou da vida de nômade, estabeleceu-se em uma aldeia perto de Baton Rouge e abriu um restaurante.

Bambi Habilidosa. Ela conseguia se dobrar em uma bolinha tão pequena que cabia em uma caixa de sapatos. Tivemos um casinho. Seus braços e pernas se enrolando uns nos outros, ágeis como uma videira. Seduzida a ir embora uma noite, em Montgomery, no Alabama, por um homem tão intrigado com seus talentos que lhe ofereceu uma enorme quantia de dinheiro para que se apresentasse na privacidade de seu vestiário de senhoras. Provavelmente uma mulher muito rica hoje em dia.

Henry Walker, o Mágico Negro. Nem negro nem mágico, Henry era uma mentira dos pés à cabeça e um dos meus preferidos de todos os tempos, um americano de primeira categoria: uma aberração por esforço próprio. Simplesmente sumiu. Ele, mais do que ninguém, estava perdido, perdido antes de vir para cá, e perdido para sempre, desde que partiu. Não consigo parar de pensar nele e de me perguntar o que terá realmente acontecido. Uma espécie de mistério, uma divergência de opiniões, que pode ser dividida em três grupos.

1. Sugado para dentro do vórtice do mundo da mágica que ele fingia (e do qual alguns dizem que ele fez parte muito tempo antes de nós o conhecermos). Dizem que ele foi castigado por ter baixado tanto o nível de sua arte, por jogá-la na lama, retirado do mundo a fim de abrir espaço para alguém real. Segundo esta teoria, presume-se que ele esteja flutuando pelo espaço de trevas infinitas, ou sendo perseguido por lobos no prado de trevas infinitas, ou algo igualmente doloroso e infinito... Não há nenhuma prova concreta disso, é óbvio. Contado por aqueles que jamais o viram tarde da noite, no silêncio ao qual nunca nos acostumamos e por isso preenchemos com nossos próprios pesadelos. O medo de ser sugado para dentro de um outro mundo ainda mais sombrio que este aqui é comum dentre nós. Talvez haja uma palavra para isso. Se não há, preciso criar uma. Ponha isso na lista de afazeres.
2. Raptado por um trio de vândalos por fatos vistos por eles como crimes contra a humanidade. Existem indícios para respaldar esta ideia. Depoimentos de testemunhas oculares, de nosso Rudy e outros descrevendo um confronto no centro do circo e, antes disso, uma importunação noturna. Investigação no trailer de Henry aponta sinal de luta. Correntes: desaparecidas. Assim como sua fotografia de Lana Turner. A teoria sustentada é a de que, tendo sido impedidos pela presença de Rudy na primeira tentativa, eles voltaram no dia seguinte, exaltados pelo fracasso e o ódio, levaram-no a algum lugar distante e mataram-no por ser

crioulo. O que ele não era. Mas morreu porque jamais lhes diria isso. Não tinha tanto amor à vida a ponto de salvar a própria, dando as costas ao próprio povo.

3. De súbito tomado de amor à vida, removeu a graxa, jogou fora os comprimidos de pigmentação, voltou ao mundo no qual nasceu, como barbeiro, ou como vendedor de aspirador de pó, ou pintor de paredes, ou professor, e está feliz, mais feliz do que somos capazes de imaginar, um homem que, ao passar pelas pessoas na rua onde mora, provoca um único pensamento, que é "Lá está um homem feliz". Jenny (nossa Garota Ossificada eternamente esperançosa) é a única defensora da Teoria n? 3, na qual nem ela mesma acredita. A mais triste de todas, a n? 3, por causa da pobre Jenny, que o amava e tem saudades dele, porém apenas espera coisas boas.

Meu coração se parte todo dia, não só por Jenny, mas por todos eles (e por mim também, o Rei dos Excluídos) e pelo próprio mundo, por pensar que um lugar como este possa existir dentro dele, que ele seja necessário, pois, sem ele, todos nós ficaríamos

[Folha do diário arrancada.]

mas a n? 3 me parece correta. Há a prova, claro, o que é sempre bom, mas também, o que é melhor ainda, a mão de Deus vista por um breve instante, a tampa de uma caixa fechando a vida com um estalo, o começo e o fim, tudo a mesma coisa. A vida é uma coisa triste, mas a tragédia genuína toca apenas alguns e assombra o restante de nós durante nossas vidas inteiras. Como a mesma canção tocando dentro de nossas cabeças, vezes sem conta, para sempre. Na minha cabeça, Henry. Se é que esse era seu nome verdadeiro. Passamos algum tempo juntos, Henry e eu, bastante tempo. Um homem quieto, mas ele falou comigo, me disse coisas que não contou a mais ninguém. Antes de encontrar em nós um lar, ele não tinha nenhum, um errante, entrando e saindo da cadeia por jogar monte de três cartas – e por outras coisas, sem dúvida. Não era um homem muito afeiçoado à autoridade; as autoridades nunca foram muito afeiçoadas a ele. Fui amigo de um homem que não teve nenhum amigo, talvez o melhor que ele teve na vida. E que história ele tinha para contar. Não dá para esquecer uma história assim, em especial quando contada com aquela voz, aqueles olhos verdes, aquele rosto castigado, mantendo você na beirada da cadeira. Impossível reproduzi-la em outra voz que não a dele. Sua irmã... raptada... roubada por um homem sem nome, ou que tinha nomes demais, um homem que furou seu dedo e partilhou seu sangue. Que o obrigou a fazer um juramento. Sua irmã, que

[*Folhas do diário faltando, seguidas por referências irrelevantes sobre a solidão de Mosgrove, seu desejo por um amigo verdadeiro. Também menciona uma mulher chamada Jessie, uma mulher que ele amou, mas que não podia retribuir o amor dele. Não era exatamente por causa dele, e sim por seu cabelo, ela disse, um fator que não poderia ser ignorado.*]

mas ela não estava no beco, nem o cachorro, e, quando o dia passou e depois a noite e ela ainda não tinha aparecido, Henry levou o pai ao quarto. Foram até lá e bateram: nada. Ninguém. O Sr. Walker abriu a porta com sua chave mestra (do enorme chaveiro que pendia de suas calças; ele tinia como um carcereiro em todos os lugares por onde passava), e o quarto estava vazio, imaculado, o único sinal de que o quarto já fora ocupado um dia era uma carta pousada em cima da cômoda, bem visível.

(Henry pegou a carta, escondeu-a na palma da mão e colocou-a no bolso; daquele dia em diante, sempre esteve de posse dela. Se reaparecesse, morto ou vivo, eu garantiria pessoalmente que a carta ainda estaria com ele. Apostaria a fazenda.)

Henry não conseguia mais falar depois do que aconteceu com sua irmã, embora estivesse cercado de pessoas esperando que ele dissesse alguma coisa, qualquer coisa. Seguranças do hotel, polícia local, detetives, repórteres de lugares distantes como Nova York, muitos homens com chapéus de abas largas e ternos pretos baratos. Não havia nada. Nem uma impressão digital. Mas Henry sabia. Tinha ao menos uma pista, algo que servia de ponto de partida. Dava para ver pelo seu rosto. Era como se tivesse visto um fantasma – e vira. Mr. Sebastian era um fantasma, e transformou sua irmã em outro fantasma. Aqueles fantasmas o assombrariam pelo resto de sua vida.

O calor foi embora dali mais cedo do que qualquer um seria capaz de imaginar que as pessoas iriam. Henry queria que tivessem feito um exame mais meticuloso nas coisas. Mas estavam ali, e depois se foram, e a investigação pareceu ter sido encerrada, e sua irmã ainda não tinha voltado. Henry não podia ajudar, sem conseguir falar nenhuma palavra. Mas deviam ter feito mais, pensou ele. Quando enfim abriu a boca para falar, ele sussurrou. O pai colocou a orelha a um centímetro de distância da boca do filho para ouvir o que ele tinha a dizer.

– O rei de copas – disse Henry –, o rei de copas representa Carlos Magno; o rei de ouros, Júlio César; o rei de paus é Alexandre, o Grande; e o rei de espadas é Davi, da Bíblia. — Isso ele repetiu várias e várias vezes. Seu pai deve ter pensado que o perdera para sempre.

Henry não conseguia se aventurar para além de um pensamento, como se depois dele houvesse monstros: "Deixei que ele levasse a minha irmã."

Quando o resto das palavras veio, Henry contou tudo ao pai (dentro dos parâmetros da promessa que ele levava tão a sério). Mas tinha pouco a acrescentar ao que já se sabia. Nenhuma pista. Como, depois de passar tanto tempo com Mr. Sebastian, não podia oferecer quase nada, foi algo que surpreendeu até ele mesmo. Ao descrever o rosto desse homem para o pai — a pele de palidez cadavérica, lábios vermelhos, sorriso constante, ralos cabelos pretos —, o resultado era algo saído de um conto de fadas sombrio, o rosto de um espectro humano.

Seu pai chorou e bebeu e lhe deu um tapinha nas costas, disse que estava sendo muito corajoso e que eles teriam que seguir em frente, a encontrariam, jamais parariam de procurá-la, et cetera. Mas Henry sabia que era mentira. Até ele, uma criança, sabia disso. A vida, da forma como é, segue em frente. Só se podia procurar por um tempo, depois era preciso enterrá-la. E eles iriam enterrá-la.

Quanto ao pai, a perda da filha foi a perda final e principal no fim de uma longa lista delas; não havia espaço para outra. Ele não sabia mais nada sobre coisa nenhuma. Essa perda o derrubou, lubrificou as rodas de sua queda. A Lei Seca não pôde detê-lo — virou um beberrão, e tão triste que isso não tinha importância, que nada importava: o desaparecimento de sua filha selou seu destino. Passaria o resto da vida bêbado como um gambá.

Logo depois dos repórteres e dos policiais irem embora, o Sr. Croton teve uma conversa com o Sr. Walker, e em pouco tempo ele não era mais funcionário do glorioso Hotel Fremont, e ele e o filho passaram as semanas seguintes num hotel que, em quase todos os detalhes, *não era* o Hotel Fremont, era ainda pior que o lugar entre a cozinha e a lavanderia, quartos que pareciam caixotes infestados de piolho com camas cuja densidade era igual à de uma fatia de pão, papel de parede manchado pela água que gotejava do quarto de cima, um banheiro que dividiam com desconhecidos – os outros pensionistas azarados –, um vaso sanitário de onde cresciam coisas selvagens, as próprias paredes do quarto uma proteção fina como uma folha de papel do barulhento mundo lá fora, onde outros americanos de pouca sorte rangiam e imploravam pela esperança que um estômago cheio lhes dava. Agora Henry via a trajetória das coisas. A verdade. Eles estavam andando na água esse tempo todo, e agora se afogavam. "Agora nos misturamos com o lixo", disse seu pai impregnado de gim, "pois é isso o que nós viramos."

Uma história triste. Eu choraria se não houvesse milhões de outras iguais. Garoto jovem. Pai com rosto cheio de feridas. Pálpebras caídas sobre olhos injetados, desesperançado e pobre e, francamente, chato. Henry praticava seus truques com as cartas, e contanto que o fizesse poderia estar em qualquer lugar, pois nesses momentos o mundo ao seu redor desaparecia e ele voava livremente por essa terra de ninguém que é a imaginação, em algum ponto entre essa vida e o que quer que exista do outro lado. Quando o pai estava sóbrio, observava o filho, absorto e perplexo e extasiado. Analisava seu filho. Tinha uma ideia zumbindo em volta de sua cabeça como uma abelha. Pôs sua boina surrada e agarrou o filho pelo pulso, puxando-o consigo. "Traga as cartas", disse ele.

Foi assim. Seu pai o levou ao centro de Albany, a uma esquina onde um grupo se reunira em torno de um homem que montara ali uma mesa. Uma dúzia de homens arrebatados estava de pé, homens de todas as classes sociais. Alguns vestiam ternos com calças que se estreitavam abaixo dos joelhos; outros as antigas bombachas e chapéus de abas largas. Um homem sem pernas também estava ali, circulando em uma plataforma com rodinhas. Sr. Walker e seu filho se juntaram a eles. O homem da mesa tinha três cartas e as movimentava para frente e para trás e em círculos com mãos cujas peles pareciam ter caído, como se agora fossem só osso. Seu rosto era anguloso, as bochechas afundadas, a pele esburacada, uma cratera; na cabeça, um chapéu de abas largas (todo mundo usava chapéu naquela época) caído para trás de modo a revelar uma testa enorme. Falava num balbucio louco, porém envolvente. Ninguém conseguia se mexer enquanto ouviam-no falar, observavam suas mãos rápidas como a luz.

"Fique de olho na carta vermelha, esta é a carta do dinheiro; vou lhe mostrar onde ela está agora – viu? –, assim fica mais fácil para o senhor segui-la quando eu mexer as cartas. Devagar na primeira vez, para que o senhor não tenha dúvida, e o senhor não tem dúvidas, tem, senhor? Dá para perceber. O senhor é muito atento. Eu nunca devia tentar fazer isso com o senhor. Eu ia apostar, mas não com o senhor – não, senhor –, mas é claro que, se o senhor insiste, com uma nota de cinco dólares, vou me arriscar; nós todos temos que alimentar nossas famílias, e vou alimentar a do senhor e o senhor vai alimentar a minha. Agora aponte. Me mostre. Aqui no meio, é? Vejamos... Ah! Sinto muito, senhor! Temo que seja essa a que todo mundo aponta. Obrigado e, sim, vou ficar com o dinheiro do senhor, e meu bebê lhe agradece."

O Sr. Walker olhou para o filho e viu nele algo de novo. "Você sabe fazer isso?", perguntou-lhe. Henry analisou a jogada por mais alguns segundos e deu de ombros. "É claro que sei."

E o fez. Ao longo do inverno e no começo da primavera, o monte de três cartas – ou Siga a Rainha, ou Ache a Dama – alimentou, vestiu e deu uma cama aos dois. Era uma beleza de se assistir, aquele jovem tirando dinheiro dos homens com o dobro, o triplo de sua idade, dez vezes mais pesado que ele. Era perigoso e

[Texto do diário manchado de café, vinho, cinzas, lágrimas – ilegível.]

– Não fazia ideia de que era ilegal – disse-lhes o Sr. Walker.

[Folha arrancada.]

que ele conheceu na cadeia. Passou-o para o Sr. Walker como se fosse uma mágica. No cartão, estava escrito

> A CIDADE MÁGICA DE TOM HAILEY
> empresariamento e representação de jovens
> prestidigitadores no mundo todo
> (se Albany for o seu mundo)
> *Malcolm Avenue, 321*
> *Albany, N.Y.*

Sei do cartão de visitas porque vi com meus próprios olhos: Henry o carregara consigo durante todos esses anos. Surrado e desbotado, as bordas esfarelavam-se em suas mãos, assim como o três de copas. Sentimental, o Henry, se é que esse era seu nome verdadeiro. Também guardei o cartão. Pois Tom Hailey foi importante. Ele mudou a vida de Henry.

Foi Tom Hailey quem fez dele um negro.

Tom Hailey! Que grande homem ele deve ter sido! Não como Rockefeller e Roosevelt eram grandes homens, e sim como P.T. Barnum, caso P.T. Barnum tivesse nascido como ele, nas ruas de pedras de cantaria de Albany, enraizado ali por causa de uma mãe que nunca morria e de quem, como filho único, ele se sentia obrigado a cuidar até o fim da vida – que só aconteceu quando já era tarde demais para que fosse embora dali. Imagine os sonhos natimortos que Tom Hailey devia ter! Imagine Alexandre, o Grande, preso na periferia da Macedônia a vida inteira, os olhos brilhando com a possibilidade – a possibilidade de que existisse algo que você pudesse fazer por ele, algo que ele pudesse tomar de você e cujo roubo tornasse vocês dois mais ricos. Atraía dinheiro que nem uma máquina de venda automática, aquele lá. Mas em geral eram trocados. Tudo relativo a ele era grande. Tinha mãos grandes, dentes grandes, orelhas grandes, nariz grande e era poderoso como se recebesse as energias do sol e da lua. Alto e, de modo geral, magro, mas com uma bela pancinha da qual se orgulhava. Ficava bem ladeada pelos suspensórios. Nunca tinha conhecido algum homem do qual não gostasse ou algum que não gostasse dele. Assim era Tom Hailey.

[Um longo trecho em que Mosgrove relata a morte de seus pais – mãe: incêndio, pai: trator –, a quem ele amava perdidamente. "Que estranho", escreve ele, "que após quarenta anos esse amor não tenha diminuído nem um pouquinho. Que eles ainda estejam vivos no meu coração."]

O escritório de Tom Hailey ficava no segundo andar de um prédio de quatro andares no fim de um bairro de armazéns, não muito distante da fábrica de papel. A fuligem sujava todas as janelas e o odor era terrível, venenoso, queimava as narinas. Uma horda de mendigos e vagabundos se aconchegava ao lado de um vagão fechado abandonado do outro lado da rua, o abrigo que tinham do vento, da chuva gelada e de coisas que colidiam durante a noite. A última parada do bonde ficava a seis quarteirões dali, portanto o

Sr. Walker e seu filho mágico tiveram de fazer o resto do caminho a pé, que droga. O pai de Henry mancava, não por ter uma perna ruim, e sim porque mexer as pernas, a extremidade inteira, uma seguida da outra, era mais do que seu cérebro formigante era capaz de aguentar com graciosidade – era simplesmente complexo demais. Tinha sorte de ao menos conseguir ficar na vertical.

– Ele não fazia ideia de que era ilegal – murmurou pela milésima vez. – Você sabia?

– Tinha certa noção de que era – disse Henry –, porque aquele cara fugia toda vez que chegava o policial.

O Sr. Walker esfregou tanto a cabeça do filho que o couro cabeludo começou a arder.

– Você é muito esperto, é sim. Você puxou a mim.

O que Henry sabia que não era verdade. Estava, realmente, mantendo um registro mental, uma lista de aspectos em que *não era* como o pai e nunca seria, um Ragged Dick com alma de poeta. Muito mais parecido com a mãe, pensou ele. Sem nunca tê-la conhecido de verdade, entretanto, ele tinha de inventá-la, e ao fazê-lo lhe dava as virtudes que buscava para si – obstinação, paixão, justiça, perseverança e a capacidade de enlutar-se. Nesta última, ele já tinha atingido a perfeição.

– Então infringimos a lei – disse o Sr. Walker, dando de ombros. – O que a lei fez por nós? O que a lei fez por esses pobres coitados ali? Só podia piorar, mesmo. Agora eles estão de olho em nós. É por isso que vamos ter que andar na linha, você e eu. É por isso que temos que falar com esse tal de Tom Hailey. Sabe, as coisas acontecem por alguma razão. Se não tivéssemos parado na cadeia, nunca pegaríamos o cartão dele. Fico contente por termos passado umas noites lá, você e eu! Em breve, coisas boas vão acontecer, Henry. Sinto que vão.

Uma sensação aparentemente partilhada com uma dúzia, mais ou menos, de pais e filhos, mães e filhas, tios e sobrinhos: na sala minúscula de Tom Hailey havia gente saindo pelo ladrão.

– Santa mãe de Cristo – exclamou o Sr. Walker. Olhou em volta, desarmado pela competição. – O que a gente faz agora?

– O senhor espera, como todos nós – um homem enorme com um olhar homicida disse a ele, com rispidez, como se pudesse ler seus pensamentos e fizesse objeção àquele que ele tinha sobre furar a fila. – Tem um formulário de registro lá na frente.

Eles se registraram e passaram três horas esperando. Na frente deles, havia um garoto segurando uma pasta de couro velha com fechos dourados ("Dentro desta pasta há mais maravilhas do que você jamais seria capaz de acreditar", disse ele, mas Henry percebeu que mentia: Henry já vira maravilhas e duvidava que houvesse ao menos uma ali dentro); um homem com um boneco no colo ("Parece que tem uma dupla de bonecos ali", comentou o Sr. Walker, num tom de voz um pouco alto); uma menina de tutu que estava louca para ser aprendiz de mágica; e seis ou sete garotos que poderiam ser ele mesmo, pensou Henry, meninos que sabiam como fazer sumir uma carta, como roubar uma carteira, como hipnotizar e seduzir e tudo o mais.

Henry não tinha chances.

– Todo mundo está arrumadinho – disse Henry ao pai.

– Talvez seja porque eles podem – disse o Sr. Walker, ressentido.

Pois, mesmo Henry sabendo que ninguém estaria ali se não quisesse um emprego, ele e o pai eram os únicos que aparentavam precisar dele.

Quando chegou a vez deles, o Sr. Walker tinha adormecido e roncava como uma submetralhadora. Henry tinha passado o tempo com as cartas, do mesmo jeito que passava sua vida inteira atualmente – ele e suas *cinquenta e duas melhores amigas*, era como as chamava –, embaralhando com uma mão, com as duas, praticando a onda, o falso corte, o Hindu, o Jordan, o *multiple shift*, todas essas coisas belas do legado deixado pelo homem que roubara sua irmã. Erguia os olhos sempre que a porta se abria, na esperança de que seu nome fosse chamado. Nuvens de fumaça onduladas rolavam para fora da sala toda vez, como se algo lá dentro estivesse em chamas.

Por fim, escutou seu nome.

– Henry?

A secretária de Tom Hailey olhou para ele e lhe sorriu, e ao cutucar o pai para acordá-lo e se levantar, ela piscou, o tipo de piscadela que faria você imaginar que ela jamais piscara para outra pessoa, que estava guardando essa piscadela para você. Henry gostou dela. Era bonita. Tinha cabelos curtos e louros, circundando suas bochechas saltadas como um xale. Seu batom era vermelho-bombeiro. Os olhos eram amistosos e azuis. Bonita. Henry estava começando a pensar desse jeito. Seu nome era Lauren.

– Entre – disse Lauren.

Havia duas cadeiras de metal velhas cobertas de vinil verde rasgado e surrado; Henry e o pai sentaram-se nelas. Estava escuro ali dentro. Venezianas de madeira estavam fechadas contra a janela. Na parede, um diploma emoldurado de uma universidade por correspondência. Diante deles uma mesa desorganizada com um grande telefone preto de baquelita com um caderno de telefones embutido na base. Um cigarro sem filtro queimava, abandonado, num cinzeiro cheio de outros iguais, as pontas ásperas amassadas e ainda úmidas. O telefone começou a tocar assim que eles se sentaram, e Lauren atendeu.

– Cidade Mágica – disse ela, e escutou por um momento. – Sinto dizer que nós não marcamos hora. É por ordem de chegada. Não. Melhor não trazer um coelho. Ã-hã. Agora tchau.

Ela desligou.

— O Sr. Hailey o atenderá daqui a pouquinho — anunciou ela.

E atendeu. Uma descarga foi dada, uma portinha no canto se abriu e Tom Hailey, com todos os seus 1,98 metro, de repente apareceu diante deles.

— Obrigado, Lauren — disse ele, olhando de soslaio com o tom tenor de sua voz; qualquer um via que eram um casal. Lauren era um pouquinho robusta, mas, como Tom Hailey diria a Henry mais tarde, "Claro, ela é um pouquinho robusta, mas é robusta nos lugares certos". E embora Tom Hailey tivesse uma regra, "Nada de pescar fora do píer da empresa", nunca foi capaz de cumpri-la, e a quebrava por Lauren com tanta frequência quanto possível. Ele não conseguia se conter. Tom Hailey não conseguia se conter com mulher nenhuma, porém. Um homem contente por ser escravo desse desejo específico.

Lauren saiu da sala. Tom Hailey só tirou os olhos dela quando já tinha desaparecido, e quando ela sumiu ele pareceu sentir falta dela. Ou da paisagem, pelo menos.

Agora ele olhava para os camaradas diante de si. Passou um momento observando-os, o que ainda restava da família Walker. Tentou avaliá-los, e avaliou, Henry viu-o fazê-lo com enorme rapidez. Mas guardou para si o que apreendeu. Olhou para um cigarro pequeno queimando no cinzeiro, pegou-o e, com ele, acendeu outro.

— Bem-vindos à Cidade Mágica, meus amigos, onde o lema é "Mágica é dinheiro e o dinheiro é mágico". As pessoas gostam de esquecer. É o serviço que oferecemos aqui, o esquecimento. Um gole das águas do rio Lete. Tenho uma teoria, não provada, claro, e é por isso que a chamo de teoria, de que na verdade Deus é um mágico. Simplesmente é o melhor que há. De qualquer modo, é para isso que nos esforçamos aqui na Cidade Mágica: para sermos similares a Deus. Talvez já tivesse repetido esse mesmo discurso mil vezes. Sorriu para Henry. — Creio que você faça truques com cartas.

— Sim, senhor — respondeu Henry.
— Nada tão ambicioso quanto criar o mundo em sete dias, não é?

Tom Hailey abriu um sorriso maior ainda, seus dedos se entrelaçaram diante do rosto comprido com a barba por fazer, olhando para Henry, ignorando totalmente o pai que ele trouxera consigo. Já o dispensara.

— Você está olhando as minhas orelhas? — disse Tom Hailey.

Henry enrubesceu.

— Sim, senhor.

— São enormes, não são?

— Sim, senhor.

— Devem ser as maiores do mundo — disse ele. — Até onde sei. Já escrevi ao senhor Guinness para que ele venha medi-las, mas por enquanto não obtive resposta. — Tom Hailey abriu uma gaveta e pegou um espelho de mão feminino. Analisou-se. — Mas eu não diria que são bizarras. Ao seu próprio modo, e sou um crítico feroz, Henry Walker, principalmente comigo mesmo, ao seu próprio modo eu diria que não são feias. Lauren as comparou às asas de uma borboleta gigantesca, uma asa em cada lado do meu rosto. Mas não pago setenta e sete centavos por hora sem motivo algum. — Piscou para Henry. Era a segunda piscadela para Henry naquele dia. — Elas também têm utilidades práticas. Eu ouço *tudo*. Ouço uma barata espirrando a quilômetros de distância.

— Barata espirra? — indagou Henry.

Tom Hailey assentiu.

— Consigo ouvir seu coração batendo — afirmou ele. Fechou os olhos e, com um lápis, começou a bater na ponta da escrivaninha no mesmo compasso do coração de Henry.

— E você sabe o que falam sobre os homens que têm orelhas grandes? — perguntou o Sr. Walker, e gargalhou.

— Sei — disse Tom Hailey, secamente. — Eles usam chapéus grandes.

E, ao voltar sua atenção de novo para Henry, outra vez esquecendo-se do pai, apagando-o da cena:
— Vejamos o que você sabe fazer.

[Uma folha aparentemente queimada.]

tudo, do mais simples ao mais complexo, seguindo a evolução de sua própria educação. Às vezes Tom Hailey lhe dizia o que fazer — a mágica dos quatro reis amigos, por exemplo, a mágica das três cartas — bradando aceleradamente nomes, enquanto o pai de Henry observava, zonzo e perplexo. Tom Hailey não traiu nenhuma emoção, entretanto; às vezes se permitia acenar com a cabeça, o que Henry aprenderia tratar-se do ápice de sua aprovação. Mas nada mais. Nem mesmo um sorriso.

O olhar do Sr. Walker se alternava entre o filho e Tom Hailey. Esfregava as mãos, como se as aquecesse — um tique nervoso que desenvolvera havia pouco tempo, pois suas mãos estavam sempre geladas. Respirava pelo nariz como um cachorro farejando uma guloseima. Estava ávido demais: até Henry, ao fazer pausas entre os truques, notava. Era a primeira última chance deles, e a presença do Sr. Walker acabava com qualquer chance que tinham. Ele interrompia a série com um "Essa é boa, filho" ou "Não sabia que você fazia isso!". O comentário sempre vinha exatamente no momento errado, até que Tom Hailey teve de lhe pedir que se acalmasse.

— Tudo bem — disse o Sr. Walker. — Tudo bem. Claro. Mas...

— Mas o quê? — Tom Hailey indagou, massacrando-o com um olhar fixo.

— Mas ele é melhor no monte de três cartas — disse ele. — Se quiser ver algo de extraordinário, peça isso a ele. É assim que a gente tem se alimentado nos últimos dois meses.

Henry parou o que estava fazendo, as cartas parecendo congelar no ar. Não era a coisa certa a se dizer. Até uma criança sabia disso. Tom Hailey suspirou e esfregou os olhos. O silêncio era interminável, doloroso, e durante seu curso Henry foi obrigado a admitir uma coisa a respeito do pai que nunca conseguira aceitar: seu pai estava errado. Não errado sobre algum ponto específico, mas de modo geral. Algo em sua própria existência estava errado. Por um lado, era triste a forma como ele havia se degenerado a ponto de se tornar a coisa inútil que era, como um naco de pão velho que ninguém se dera ao trabalho de jogar fora. Mas, por outro, Henry estava bravo. Henry não podia ajudar o pai, e o pai visivelmente não podia auxiliá-lo. Ele era um obstáculo, um peso morto, impedindo Henry de seguir adiante com o resto de sua vida, e Henry sabia com uma clareza terrível que tinha que se libertar.

– Sr. Walker – disse Tom Hailey depois de pigarrear –, monte de três cartas é mágica de moleque de rua. O monte de três cartas é o buraco para o qual os mágicos rastejam na hora de morrer. O fato de que esse garoto extremamente talentoso foi forçado a macular sua arte para compensar os fracassos do pai, e me dói dizer isso, parte meu coração, de verdade, é como mandar sua própria filha se prostituir.

E com isso, a menção de uma filha, o pai de Henry se levantou e jogou o corpo sobre a mesa de Tom Hailey, primeiro batendo com a cabeça em seu peito, agarrando-o com os dedos, rasgando seu colete e suspensórios e estrangulando-o com a própria gravata. Ao fazer isso, emitiu um som que parecia o de um animal ferido, gemendo e soluçando, até que Tom Hailey o empurrou para longe de si, depois para longe de sua mesa, e então para o chão, onde ele se enrolou em uma trêmula ruína fetal. Tom Hailey o observou por um instante e em seguida olhou para Henry, que estava imóvel.

– Você tem irmã? – perguntou-lhe Tom Hailey.

— Tinha — respondeu Henry.

Tom Hailey assentiu. Olhou para o homem amarrotado no chão e ajudou-o a se levantar.

— Mil desculpas, Sr. Walker — disse ele. — Eu não devia ter dito isso. Eu não sei.

— Eu nunca seria capaz de machucá-la — disse o Sr. Walker. Ele olhou para Henry. — Você sabe disso, não sabe, Henry? Nunca.

— Machucá-la? — indagou Henry. — Mas o senhor não... Ele estava...

A cada segundo que passava, Tom Hailey ficava mais alarmado.

— Sinto muitíssimo se disse algo que o magoou. Eu não sei... eu não... — Ele virou o rosto. Olhou para a mesa, para todos os seus contratos, as revistas femininas, os materiais de escritório extravagantes, uma ruína total. — Lauren! — chamou ele, e menos de um instante se passou antes que ela abrisse a porta e pusesse a cabeça para dentro. — Próximo — avisou ele.

— Próximo? — questionou o Sr. Walker. Parecia que tinha acabado de acordar e não sabia da cena precedente a esta. — Próximo? Mas isso é um grande absurdo! Ninguém sabe fazer o que o meu filho sabe. Ninguém!

— Isso é verdade — confirmou Tom Hailey. — Nunca vi ninguém feito ele. É realmente notável. Mas, por mais talentoso que o seu filho seja, receio que eu não possa fazer nada por você.

— Mas... Por quê? — indagou o Sr. Walker.

Tom Hailey se levantou e andou até a porta do escritório, abrindo-a.

— Por causa disso, Sr. Walker.

Todos olharam. A sala de espera ainda estava lotada. Era como se no mundo existisse uma infinita oferta de garotos com cartas e de garotas que queriam assisti-los. Quando um ia embora, outro chegava.

– É assim todo santo dia – explicou ele. – Há mais mágicos que pessoas para vê-los. Não faço ideia de como isso aconteceu. Não era assim. Deve ser alguma coisa na água. No ar. Eles estão em todos os cantos. O Henry tem um talento enorme. Mas eles também têm. O mundo não precisa de mais um mágico jovem e branco.

– Então por que você nos recebeu? – indagou o Sr. Walker. – Eu estava tão esperançoso.

Tom Hailey deu de ombros e analisou-o.

– Então não foi uma total perda de tempo. Quanto tempo fazia que você não se sentia esperançoso?

O teste estava encerrado. Tom Hailey abriu um pouco mais a porta, esperando que eles fossem embora. Henry enfiou as cartas no bolso e se levantou com relutância; o pai pôs as mãos nos ombros do filho, não para confortá-lo, mas sim para se apoiar na hora de se erguer. Quando passaram, Tom Hailey segurou o pai de Henry pelo cotovelo e puxou-o para perto. Sussurrou em seu ouvido. Henry só saberia mais tarde o que ele dissera, mas foi algo assim:

– Agora, enquanto um mágico jovem e *branco* existe a dar com pau, um mágico jovem e *negro* é, de fato, uma raridade. Uma coisa valiosa. Recebo telefonemas todos os dias de pessoas que desejam ser legítimos mágicos negros. Mas não consigo achar nenhum, em lugar nenhum. Pode-se dizer que estou desesperado para encontrar um mágico jovem e negro.

Tom Hailey e o pai de Henry se entenderam perfeitamente. Não era preciso dizer mais nada. Tom Hailey rabiscou alguma coisa atrás do cartão de visitas e entregou-o ao pai.

– A gente vai ficar bem – sussurrou o pai no ouvido de Henry quando estavam de saída. – A gente vai ficar bem.

O apartamento de Tom Hailey não era nenhum palácio, mas era limpo e quente e, pelo menos por enquanto, de graça.

— Vou deduzir o aluguel e a comida de seus futuros lucros — avisou. — Que com certeza serão grandes. Uma pequena porcentagem. Não se preocupe.

Henry e o pai dividiam um quarto não muito maior que um closet, uma lâmpada exposta pendurada ao teto por um fio. Havia um crucifixo de madeira velho na parede, um colchãozinho preso ao canto, uma pilha de lençóis no chão. A primeira coisa que o Sr. Walker fez foi testar o colchão.

— Nada mau — disse ele, sua cabeça caindo com força em um monte nebuloso de travesseiros, que eram da mais alta qualidade. — Range um pouquinho. Mas que é melhor que nada, é!

Henry tinha começado a fazer a cama com os lençóis, quando Tom Hailey colocou a cabeça para dentro do quarto.

— A cama é para o talento — disse para o Sr. Walker, ao mesmo tempo em que piscava para Henry. — Ele precisa dormir. Amanhã será um grande dia.

O Sr. Walker galgou o caminho para fora da cama. Nenhum dos dois tirou a roupa. Alguns minutos depois, apagaram as luzes e tudo se aquietou. Completamente. Há quanto tempo eles não iam dormir sem que os sons frenéticos da cidade escavassem seus ouvidos? Os bondes, os voos, os berros e brados dos amantes? Às vezes ouviam Tom Hailey abrindo e fechando alguma coisa, abrindo a torneira, dando descarga. Mas eram os sons de uma casa.

— Um grande dia? — indagou Henry.

Agora Henry olhava para o pai, cujos olhos tremulavam, quase fechados.

— *Papai* — ele sussurrou —, por que amanhã é um grande dia? Pensei que ele tinha dito que nem sequer queria a gente, depois ele quis. O que aconteceu? O que ele disse para o senhor? Pai?

Porém, o pai já dormia.

* * *

Na manhã do dia seguinte, bem cedinho, o cheiro de bacon sendo fritado pareceu despertar Henry e o pai do sono e carregá-los como se andassem sobre um tapete mágico, ainda meio que sonhando, até a cozinha. Três pratos estavam postos na mesa de fórmica vermelha com pernas de metal enferrujadas. Duas tiras de bacon fritas demais, como banhistas imprudentes, foram dispostas paralelamente nos pratos e, quando se sentaram, montes gigantescos de ovos foram jogados em seus pratos. Por mais que estivesse faminto, Henry deu garfadas pequenas; o pai empurrou a comida para dentro da boca como se pensasse que alguém a tomaria dele. Tom Hailey sorriu, observando. Tom Hailey tinha pena do Sr. Walker – Henry via em seu olhar. Henry conhecia tal olhar porque também sentia pena do pai.

Comeram em silêncio. Quando Henry deu a última garfada e em seguida tomou o último gole de suco de laranja, Tom Hailey pôs duas pílulas pequenas ao lado de seu prato.

– Sempre tome de estômago cheio – recomendou. – Com água. Muita água.

Henry olhou as pílulas. Nunca tinha tomado remédio na vida.

– São para quê?

– São pílulas mágicas – declarou Tom Hailey. Piscou outra vez, e Henry percebeu tratar-se de um tique nervoso, a pontuação de quase tudo o que ele dizia. – Um médico as chamaria de psoraleno.

– Você pegou com um médico? – indagou o Sr. Walker.

– Mais ou menos – explicou Tom Hailey. – Um quase médico. O mais perto que se pode chegar de ser considerado médico sem obter o diploma.

– E são elas que vão fazer acontecer?

– São elas que vão fazer acontecer – confirmou Tom Hailey.

– Fazer o que acontecer? – perguntou Henry.

O Sr. Walker respirou fundo.

— Você ficar negro — disse ele.

— Ficar *o quê*? — Era a primeira vez que Henry ouvia falar daquela história.

— Não um negro — esclareceu Tom Hailey. Deu um tapinha tranquilizador nas costas de Henry. — Quem não *nasceu* negro não pode virar negro. Isso é biologia pura e simples. O que muda é só a cor. O branco se torna preto. Alguém sem discernimento, e ninguém vai ter discernimento, não vai perceber. Você vai continuar sendo você: Henry Walker, de Lugar Nenhum, EUA. Mas vão jurar que você veio da parte mais negra da África.

Henry olhou para o pai.

— O senhor ia me contar sobre isso? — indagou.

— Acabei de contar — disse ele, passando o dedo pela borda do prato.

[Longas passagens riscadas, ilegíveis.]

a jornada de volta ao escritório — ele dirigia um Studebaker novinho em folha, e era a primeira vez que Henry e o pai entravam num desses —, Tom Hailey descreveu o procedimento inteiro, o que iria acontecer. Ele possuía aquelas pílulas, muito seguras, muito incríveis, e todo dia Henry as tomaria e depois passaria mais ou menos uma hora embaixo de uma lâmpada especial. Logo sua pele ficaria bem escura. Depois iriam raspar sua cabeça — o cabelo de Henry, por sorte, já era grosso e preto — e — "Mantenha seus dedos cruzados!", disse Tom Hailey — Henry ia ficar tão parecido com um negro quanto um negro de verdade. O efeito era totalmente temporário, ele explicou. Dentro de apenas um ou dois dias — sem as pílulas e a lâmpada — Henry começaria a voltar à sua cor natural.

— Mas não sei se quero ser negro — contestou Henry.

– E compreendo muito bem – disse Tom Hailey. Virou-se para olhar para Henry, que estava sozinho no banco de trás. – Mas se você não ficar negro, como já expliquei ao seu pai, a gente fica sem nadica de nada. Nadica. Como eu disse, há uma abundância de prestidigitação caucasiana hoje em dia. O mercado está saturado. Não há nada que eu possa fazer quanto a isso. Mas você possui habilidades notáveis, Henry. Detestaria que fossem desperdiçadas. E, olhando pelo lado prático, você tem cabelo preto e traços que, quer dizer, me parece que pode funcionar. Não funciona com louros. Sou da opinião de que, juntos, poderíamos criar algo de especial.

– Mas é mentir – disse Henry. – Não é?

Tom Hailey riu. Em seguida, pareceu magoado.

– Mentir? Longe disso. Você acha que eu estaria nesse ramo há tanto tempo se fosse um mentiroso? De jeito nenhum. Trata-se de *ilusão*, Henry. Faz parte do show. Se as pessoas querem ver um mágico negro, nós lhes daremos um mágico negro. É simples assim.

– Mas eu não sou negro – retrucou ele.

– Ainda não – explicou. – Mas logo será, e ninguém vai notar a diferença. Isso deixará as pessoas felizes. Fará com que elas se esqueçam. Veja só, nós lhes contaremos uma história. O povo adora uma boa história. Uma história chocante, fenomenal, na qual é impossível de se acreditar: um navio, a parte mais negra da África, já consigo até visualizar na minha cabeça; e as pessoas engolirão a história. Elas engolirão mesmo! Exerceremos a função dos anjos, Henry, você e eu, satisfazendo os desejos delas. Você sabe quanto é importante fazermos isso? E você pode fazer isso simplesmente ficando negro. Elas morrerão um pouco mais contentes por sua causa. Não muito mais contentes, um pouquinho só. E cada pouquinho conta.

Tom Hailey apontou para uma rua lateral.

— Lá embaixo distribuem sopa para os pobres. Uma sopa gostosa. E a Pilgrim House lhe dá um lugar para ficar. Por uma ou duas noites. Caso você esteja muito determinado a não fazer isso, posso deixá-lo aqui.

Henry contemplou os homens fracos e famintos em seus casacos apodrecidos, tão encurvados quanto seu pai havia ficado, andando em direção a lugar nenhum.

Henry permaneceu onde estava. Assentiu uma única vez.

Tom Hailey sorriu. Conseguira fazer com que eles abaixassem a crista.

Seu nome será Bakari. É em suaíli e significa "aquele que será bem-sucedido". Veja só, fiz meu dever de casa. São os pequenos detalhes que tornam essas coisas críveis. Não que alguém vá saber a diferença, mas isso significa muito para mim. Portanto, você veio da parte mais negra do Congo. Escondido numa cesta, no fundo de um navio cargueiro, você foi contrabandeado para este país por um grupo de marujos que esperavam vendê-lo no mercado negro — sem trocadilho. Tudo bem, talvez com um trocadilhozinho. Entretanto, eles não se deram conta do tamanho de seus poderes mágicos! Assim que chegou à América, você transformou um deles em asno, outro em porco e o terceiro você reduziu a uma nuvem de fumaça. Mas, por favor, não esperem ver tais poderes em evidência hoje, direi às plateias que forem assistir à sua apresentação. Vocês estão a salvo! Bakari jurou nunca mais usar esses poderes. São perigosos demais. Também é preciso evocar a ajuda de um de seus muitos deuses, e estes só gostam de ser evocados em caso de emergências terríveis. Mas o que vocês verão irá surpreendê-los. Abjuração, Alteração, Canalização, Conjuração, Profecia e Evocação: tudo isso estará em evidência aqui, hoje. Vocês ficarão perplexos e, quando forem embora, o nome "Bakari" permanecerá em suas mentes para sempre. Bakari não fala nem uma palavra em inglês, mas nem precisa falar. Sua mágica falará por si só.

A lâmpada não era uma lâmpada comum. Era uma luz dentro de uma caixa, e mais clara que outras lâmpadas, e quente. Sentar-se diante dela era como esquentar o rosto sob o sol de verão. Durante uma hora, todos os dias, ele se sentava à mesa de fórmica vermelha com a lâmpada brilhando em seu rosto (e mais tarde nas mãos, e depois no corpo inteiro). Ele se lembrou de um dia ter se deitado no chão do parquinho ao lado do hotel com Hannah, se sentindo desse jeito. Estavam procurando trevos de quatro folhas. Não acharam nenhum, e depois de um tempo se esparramaram nos trevos verdes e macios e ficaram olhando as nuvens. Havia uma nuvem gigantesca e ondulada quase que bem acima deles que bloqueava parcialmente o sol. Raios atiravam-se do alto dela, e a própria nuvem parecia reluzir, como se houvesse algo atrás dela, simplesmente brilhante. "É ali que mora Deus", dissera Hannah.

– Tive essa ideia por causa do meu tio – disse Tom Hailey um dia, durante o jantar. Ele enfiava uma colher cheia de purê de batatas e um pedaço de carne na boca ao mesmo tempo, mastigava por um segundo, empurrava o resto com cerveja e fumava um cigarro. Sempre deixava um cigarro aceso e pronto para ser tragado, do instante em que acordava de manhã até a hora que dormia. – Ele estava tomando umas pílulas por causa de um problema de pele e um dia, quando estava ao ar livre, o sol batendo nele como se fosse um chicote, sua pele começou a ficar com um tom marrom escuro. Depois disso, passei a chamá-lo de Mandingo. Ainda chamo. Mas você sabe como a cabeça funciona. Os clientes me ligam o dia inteiro e imploram por um mágico negro que nem os Armstrong e William Carl. Como vou encontrar um desses em Albany, em Nova York? A mente humana é um milagre da ciência, não é? As ideias surgem feito um fliperama. Você já viu? Máquinas de fliperama? *bing-da--bang-da-bing*. Aí pensei comigo mesmo: por que não? Por que não fazer o que nós dois...

– Três – disse o pai de Henry. – Nós três. – Surpreendendo todo mundo pelo fato de estar ali, e ainda por cima escutando.

– ... O que nós três estamos fazendo aqui, agora, neste apartamentozinho na esquina da Blake com a Austin? Apenas esperando o garoto certo, entende, o menino perfeito para pôr a ideia em prática. E eu o encontrei. Em você.

Ou, como ele diria mais tarde: "Alguém tão desesperado que seria capaz de renunciar à cor natural de sua pele com o simples objetivo de continuar vivo. Alguém que não tivesse nada a perder."

– Faça-me um favor, menino – disse ele para Henry. – Passe alguns dias sem se olhar no espelho. Melhor ainda...

Tom Hailey se levantou, se afastou da mesa, achou um rolo amarelado de fita adesiva na gaveta da cozinha e cobriu todos os espelhos e superfícies espelhadas com jornal. Até a torradeira.

– Assim vai ser surpresa – explicou ele, piscando. – Pelo menos para você.

Nesse meio-tempo, ficaram presos no apartamento de Tom Hailey, ouvindo suingue no rádio.

[*Aqui, Mosgrove escreve as palavras* Eu gostaria,
mas não completa o pensamento.]

Lauren levava o almoço, e o Sr. Walker mais gim pirata. Ela tinha um trio rotativo de chapéus: um *cloche*, depois um em forma de caixa, em seguida uma boina. Henry gostava mais da boina. Fazia com que parecesse uma espiã bela e amistosa. Ela se sentava ao lado de Henry na minúscula mesa da cozinha, se esbarravam, os cotovelos se tocando, e suas pernas ficavam tão próximas que ele sentia as pregas de sua saia roçando-lhe as coxas. Lauren limpava os cantos da boca de Henry com um guardanapo que umedecera com seus lábios, e ele deixava, fitando sua pele e olhos como se ela fosse um espécime de algo desconhecido oriundo de um território obscuro. Ele se apaixonara por ela, não como homem, mas sim como um garoto que reivindica algo precioso. O pai via a situação por outro ângulo – o ângulo de um homem –, e durante alguns dias ele se barbeou por causa dela e colocou a camisa para dentro da calça, até que ficou claro que isso não fazia diferença. Ela mal percebia sua existência, portanto ele logo voltou ao desmazelo natural, ao seu visual "eu não tenho nenhuma razão para continuar vivo". Henry sabia que às vezes ela também aparecia durante a noite para ver Tom Hailey – ele escutava os dois através das paredes –, mas ela sempre ia embora antes de amanhecer.

– Acho que você está sendo muito corajoso – disse ela para Henry. – É meio que loucura, mas é corajoso. E não vejo Tom Hailey tão feliz assim desde que ganhou uma nota de dez dólares numa corrida de cachorros. Obrigada, Henry. – E ela plantou um beijo em sua testa. – Eu nunca tinha beijado um negro – acrescentou ela, piscando.

– Não sou negro – retrucou Henry.

– Não – confirmou ela –, não é. Mas é o mais perto disso que algum de nós vai chegar.

De manhã, quando Tom Hailey ia para o escritório, Henry e o pai ficavam sozinhos. O pai dormia até tarde, mas mesmo quando acordava, em geral por volta do meio-dia, ainda parecia estar adormecido, ou ter carregado consigo o sono para a vida de acordado. Tom Hailey mantinha um bom estoque de seu gim predileto, e a primeira coisa que o pai de Henry fazia era tomar um pouquinho da bebida misturada ao suco de laranja. Portanto, passava todos os minutos de sua vida no mínimo um pouco bêbado. Ouvia rádio e lia histórias em quadrinhos. *Plainclothes Tracy* era seu preferido, embora não fosse tão engraçado assim.

— Gosto desse tal de Tracy — dizia ele quase todo dia, como se fosse a primeira vez que dissesse isso. — É um cara completo. — Dizia isso como se ele se reconhecesse pelo menos um pouquinho em Tracy.

Depois de cerca de uma hora sob a lâmpada, Henry ensaiava seus números. Nunca tivera números — uma série de truques apresentada em uma ordem lógica, cada uma servindo de base para a seguinte, terminando num clímax, feito fogos de artifício. Além das ilusões que ele já sabia fazer — ilusões fantásticas que Tom Hailey nunca tinha visto e sobre as quais jamais ouvira falar —, Tom Hailey lhe mostrara alguns números com cabos, água que some e até mesmo cobras, os quais ele achava que funcionariam bem dentro da temática do show que iriam apresentar. Como seus dedos eram ágeis e sua capacidade de desviar a atenção da plateia era enorme, mesmo sem a fala tradicional — já que não sabia nem uma palavra de inglês —, ele podia apresentar as mágicas com êxito. Pelo menos para o pai, a sua única plateia por enquanto. Mas não tinha certeza se o pai estava realmente olhando para ele quando executava os truques, e se, ainda que estivesse, entendia alguma coisa. Parecia estar a um passo de distância do mundo.

Mas não Tom Hailey. Todo dia, este voltava cheio de energia e com uma nova ideia. Um dia chegou com um turbante.

— Sei que é uma coisa indiana, mas nas espeluncas em que vamos nos apresentar ninguém vai saber a diferença. E se alguém souber e chamar a nossa atenção, o cargueiro passou um mês aportado em Bombaim e você absorveu um pouco daquela cultura adorável. Bombaim é porto? Acho melhor eu dar uma pesquisada. Mas não tem importância. Posso dizer a eles que você veio da Lua e na hora em que eu acabar a minha fala, você já vai ter virado o menino que veio da Lua. Pode acreditar em mim.

Henry não estava preocupado. Suspendera tal emoção por enquanto e decidira confiar totalmente em seu empresário. Tom Hailey contava a Henry histórias inacreditáveis, e o menino acreditava em todas, ao menos por um tempo, tão longo quanto seria necessário para um público mediano, por exemplo, o espaço de tempo equivalente ao da série de truques que estavam ensaiando mais o tempo que levavam para sair da cidade. "Vejo você e Harry Houdini juntos no palco, Henry – você abriria para ele, é claro, mas no mesmo palco. E será tão famoso quanto ele. Eu vejo. E não, você não é o único mágico negro que existe, e, sei lá, talvez não seja o único mágico negro que é *branco*, mas vou dizer só uma coisinha: eles são uma raridade, e nenhum dos que eu vi tem sua habilidade inata. Você é supimpa, Henry Walker. Onde você aprendeu esses truques? Foi com outro mágico, sem dúvida. Mas quem? Diga-me. Talvez eu o conheça." Mas Henry ainda não conseguia pronunciar o nome dele. Nem sequer tinha certeza de que sabia qual era. Sebastian. Horatio. Tobias. James. Provavelmente inventara todos eles. Desde o começo, Henry concluiu, Mr. Sebastian estava ali para levar sua irmã, então nada do que ele dissera era verdade. Era por isso que seria tão difícil encontrá-lo.

Em questão de dias, estava feito. Tom Hailey voltou do escritório – "Alguém em casa?", gritava ele ao abrir a porta – e então ia direto até a geladeira e a garrafa mais gelada de cerveja (em geral, havia uma garrafa cor de âmbar congelada lá nos fundos), pois a Lei Seca, ele sempre dizia, só servia para deixá-lo mais sedento. Mas, naquela noite, Henry estava de pé na entrada no momento em que ele chegou, bem diante dele, e quando Tom Hailey o viu ali não foi até a geladeira, não disse "Alguém em casa?". Ele gelou, perplexo. O cigarro pendeu de seus lábios por um instante e caiu no chão de madeira, ainda queimando.

– Henry? – disse ele.

Não conseguia crer nos próprios olhos.

– Passei muito tempo embaixo da lâmpada hoje – explicou Henry.

– Dá para perceber – disse Tom Hailey com cuidado. – Eu percebi.

Aproximou-se de Henry devagar, examinando-o como se existisse a possibilidade de que aquele não fosse ele de verdade. Passou o indicador na bochecha de Henry e depois olhou para o dedo. Nada. A ponta do dedo estava branca como a neve.

Ele riu, e quando Henry viu seu sorriso, um sorriso também se abriu em seu rosto. Era uma sensação que ele não tinha fazia muito tempo: a vontade de deixar alguém orgulhoso.

– Então... você quer se ver, rapazinho? – indagou-lhe Tom Hailey.

Henry assentiu.

– Acho que quero.

Tom Hailey não conseguia tirar os olhos dele.

– Uau – dizia ele sem parar. – Uau. – Depois: – Cadê seu pai?

Henry apontou para o quarto deles. A porta estava fechada.

– O que ele está fazendo lá dentro?

– Ele se recusa a olhar para mim – explicou Henry.

– Ele se recusa a olhar para você – disse Tom Hailey, baixinho, se ajoelhando, e tirou o cabelo de Henry de cima dos olhos. – Bem, seu pai é um homem emotivo.

– Ele é um bêbado – retrucou Henry. – Ele é meu pai, mas é um bêbado que desistiu da vida por causa de todas as coisas ruins que aconteceram. Eu não vou fazer a mesma coisa.

Tom Hailey sorriu.
– Não – disse ele. – Estou vendo que não vai.
– Ele não gosta de mim deste jeito – declarou ele. – Mas eu também não gosto dele deste jeito. Então estamos quites.
– Parece que estão – concordou Tom Hailey, e em seguida se levantou e arrancou o jornal preso à torradeira, a superfície espelhada mais próxima que encontrou. Nela, Henry viu seu rosto pela primeira vez em uma semana, espremido e distorcido na superfície lisa e sinuosa, como se fizesse parte de uma casa de espelhos. Estava marrom. Henry Walker estava marrom.
– Só mais uma coisinha – disse Tom Hailey. Achou uma tesoura na gaveta da cozinha e cortou o cabelo de Henry até que formasse um capacetezinho preto em torno da cabeça. O efeito era perfeito.
– O que você fez com o meu filho? – perguntou o pai de Henry, aparecendo atrás deles.
– O que todos nós concordamos em fazer – declarou Tom Hailey. – Sei que é chocante. Também estou um pouco chocado, mas...
O pai de Henry avançou em direção a Tom Hailey, descontrolado. Nunca tinha sido exatamente um lutador. Tom Hailey segurou os braços do Sr. Walker, prendeu-os junto ao corpo e segurou-os contra ele num quase abraço até que o fogo dentro dele se extinguiu, apagado por suas próprias lágrimas, a respiração e os tremores.
– Ele nem é mais o meu filho – disse, agora chorando. – Ele é outra pessoa. Meu filho se foi.
E era verdade. Henry sabia que era verdade. Henry se fora, se abandonara por completo. O garoto que era agora – "Bakari, da parte mais negra do Congo" – olhou para Tom Hailey e

[Ilegível.]

Na manhã do dia seguinte, ainda tiveram outro café da manhã maravilhoso. Henry aprendera a ignorar as cinzas nos ovos, e passara até a acreditar em Tom quando ele dizia que elas lhe fariam bem. Seu pai achava que era pimenta.

Depois de comerem, Tom Hailey bateu palmas duas vezes, como se ele mesmo estivesse fazendo uma mágica.

– Hora de ver como a gente se sai – anunciou – no mundo real. Ponha um casaco, está frio lá fora.

– Lá fora?

De repente, o coração de Henry acelerou como um motor de carro e Tom Hailey começou a batucar na mesa com a faca, acompanhando seu ritmo.

– Não se preocupe tanto, Henry – disse ele. – Vai ficar tudo bem.

Formavam um trio esquisito: dois homens brancos e um garoto negro. Durante a noite, caíra uma nevasca, e contra esse pano de fundo Henry parecia ainda mais escuro. Ninguém passava por eles sem pelo menos um olhar longo e confuso.

– Ótimo – murmurou Tom Hailey baixinho enquanto caminhavam. – Ótimo mesmo.

O pai de Henry tossiu.

– Aonde nós vamos? – perguntou. – Está um frio de rachar.

– Existe um lugar – disse Tom Hailey, fumando – a uns três ou quatro quarteirões daqui. O primeiro teste. Ver como este pequeno Frankenstein se adapta. – Esfregou a cabeça peluda de Henry. – Estou de galhofa. Você sabe disso, não sabe? É só galhofa.

Cinco quarteirões depois, pararam na esquina diante da praça, que ficava do outro lado da rua. Como se estivessem voltando no tempo ao passarem de um quarteirão ao próximo, tudo mudava, prédios empresariais viraram apartamentos e apartamentos viraram casinhas, casinhas com gramados minúsculos, bem cuidados, mas em deterioração, como se isso acontecesse de dentro para fora. Agora, todo mundo era negro. Todo mundo. Alguns homens enrolados em lençóis tremendo na entrada de suas casas, alguns tirando a neve da calçada. Mas tinham a mesma expressão.

Uma mulher negra de uns cinquenta anos, usando um vestido de algodão azul e um xale escuro, passou por eles. Não estava bem agasalhada para o clima – e quem estava, naqueles dias? –, mas andava rápido, provavelmente a caminho de um lugar quente.

– Por favor – chamou Tom Hailey. Ela parou, meio relutante, e lançou um olhar severo para o homem branco. Como se já tivesse tido conversas com homens do tipo de Tom Hailey e não tivessem dado muito certo. Mas logo mudou de expressão.

– Sim, senhor – disse ela.

– Este garoto – começou ele, empurrando Henry um pouco para frente. – Ele está perdido. Totalmente desnorteado. Diz que mora por aqui, mas não tem cem por cento de certeza. A senhora o conhece?

Ela examinou Henry durante um bom tempo.

– Acho que não.

– Olhe mais uma vez – pediu Tom Hailey. – Só quero ter certeza.

Dessa vez ela fitou Henry por tanto tempo que ambos – Henry e Tom Hailey – imaginaram que ela tinha visto mais que sua aparência externa. Mas não: ela sorriu.

– Me perdoe – disse ela. – Perdão.

Tom Hailey continuou a caminhar, e Henry e o pai o seguiram. Havia uma praça do outro lado da rua. Tinha um balanço, um escorrega e uma corda onde se pendurar. Estavam limpos, mas mesmo dali Henry via a ferrugem nos postes de metal dos balanços, e quando uma das crianças balançou bem alto, os postes tremeram, pareciam que iam se soltar e tombar no chão. Seis ou sete crianças ali, brincando. Todas negras.

— Vá em frente – disse Tom Hailey.

Henry olhou para ele. Não para o pai, que estava parado a um ou dois passos de distância, mas sim para ele.

— Vá em frente, brinque – incentivou.

— Com eles?

— Claro, por que não? Eles não são diferentes de você. Na verdade, não são. – Ele piscou.

— Sozinho?

— Vou contigo, filho – disse o pai. Mas Tom Hailey riu.

— O que vai ficar parecendo? Um homem branco com um garotinho negro. O que vai ficar parecendo? A ideia é ver se ele engana. Ponto final. É isso.

O Sr. Walker ficou sem resposta.

— Mas é o que sempre vai parecer – disse ele. – Hoje, amanhã, depois de amanhã. Vai ser sempre a mesma coisa, se você continuar com isso.

Tom Hailey não respondeu, pois já tinha pensado nisso.

A aproximação de Henry foi lenta e cautelosa, mas não mais do que a de qualquer outro garoto em um lugar desconhecido. O Sr. Walker e Tom Hailey ficaram observando. Henry se virou uma vez e acenou, eles acenaram de volta, e ele não olhou mais para trás. Uma cerca de ferro forjado rodeava a praça; Henry abriu o portão e andou em direção aos garotos. Estavam jogando bola, um para o outro. Henry olhou com mais atenção e percebeu que era uma bola de neve, bem amassada, e o jogo, dava para ver, era para saber quem seria o primeiro a deixá-la se partir. Gargalhavam. Pareciam ser da idade de Henry. Este se aproximou. Sabia que eles tinham percebido sua presença, mas fingiram que não notaram – até que ele entrou no círculo e ficou parado por um instante, mas só por um instante, e a bola de neve foi jogada em suas mãos.

Fazia anos que não brincava com outra pessoa que não Hannah.

Tom Hailey e o Sr. Walker observaram a neve caindo em seus chapéus, seus ombros.

– Precisamos conversar, Sr. Walker – disse Tom Hailey sem olhar para ele, sem tirar os olhos de Henry.

– Eu sei.
– Sabe?
– Sei – respondeu ele.
– E você entende, não é nada pessoal. São negócios.
– Claro.
– Mas não vai dar certo – declarou Tom Hailey. – Nós três. É uma questão somente comercial.

– Para você – retrucou o Sr. Walker. – Não para mim. Para mim, é diferente.

– Eu sei. Mas mesmo assim é uma questão de negócios.

Tom Hailey pegou um maço de dinheiro do bolso interno do paletó e colocou-o na mão do Sr. Walker. Era muito dinheiro. Dava para ver o volume que fazia quando o pai de Henry o pôs no bolso. Em seguida, Tom Hailey lhe deu seu cartão de visitas.

– Me ligue. De tempos em tempos. Eu conto como estamos nos saindo. E se nos sairmos bem, haverá mais disso aí. Posso mandar para você ou...

– Não quero falar sobre isso – anunciou o Sr. Walker.
– Tudo bem, então – disse Tom Hailey.
– Quero me despedir – disse ele. – Será que posso pelo menos me despedir do meu filho?

Tom Hailey não disse nada. Não balançou a cabeça, não piscou, não deu de ombros. Fingiu não ter escutado e fixou o olhar à sua frente, os olhos concentrados no que havia ao longe, e quando olhou para trás, para o lugar onde estivera o Sr. Walker, ele havia sumido.

A tempestade de neve começou a apertar. A bola tinha se partido, então tiveram de fazer outra. E outra. Os arremessos logo se tornaram uma verdadeira guerra de bolas de neve, e Henry deu tudo de si, e todos riam. Henry estava se divertindo tanto que nem parou para pensar no quanto se divertia. Estava simplesmente aproveitando. A neve caía, veloz. Em poucos minutos, a praça estava toda branca, cada cantinho dela. Henry nunca tinha visto tanta neve. Mas o vento começou a soprar e a temperatura diminuiu de repente, e quando os outros meninos correram para um lugar mais quente, Henry, por instinto, os seguiu, mas eles sumiram em meio à nevasca, e Henry parou, agora ele mesmo perdido.

Foi então que viu Mr. Sebastian. Pelas ondas de neve que caíam nele e em tudo que havia ao seu redor, ele viu Mr. Sebastian em frente à praça. Estava esperando por ele, como sempre fazia, sentado na mesma cadeira, vestindo as mesmas roupas, como se ainda estivesse no quarto 702. E mesmo diante de toda a brancura que os cercava, Mr. Sebastian reluzia, ainda mais branco – não era uma cor, parecia agora, mas sim sua ausência. Com o dedo curvado, convidou Henry a se aproximar. "Estou com ela", anunciou. "O que era seu, agora é meu. Vou lhe mostrar. Venha cá e vou lhe mostrar, Henry." Henry andou na direção dele, mas a cada passo Mr. Sebastian parecia esvaecer um pouco, se distanciando. Henry começou a correr, mas tropeçou em alguma coisa e caiu de cara na neve. Levantou-se e continuou a correr, mas a neve veio rápida e o vento bateu com força, dilacerando a ilusão que era Mr. Sebastian. Quando Henry chegou, ele havia desaparecido por completo. Imaginou que isso iria acontecer. Se tinha uma coisa que Mr. Sebastian sabia fazer era desaparecer.

Mas quem não sabia naquela época? Parecia ser um poder partilhado por todo mundo que Henry conhecia. Primeiro foi sua mãe, depois a irmã, e agora – tinha certeza disso – o pai. No momento em que ele os deixou e iniciou sua caminhada em direção à praça, Henry soube de alguma forma que nunca mais veria seu pai, ou que passaria muito tempo sem vê-lo, tanto tempo que isso nem teria mais importância. Estava, como costumam dizer, nas cartas. Ele se virou uma vez, para dar uma última olhada, mas não se virou outra vez: uma última olhada era suficiente. A lista de coisas perdidas aumentava cada vez mais, e talvez isto explique por que essa perda não foi tão sentida quanto as outras – na verdade, não doeu muito. Havia perdas que deixavam as pessoas mais pesadas e outras que as deixavam mais leves, e essa perda deixou Henry leve. Naquela tarde, no caminho de volta ao apartamento de Tom Hailey, Henry quase que flutuava, como se o mundo se abrisse para ele por meio do buraco que era a ausência de seu pai – um mundo novo, todo claro e radiante.

Tom Hailey passou o braço em volta do ombro de Henry e andaram na neve, em silêncio.

– Que tal comermos algo? – sugeriu Tom Hailey, depois de um tempo.

Henry assentiu.

– Acho uma boa ideia.

E caminharam até achar um lugar onde um homem branco e um garoto negro pudessem comer juntos.

Levou um tempo.

Henry Walker. Eu me atrevo a dizer que nunca mais o v...

[*O relato termina abruptamente.*]

A canção de amor
da Garota Ossificada

29 de maio de 1954

"Mais perto. Chegue mais perto." Minha voz não passa mais de um sussurro, mas vou lhe contar o que sei.
    Ele nunca me amou, eu sei. Na época em que nos conhecemos, já era tarde demais para nós dois: Henry não tinha mais amor nenhum dentro de si e, embora meu coração ainda bata com tanta suavidade e calor quanto o de qualquer outra mulher, o resto de mim havia endurecido quase que totalmente e virado pedra. Quando nos conhecemos, meus braços e pernas não se mexiam, e com a boca eu só conseguia mastigar, engolir e fumar. Traziam minha comida. Antes da chegada de Henry, essa era uma tarefa compartilhada por todos. Recebo duas refeições por dia: uma pela manhã e outra à noite. Eu era um fardo, e continuo sendo. Sou a própria definição dessa palavra, entretanto, ninguém reclama. Tenho sorte de ter essa família. Mas quando Henry chegou, tomou para si todas as obrigações. Ele me alimentou todos os dias, ambas as refeições, ao longo de anos. Conversávamos, e isso era mais agradável. Mas era igualmente agradável não conversar, ficarmos juntos no nosso silêncio, que criamos juntos. Ele nunca me amou, mas acho que tinha muita afeição por mim. Acho que ele via quem eu era por baixo da minha carapaça, assim como eu via quem ele era por baixo da dele. Claro que é isso que é o amor,

esse segundo olhar, esse telescópio que enxerga a alma. Mas e se não houver nada para enxergar? Se o coração tiver morrido, secado e endurecido? Nesse caso, é melhor ser cego.

De manhã, ele me trazia ovos, salsicha, torradas e café, o mesmo que você comeria em um bom hotel. À noite, podia ser qualquer coisa – um cardápio infinito limitado apenas por sua imaginação. Era sempre uma surpresa, e sempre uma surpresa pela qual valia a pena esperar. Cobria o prato com um velho címbalo dourado tirado da bateria de Dirk Mosby para manter a comida quente. Henry era um homem atencioso. Se, antes de ele chegar, meus ovos tivessem esfriado, se o bacon estivesse duro e crocante como meus dedos deviam estar, se o leite estivesse estragado, eu nunca dizia nada. Nunca. "Aceite o que te dão, Jenny", minha mãe sempre disse, e eu sempre fiz isso. Mas ele sabia como tratar uma dama. Até uma dama ossificada.

Ele me trazia tudo: comida que alimentava meu corpo e palavras que alimentavam minha mente. Acho que eu era a única pessoa ali com quem ele podia conversar de verdade. Sim, ele tinha outros amigos, porque Henry era bastante amigável. Ou tentava ser. Mas nosso tempo juntos era especial. Ele me contou coisas que nunca falou a alguma outra viva alma. Os três ou quatro anos anteriores à sua chegada ao Circo Chinês foram perdidos para ele, sua memória enevoada pela tristeza, pelo arrependimento e o uísque. Mas ele sabia de cor tudo o que acontecera antes disso. Quando nos conhecemos, eu já estava enraizada feito uma árvore, mas as histórias que contava sobre sua vida mexiam comigo. Como se eu fosse suspendida de meu lugar em um dirigível e levada para dar a volta ao mundo, alçando-me ao céu e mergulhando nas profundezas do inferno. Ao fechar os olhos, eu via tudo. Sua vida seguiu um curso inalterável, não havia mudanças, por mais que ele tentasse. Era uma pessoa que virara duas. Éramos sua última esperança. As pessoas são fracas aos olhos dos deuses. A deusa da necessidade, Têmis, gerou três filhas adoráveis, conhecidas como Parcas: Cloto, Láquesis e Átropos. A vida é tecida por Cloto, medida por Láquesis; por fim, o fio da vida é cortado por Átropos. Elas riem das nossas tentativas medíocres de enganá-las, pois sempre predominam. O que aconteceu com Henry é o que ocorre com todos nós. Mas fazia milhares de anos que não havia um destino como o dele. Era como se tivesse saído das páginas de uma narrativa para o nosso mundo simples, novo. Acho que Henry Walker é um herói, do tipo trágico. A única diferença entre um herói verdadeiro e um trágico é que os trágicos sobrevivem às perdas, e Henry sobreviveu a todas elas. Sua irmã, sua mãe... Como ele continuou a respirar é um mistério para mim.

Ninguém me ouve. É impossível: minha voz é apenas o eco de um sussurro. Você tem que ficar calado em um local silencioso e querer mesmo escutar. Agora, não há ninguém que queira, mas gosto do som da minha voz ressoando na minha cabeça. Mas, em geral, a voz que ouço é a de Henry.

O que conta não é o número de perdas, mas sim a dimensão delas. Uma menininha chora quando o peixe que ganha numa brincadeira de acertar argolas morre antes que ela chegue em casa, e podemos colocar isso no cômputo geral, se você quiser. Mas um garoto cuja mãe morre antes de seu aniversário de nove anos, cuja irmã iluminada é roubada antes de ele completar onze, e cujo pai se entrega aos braços desesperançados da morte e fica ali deitado, morrendo um pouquinho a cada dia diante do olhar franco do filho e do mundo – estas são perdas genuínas, aquelas que rasgam o corpo e fazem sangrar a alma. Henry não era o tipo de homem que as contava, mas é por isso que temos amigos. Eles contam nossas perdas por nós.

Porém, me derreto toda com histórias de amor. Histórias que começam com um olhar que atravessa a sala e terminam com um abraço – nunca fico farta de histórias assim. As pessoas pensam que só acontecem nos livros, mas não é verdade: elas ocorrem todos os dias. Eu mesma já vi acontecerem. Do meu poleiro no palco, deitada na vertical contra tábuas de madeira como um cadáver sendo exibido, já vi garotos de macacão, garotas vestidas de algodão se agarrarem como nunca tinham se agarrado. O amor às vezes nasce do medo, e é isso o que ofereço. Apesar de não poder me mexer, apesar de não haver nada que eu possa fazer para machucá-los e de saberem disso, acho que sou a coisa mais assustadora que algumas dessas pessoas já viram. Sou a atração aqui, na verdade. Há muitos homens fortes por aí, e a mulher barbada? Tenha dó. Quando os caipiras chegam e ficam umas seis ou sete horas de pé, estão fazendo fila para me ver, para me tocar, para ver se sou real. Têm que concluir que não sou, e concluem que não sou, até o momento em que me tocam. E aí você devia ver como eles tiram a mão rapidinho! Como se tivessem tocado o fogo. É onde nasce o amor. A garota se joga nos braços do garoto. Ela ofega, depois segura sua mão. Em algumas noites, eu mesma fico observando o ambiente apinhado de gente sem nada além de amor no olhar – meus olhos são as únicas partes do meu corpo que se mexem – até que ele se fixa no olhar de algum rapaz apavorado, e lhe digo a palavra silenciosa: "Toque nela. Pegue sua mão. Passe o resto de sua vida amando-a."

No final das contas, Henry era um homem com duas histórias: uma delas de vingança e a outra de amor.

Eu gostava da de amor.

O nome dela era Marianne La Fleur. Ele a chamava de *Mary*, ou *Mary, a flor*, ou *Minha Flor*, ou *Me Deixa Ser Seu Marido, Minha Flor*. Ela era branca – e ele também, no dia em que a conheceu. Naquela época, já fazia alguns anos que era praticamente todo branco. Mas entre 1933 e 1938 (de um mero menino de doze anos a um rapaz de dezessete), ele foi negro em tempo integral. Tom Hailey achava importante que ele continuasse negro, pois nunca se sabia o que poderia acontecer. As piores coisas sempre ocorriam quando menos se esperava. Henry tinha a agenda lotada, mas havia algumas semanas em que não tinha apresentação nenhuma, e Henry queria se ver como era antes, apenas por um ou dois dias. Mas Tom Hailey não deixava. Tom Hailey sempre olhava para o quadro global. E se alguém o visse na rua e de alguma forma o reconhecesse – "Bakari, da parte mais negra do Congo" – que agora era Henry, da parte mais branca de Albany? – colocaria tudo a perder, e ninguém queria pôr tudo a perder. Portanto, Henry continuou negro. Ficou negro por tanto tempo que, mesmo depois de parar de tomar o remédio, sua pele manteve o tom opaco, não era preto ou branco, mas sim um cinza pardacento, nem uma coisa nem outra. Mas isso foi depois. Durante boa parte de sua adolescência, ele foi negro.

Ao longo de cinco anos não houve ninguém como ele. Viajou pelo país inteiro – Nova York, St. Louis, San Francisco – e, em todos os lugares por onde passava, multidões se atropelavam para ver "Bakari, da parte mais negra do Congo". Atropelavam-se para vê-lo queimar uma nota de cem dólares e fazê-la reaparecer. Fazia coisas com ovos que ninguém jamais vira antes, e também se atropelavam para ver isso. Tom Hailey arquitetava a evolução de Bakari de ser animalesco a menino de verdade, ou quase que de verdade, sem ser Henry. Os Estados Unidos observavam-no virando um americano. Assistiam a seu aprendizado de nossos costumes, nossa língua. Matérias jornalísticas eram escritas a seu respeito:

Bakari fala!
Trago-lhes a mágica africana!, disse ele em um inglês vacilante, respondido por um aplauso retumbante!

A cada apresentação, ele aprendia um pouco mais do idioma.
– Esta noite – disse Tom Hailey –, em vez de ovos, use bolas de beisebol. E quando a terceira desaparecer, diga: "Terceiro reba-

te, você está fora!" Fale com um certo sotaque, é claro. Um pouquinho daquela coisa africana que você faz tão bem.

Logo estava conversando. O progresso de seu estilo foi, por um tempo, uma espécie de passatempo nacional, até que chegou uma hora em que ele ficou parecido demais com todos, quase que igual a nós, e o interesse por ele subitamente diminuiu. Outros mágicos africanos – genuínos – tomaram conta da nossa imaginação, e Tom Hailey achou que já era hora de Bakari voltar para o Congo.

Foi então que Bakari virou o Príncipe Aki de Rajá, um faquir hindu. Era 1937. Usava um turbante roxo e falava com um sotaque da Índia Oriental. Nessa encarnação, sua pele ficou dois ou três tons mais clara. Tom Hailey tinha virado um adepto da modulação de tons da pele. Sua mãe sempre quis que ele se tornasse médico; em vez disso, virou o químico particular de Henry. Era preciso uma sutil combinação de pílulas de pigmentação e luz. Ele imprimiu uma nova série de cartões de visita onde lia-se "Dr. Tom Hailey". Estava muito satisfeito consigo mesmo.

No papel de Príncipe Aki de Rajá, Henry tornou-se ledor de mentes. Lia a sorte. Parecia prever o futuro. Antes da apresentação, o Dr. Tom Hailey colhia perguntas da plateia e se comunicava em código com Henry. A maioria das questões lidava com os mesmos temas: dinheiro, saúde e amor. Antes de Henry subir ao palco, sussurrava uma pergunta a alguém da plateia, como se estivesse apenas batendo papo – "Há quanto tempo você está casado?" – e comunicava isso a Henry (que observava dos bastidores) coçando o cotovelo ou dando batidinhas no joelho. E quando a pergunta era "A minha esposa e eu continuaremos felizes?", Henry podia responder: "Nos próximos dezessete anos vocês serão tão felizes quanto foram nestes dezessete", deixando a plateia chocada com seu vasto conhecimento de suas vidas particulares. Aparentemente, não havia nada que ele não soubesse.

Porém, seu truque famoso se chamava Mangueira. Ele tinha uma caixinha de madeira, com pouco mais de um metro de altura, coberta com um pano. Dentro da caixa, colocava um pouco de terra e nela uma semente de manga. Depois de alguns segundos, tirava o pano e havia uma mangueirazinha de cerca de 15 cm de altura, com as raízes na terra que ele tinha colocado na caixa. Em seguida, jogava o pano sobre a caixa outra vez e, ao retirá-lo, ali estava a mangueira – só que dessa vez com 90 cm de altura e 15 de diâmetro. Ninguém sabia como ele fazia aquilo – exceto, é claro, os mágicos brancos, que apresentavam o mesmo truque. Mas parecia que ninguém reparava neles, pois não eram o Príncipe Aki de Rajá.

Ele foi o Príncipe Aki de Rajá durante dois anos e meio. E quem sabe por quanto tempo mais teria continuado assim, se não fosse por uma tragédia, uma tragédia nascida do desejo.

Pois Tom Hailey era – como ele mesmo admitiria, se tivesse qualquer oportunidade – um incorrigível admirador de seios. Quando olhava uma mulher, via seus seios e pouco além disso. Pouco além disso não tinha sequer importância para ele. Chamava-os de "balboas". Henry não fazia ideia de onde a expressão tinha se originado. Mas nenhuma noite se passava, enquanto ambos observavam através das cortinas a plateia se ajeitando para o espetáculo, sem que Tom Hailey apontasse e em seguida se abaixasse e sussurrasse no ouvido de Henry: "Olhe só as balboas daquela ali!" Henry olhava e assentia; não sabia o que mais fazer. (É bom esclarecer que Henry não era um admirador de seios; Henry não era, nem acabou virando o tipo de homem que dividia e segmentava uma mulher em pequenas partes. Quando amava uma mulher, amava-a por completo, cada centímetro, da unha do dedão até o último fio de cabelo na cabeça. Até eu sabia disso – eu, a quem ele nunca amou.)

No decorrer da apresentação, Tom Hailey examinava o público em busca de balboas adequadas aos seus desejos. O decote profundo com o colo arredondado, popular no fim da década de 1930, era um presente dos deuses; o espaço entre os seios das mulheres entoava um canto da sereia que somente ele era capaz de escutar. O peito que subia e descia a cada respiração como as ondas do mar era o lugar onde ele ansiava por descansar a cabeça naquela noite. Ele fechava os olhos e imaginava seus mamilos secretos, o "x" que marcava o local no mapa de seu desejo. Era como um alcoólatra ou um drogado: *tinha* que tê-los, e tinha que conseguir mais deles, sempre mais. Sempre gostara dos grandes, mas com o decorrer dos anos passou a querer seios maiores, e depois maiores ainda. Com o tempo, tinham que ser escandalosamente enormes, tão imensos que outros homens achariam repugnantes, ou até bizarros. Balboas que desafiavam sutiãs. Nada de gotas ou formatos de coração para Tom Hailey: ele exigia os seios míticos de outrora, seios que, nas mãos erradas, poderiam ser fatais, sufocantes, seios que só ele sabia manusear, que só ele sabia amar do jeito certo. Seios que clamavam para que ele os amasse.

Alguns anos antes, ele descobriu e se apresentou a um certo par. Foi em Cincinnati, em 1939. Henry e Tom Hailey passavam por Cincinnati com frequência, pois o Rajá era popular na cidade. Havia também uma incrível abundância de balboas imensos. "Deve ser alguma coisa na água", ponderou Tom Hailey, com um suspiro. Henry tinha completado dezoito anos na semana anterior. Tom Hailey tinha enfiado uma vela num *muffin*, cantado a música e dito: "Já sei exatamente que presente vou te dar. Só que ainda não estou com ele." Henry respondeu que esperaria com prazer. "É isso o que gosto em você", disse Tom Hailey. "Uma das 247 coisas. Você espera com prazer. Coisas boas acontecem com pessoas assim."

A coisa boa chegou no meio de uma noite calorenta em Cincinnati.

Em meio às trevas do sono, Henry ouviu risos, uma comoção, algo sendo derrubado e quebrado, e acordou quando uma luz se infiltrou cruelmente sob suas pálpebras.

– Acorde, Rajá – disse Tom Hailey, sacudindo seus ombros. A primeira coisa que conseguiu focar foram as orelhas grandes de

Tom Hailey, que pareciam cair diante de seus olhos no delírio onírico do sono. – Estou com o seu presente.

Foi quando ele notou que havia outra pessoa ali: escutou a alegre risadinha feminina vinda de algum lugar do outro lado da porta.

– Quem está aí? – perguntou Henry antes de Tom Hailey colocar a mão sobre sua boca e sussurrar:

– Lembre-se – disse ele. – Você ainda é o Rajá. – E piscou. – Entendeu? – Henry fez que sim. – E se ela for fria no começo, não se preocupe. Quando uma moça fria esquenta, ela fica em chamas!

A respiração dele bafejava um tapete mágico de gim, um cheiro que Henry conhecera a vida inteira. Mas era diferente, pois enquanto o pai bebia pela tristeza, Tom Hailey bebia pela alegria.

– Quem é? – indagou Henry baixinho.

– É só uma garota. Uma garota que quer ver a sua mangueira. Rajá! – disse ele, dessa vez bem alto. – Deixe-me apresentá-lo a uma de suas maiores fãs. – Ele piscou outra vez, como se dissesse "Maiores: entendeu?" – Bess. Venha cá, Bess.

Ela apareceu na porta de seu quarto, uma mulher que Henry reconheceu daquela noite. "Alerta Balboa!", dissera Tom Hailey, apontando para ela por detrás da cortina.

– Tem cara de cavalo, mas do ângulo certo dá para fazer a cara sumir. Um dia, te mostro como.

Ela realmente tinha um toque equino: dentes grandes, um nariz cujas narinas eram bastante protuberantes, olhos castanhos grandes e bem separados e lábios bem vermelhos. Mas o restante era todo úbere. Ela olhava Henry com a expressão vazia e radiante de quem está conhecendo um astro. Olhou de relance para Tom Hailey, que lhe deu um aceno reconfortante, e ela se aproximou da cama onde Henry estava deitado.

– Príncipe Aki de Rajá – disse ela e fez uma reverência, como se estivesse diante da realeza. – É um enorme prazer conhecê-lo.

– Com ênfase no prazer. – Tom Hailey era incapaz de parar de piscar. Depois, se dirigindo a ela: – O inglês dele está melhorando, mas ele ainda não entende muita coisa. – Em seguida, para Henry: – *Kubu mufti. Kubu ma june-ko.*

Bess Reed sentou-se na beirada da cama. Ele estava sem camisa e puxou o lençol para cobrir seu tronco. Porém, ela puxou o lençol para baixo.

– Eu, Bess – disse ela, apontando para si. – Está bem?

Henry anuiu.

Seu peito tinha ficado com o mesmo tom marrom de seu rosto e Bess parecia estar enfeitiçada por ele. Ela tocou-o e riu mais uma vez. Voltou a olhar para Tom Hailey, que agora estava de pé ao lado da porta.

– Você tem certeza de que não tem problema? – questionou ela.

– Nunca tive tanta certeza na vida – disse ele. – No lugar de onde ele veio, isso é uma tradição. Aniversário de dezoito anos. Ele tem que virar homem ou uma grande vergonha recairá sobre ele. Como penitência, ele vai ter que passar uma semana vagando pela selva ou algo assim.

– A gente não quer que isso aconteça – disse Bess. Ela pôs as mãos no rosto de Henry do mesmo jeito que uma mãe faria.

Tom Hailey retribuiu o olhar apavorado de Henry com um sorriso compassivo.

– Não se preocupe, filho – disse ele. – Vai ficar tudo bem. Melhor que "bem". A Bess vai te dar um tratamento especial. Agora, acho que devo me retirar. A não ser que vocês precisem de mim para alguma coisa.

– Nós aqui estamos bem, não estamos, meu querido? – disse Bess. – Mas talvez você queira me ajudar com o fecho?

Seus olhos se iluminaram.

– De bom grado – retrucou Tom Hailey. – Ah, de muito bom grado.

Ele tirou seu vestido bem devagar e ambos, Henry e ele, ficaram observando quando ela se derramou para fora do sutiã. Henry pensou que nunca terminariam, e Tom Hailey desejou que nunca terminassem. Quando acabou, Tom Hailey apagou a luz e saiu do quarto.

No dia seguinte, o café da manhã foi estranhamente silencioso. Tom Hailey espalhou geleia no biscoito e assistiu de soslaio a Henry devorando, faminto, seus ovos mexidos com queijo.
– Você está legal? – perguntou Tom Hailey.
Henry continuou mastigando e não tirou os olhos do prato.
– Estou legal.
Tom Hailey sorriu e piscou, e eles nunca mais falaram sobre aquela noite.

Portanto, não foi nenhuma surpresa o fato de Tom Hailey estar com uma mulher na noite da morte dele, uma que ele tinha achado ao espiar por trás da cortina enquanto ela estava sentada, extasiada com a apresentação do Rajá. Seu nome era Muriel Szakmary. Estava na segunda fileira, acompanhada por uma amiga, em quem ela dava cotoveladas animadas de poucos em poucos minutos. Muriel fazia exatamente o tipo dele: não era muito atraente, mas também não deixava de ter seus charmes peculiares. Dois charmes. Tom a levou para jantar e, ao contemplar o paraíso voluptuoso que havia do outro lado da mesa, um pedaço de gordura de bife pouco mastigado se alojou em sua garganta. Ele engasgou e desmoronou ali mesmo, no restaurante onde estava jantando. Henry já tinha voltado ao hotel, estava lendo, e, portanto, só algumas horas depois saberia que tinha perdido outro pai. E mais.

Pois quando Tom Hailey morreu, levou consigo o segredo do processo de pigmentação. Henry tentou copiá-lo para o funeral, mas tomou pílulas demais e, na manhã do serviço, tinha voltado a ser negro e, como tal, não tinha permissão para assistir ao funeral. Não podia assistir ao funeral do homem que se tornara seu pai e salvara sua vida. O homem que fizera dele o que ele era.

Aos poucos, no decorrer das semanas seguintes, ele voltou a ficar branco, ou esbranquiçado. Sua pele nunca voltou completamente ao tom natural. Não sabia mais qual era, entretanto: fazia tanto tempo que o vira. Fazia tanto tempo que não era ele mesmo que já não tinha ideia de quem devia ser. Voltou a jogar monte de três cartas. Olhava para todos os homens que paravam diante de sua mesa, para suas peles, esperando que um deles fosse Mr. Sebastian. E um deles era – Henry sabia –, mas Mr. Sebastian sabia que não seria uma boa ideia mostrar seu rosto, sabia como se transformar em alguém totalmente diferente. Assim como o próprio Henry. Ele estava ali e não estava, sempre.

Henry ganhou o suficiente para alugar um quarto no segundo andar da casa de uma solteirona – uma mulher que devia ter a idade de sua mãe, caso estivesse viva. Era uma mulher quieta, mas gostava de sentar-se com Henry e vê-lo comer. Ela disse:

– Você tem bons modos. A forma como segura o garfo e faca, como sempre põe o guardanapo no colo antes de qualquer coisa. As pessoas hoje em dia não têm bons modos. Não têm mais. – Ele não sabia de nada. Estava perdido no mundo. Era como se estivesse nascendo de novo e tivesse que aprender, do começo, simplesmente a existir. Mas disso ele se lembrava: como segurar o garfo e a faca.

Para sua sorte, houve uma guerra. A Segunda Guerra Mundial. Henry imediatamente se alistou na infantaria e tornou-se membro da Divisão da Vigésima Segunda Infantaria, baseada na França. França! Sempre quis viajar para a França. Sua irmã também. Ela lhe mostrou fotos da França publicadas numa das revistas de turismo que encontrara no lixo. Mas ela nunca teve a oportunidade de ir para lá, e ele sim.

A guerra deixou-o feliz. Foi onde fez seus primeiros amigos de verdade – Charlie Smith, Dayton Mulroney, Mookie Marks. Cada um tinha um talento: Charlie tocava bandolim, Dayton falava francês, Mookie cantava como um pássaro e Henry, é claro, tinha as cartas. Ao longo da série de operações militares brutais que os levou a cruzar a França e, por fim, à Batalha da Floresta de Hurtgen, eles lutaram, dormiram e comeram juntos. Outras unidades tinham cantores, músicos e soldados cultíssimos que falavam francês. Mas a deles era a única em que havia um mágico. Aquele lugar era tão lindo que Henry pensou que seria um bom lugar para morrer.

Porém, isso não ocorreu. Teve várias chances de morrer, mas sobreviveu a todas. Nenhum deles morreu. Embora inúmeros homens tenham morrido, queimados até a morte, destruídos por tanques, os quatro saíram de todos os confrontos ilesos – sem nem um arranhão. A sorte estapafúrdia que tiveram foi atribuída a Henry e sua mágica. Ele fazia alguns truques com as cartas nas trincheiras, e uma vez fez uma granada desaparecer, então sabiam que era habilidoso. Porém, Mookie Marks acreditava que ele possuía poderes especiais que os protegiam, e contava às pessoas histórias que dizia ter presenciado, a maioria das quais ele inventou sem nenhuma base em fatos. Dizia-se que Henry era capaz de alterar o caminho de uma bala com um sussurro. Que podia tornar todos eles invisíveis com um suspiro. Ao redor deles, por todos os lados, bombas explodiam, mas nenhuma conseguia penetrar o escudo que Henry criara para envolver e protegê-los.

Um dia, durante um intervalo no combate armado, Henry e Mookie fumavam, esperando algo acontecer. Charlie mostrava a Dayton a foto da ex-namorada, Katie Baker. Ele a chamava assim apesar de esse não ser mais seu nome. Era Katie Lasker, pois ela se casara com outra pessoa. Ele ainda gostava de olhar a foto dela. Era assim, às vezes. Um som e um tiroteio terríveis, de fim do mundo, como se tudo o que houvesse de diabólico no universo se voltasse contra você e mais ninguém. Depois, o silêncio. Hora de fumar.

Henry se virou para Mookie.

– Para de falar disso, Mookie.

– Parar de falar do quê?
– Da mágica. Dos "poderes mágicos" que nos protegem dos alemães. As pessoas estão comentando. Eu não gosto.
– Mas é a verdade – disse Mookie. – Você é uma espécie de nosso anjo da guarda. Só que você não é um anjo. É um homem, está aqui com a gente. E você *sabe atirar*. É melhor que um anjo, na minha opinião.
– Não sou mágico, Mookie – retrucou Henry. – Só sei fazer uns truques com o baralho, coisas assim. Não sei fazer nada desse tipo, entende? *Niente*.
Na França, durante a Segunda Guerra, Henry Walker tentou ser uma pessoa diferente, uma pessoa nova. Mas não estava dando certo.
Mookie riu.
– Lembra aquela vez que você leu a minha mente? – indagou.
– Um palpite certo.
– E quantas vezes você não fez aqueles ovos aparecerem do nada? E eles ainda eram gostosos. E você consegue fazer um maço de cigarros levitar da mesa, sem nenhum fio. Coisa de maluco, Henry. Então deixa de ser modesto. Você protege todos nós. Eu te amo por causa disso.
Charlie entrou na conversa:
– Eu também. Eu te amo. Com todas as minhas forças.
O som de um tiro de rifle voou do nada a lugar nenhum, e os três soltaram um suspiro. Então tinha recomeçado, mais uma vez.
– Nunca vi você errar – disse Charlie, dando um chutezinho no rifle de Henry com o bico de sua bota. – Nunca. Você matou mais alemães que Eisenhower.
– Não é mágica – esclareceu Henry. – É ódio.
– Também odeio os alemães, mas às vezes eu erro.
– Não os alemães – corrigiu Henry e ficou encarando Charlie. – Não odeio os alemães. Odeio um homem. Os alemães não passam de um treino para ele.
– O que diabos você está falando? Eu ainda acho...

— Você pode achar o que quiser — retrucou Henry, enquanto outro tiro, e mais outro, passou zumbindo por cima de suas cabeças. — Mas não quero mais que você fale disso.

— Não falo mais nada — disse Mookie. — Por você. Mas é verdade e você sabe disso.

Mookie encheu a mão de lama e tacou no rosto de Henry. Ele balançou a cabeça.

— De qualquer forma, qual é a grande questão? Quer dizer, se é bom para mim acreditar nisso, se isso diminui a impressão de que vou morrer a qualquer segundo, qual é a grande questão?

Henry olhou para ele, e ao limpar a lama ela deixava seu rosto negro.

— Questão nenhuma, acho — disse Henry. — Absolutamente nenhuma.

— É uma grande questão, entretanto — retrucou Charlie.

— É sim — concordou Dayton. — A vida é uma grande questão. Continuar vivo. Isso é muito importante para mim. E quero agradecer ao homem que está fazendo com que isso aconteça. Obrigado, do fundo das minhas botas.

— É você mesmo que faz com que você continue vivo — replicou Henry. — Não eu.

Charlie virou-se para Henry e anunciou:

— Vou provar.

Estavam todos encostados no muro de uma trincheira. Os alemães os bloquearam em duas frentes; tinham muito mais homens que eles. Quando o tiroteio recomeçou, agora a sério, a sensação foi a mesma de antes, de que nunca iria parar. Do céu, parecia chover balas. Pássaros tentando voar bem acima do pandemônio foram mortos mesmo assim, e seus corpos claudicantes caíam na trincheira e sangravam sobre suas botas.

Foi no meio dessa chuva de pedras onde a morte era certa que Charlie ficou, confiante. Ele sorriu, os braços abertos, orgulhoso e atrevido, iluminado pelo sol.

— Aqui estou eu, seus alemães filhos da puta! — berrou ele. — Atirem em mim, se forem capazes! Matem-me! Eu os desafio a tentar!

Ele ficou ali de pé por uns cinco segundos, até que Mookie e Henry o puxaram, fazendo com que voltasse a se agachar.

— Seu idiota, babaca! — exclamou Henry.

Entretanto, Charlie ria. E Dayton também. Mookie olhou para ele, depois para Henry, calado em meio ao clamor infernal.

— Ele não ficou com nenhum arranhão — disse. — Nem um arranhãozinho.

— É como falei — retrucou Henry —, para mim, não importa. Digam o que quiserem. Se for de alguma ajuda.

Comentários sobre seus poderes se espalharam de soldado em soldado. Diziam que ele fazia tanques desaparecerem, transformava balas em penas e lia as mentes dos inimigos. Alguns disseram que o sucesso da invasão à Normandia se devia em grande parte a ele.

Quando a guerra terminou, Henry Walker havia se tornado o mágico mais famoso do mundo.

Mas não era essa a história que eu ia contar.

Eu lia romances quando ainda podia virar as páginas. Os melhores sempre começavam falando de uma coisa e, quase que sem querer, mudavam de assunto. Ou o autor dizia "Eu vou lhe contar sobre esta coisa", e então contava outra totalmente diferente. Sempre gostei desse tipo de livro. Eles eram mais parecidos com a vida, com a forma como as pessoas têm a plena intenção de ir a uma loja e acabam indo ao parque, ou cavam um buraco para plantar uma árvore e acabam achando um tesouro. As intenções parecem ser as coisas mais frágeis do mundo. A história que eu queria contar era a que explicava por que Henry Walker nunca me amou. Ele nunca me amou. E não foi porque ainda amava

Marianne La Fleur, pois ele não a amava mais. Foi porque ela não foi capaz de amá-lo.

Então a guerra acabou, as tropas voltaram. Embora recebidos por mil americanos eufóricos quando o navio atracou no porto de Nova York, Henry, como muitos outros, não tinha ninguém o esperando. Os Gershwin escreveram sobre isso. *They're writing songs of love, But not for me...* Todos os amigos que Henry fizera na guerra, apesar de estarem vivos, desapareceram na malha do país e nunca mais foram vistos. Com sua roupa verde-exército, Henry passou pela música, o barulho e os confetes, a mochila pendurada no ombro, invisível mesmo sem tentar. Em seu âmago, ele desejava que a guerra pudesse ter durado para sempre. Tinha rejuvenescido, mas, ao retornar, se sentia velho outra vez, se sentia o mesmo. Voltava para o mesmo lugar de onde saíra quando começou a guerra.

Ele pensou em passar uma hora, mais ou menos, jogando monte antes do almoço.

Então escutou seu nome.

– Henry?

Ele parou, se virou, não viu ninguém.

Seguiu em frente.

– Sr. Walker!

Alguém sabia seu nome, e nada poderia tê-lo deixado mais chocado. Esse alguém era um homenzinho de terno com duas fileiras de botões em ziguezague, um chapéu de feltro cinza. Segurava uma maleta de couro fina numa das mãos e acenava animadamente com a outra, empurrando a multidão para se aproximar dele. Henry supôs que tivesse se metido em alguma encrenca, que sua antiga vida estivesse tomando posse dele, ou ele se apossando dela. Esse homem tinha descoberto o passado e estava processando-o por – o que poderia ser? Fingir ser negro? Ser um faquir de mentira? O que quer que fosse, não podia ser boa coisa. Portanto, Henry deu as costas e acelerou o passo.

O homem acompanhou o passo bem a seu lado, mas, como tinha 30 cm a menos, a cada passo de Henry ele precisava dar dois. Corria, praticamente.

– Kastenbaum – disse o homem. – Edgar Kastenbaum. – Ele estendeu a mão e Henry ignorou o gesto, continuou andando, mas sem nenhuma noção de para onde estava indo. O tal de Kastenbaum já ofegava e suava. Mas ainda estava a seu lado.

– Prefiro "Eddie" – prosseguiu ele, sorrindo –, não "Ed". "Ed" sempre me soou tão, sei lá, *adulto*. Tão sério. Meu avô se chamava Ed, *se chama* Ed. O Senhor lhe deu sete sorrisos para que usasse ao longo da vida, e ele nunca os gastou. Meu pai herdou os sorrisos e os guardou, por segurança. Para mim, Ed é isso. Já Eddie, por outro lado, tem um lado brincalhão e animado "vambora", para cunhar uma expressão. Então me chame de Eddie. Ou de Kastenbaum. Se você ficar irritado comigo, e sei que isso vai acontecer, pois ocorre nas melhores famílias, você pode gritar, com muita raiva, "Kastenbaum!". Soa melhor. E vou te chamar de Sr. Walker. Ou de Grande Henry. Mas quero achar algum nome que atraia mais olhares. Ou mais ouvidos, no caso. Alguma ideia?

Henry continuou andando e olhou para o diminuto Eddie.

– Alguma ideia? – indagou Henry. – Ideia sobre o quê?

– Imagino que você tenha tido muito tempo para pensar nisso, na viagem de volta. Seja bem-vindo ao lar, aliás.

Henry parou e olhou para aquele homem, e este, por sua vez, parou e pareceu bastante aliviado por poder fazê-lo.

– Lar? – disse Henry. – Nem sei o que essa palavra significa. – Mesmo com sol, a cidade estava uma coisa cinza, monstruosa, feia. Não conseguia se imaginar fazendo parte dela. Mas não conseguia se imaginar fazendo parte de nada.

– Quer um cigarro? – ofereceu Kastenbaum o maço. – Não fumo, mas tenho para oferecer às pessoas que fumam.

– Olha, não te conheço – disse Henry. – E não sei do que você está falando. Ou você é totalmente louco ou está me confundindo com outra pessoa. Agora, se você me der licença, preciso procurar um emprego.

– Por quê?

– Porque gosto de ter o que comer e de dormir com um teto sobre a minha cabeça.

Kastenbaum levantou a pasta.

– Mas eu já tenho um emprego para você. Aliás, tenho uma centena.

– Uma centena? Por que eu precisaria de uma centena de empregos?

– Datas – explicou ele. – Espetáculos. Espetáculos de mágica. Você está agendado até agosto.

– Do que você está falando?

– Você é o famoso Sr. Walker – respondeu. – Tenho certeza de que você sabe disso.

Kastenbaum se ajoelhou ali mesmo, na calçada, e, de modo impecável, girou os fechos dourados da pasta. Tirou uma pilha de artigos de jornal, que foram folheados por Henry, um por um.

– Tem vinte e três – disse Kastenbaum. – E com certeza há muitos mais.

– São... todos sobre mim – espantou-se Henry.

– Isso mesmo.

– Mas... – Ele pensou em Mookie e sua língua, e em Charlie, e em todos os homens com quem vivera e lutara nos últimos quatro anos. Sabia como isso tinha acontecido.

– Quem é você? – perguntou Henry, na esperança de receber uma resposta genuína, algo que fosse mitigar sua confusão.

Entretanto, ela não veio. Kastenbaum se levantou e estufou o peito, cheio de orgulho.

– Sou seu empresário, Sr. Walker.

Agora era a vez de Kastenbaum sair andando, e Henry, arrastado pela contracorrente poderosa desse homem misterioso – e também por pura curiosidade –, o seguiu.

– Aonde você vai? – perguntou-lhe Henry.
Kastenbaum olhava para a frente, para o futuro, e sorriu.
– Para o seu escritório, é óbvio.

No caminho, Kastenbaum lhe contou toda a verdade: como os comentários sobre suas proezas mágicas viajaram de divisão em divisão, de batalhão em batalhão, de navio, avião e submarino, de volta à costa da própria América. Ele era quente. Muito quente. Era tão quente que estava pegando fogo.
– E há apenas uma regra da indústria de entretenimento – Kastenbaum lhe disse. – E a regra é malhar o ferro enquanto ainda está quente. Enxerguei a oportunidade de você capitalizar em cima do seu sucesso no exterior. Eu não tinha como contatá-lo, é óbvio, então achei melhor eu mesmo tomar providências.
– Você quer dizer que *você* vai capitalizar – retrucou Henry.
– Não se exalte – disse Kastenbaum. – As melhores relações são as que são benéficas para ambos os lados.
– Não quero um empresário, Sr. Kastenbaum.
– Tarde demais, Sr. Walker: você já tem um.
– Bem, você está demitido.
– A rigor, já que nunca fui contratado, seria impossível você me demitir. Nunca assinamos contrato. E se há uma regra na indústria do entretenimento é de que, sem um contrato, você não tem nada. – Ele deu a Henry um instante para ficar totalmente confuso. – Também acho que é uma atitude precipitada rejeitar algo sem saber o que você está rejeitando. Dê um tempo. Já chegamos.
Haviam parado em frente a um edifício de quatro andares feito de tijolo e vidro na Bridge Street. Um prédio taciturno, mais deprimente que imponente. Todas as janelas eram escuras e sujas de sabão seco. No lugar onde deveria existir uma maçaneta, havia apenas um buraco. À esquerda, havia um pássaro morto se decompondo na ruela.

— Foi o melhor que consegui com os fundos que eu tinha na época. Pense nisso como algo provisório. Nesse ínterim, podemos arrumá-lo.

Henry suspirou.

— Vamos — chamou Kastenbaum.

Henry subiu o patamar e olhou o número do edifício, pintado de preto acima da porta.

— É 702 — disse Henry.

— Isso mesmo. Bridge Street, 702. Decore o endereço. Algum problema?

Henry gelou e ficou olhando fixo para os números.

— Não — disse ele, com um sussurro. Parecia estar falando consigo mesmo. — Estou bem.

Três lances de escada de madeira, às escuras — uma ascensão às trevas. Passaram pelas entradas escuras da Borracharia do Moody, da Novidades de Swinburne. Por fim, chegaram a uma porta simples com vidro escuro e, do outro lado dela, uma luz muito forte. A luz irradiava como se atrás da porta estivesse o próprio sol. Como se Deus vivesse ali dentro.

— Você primeiro, chefe — disse Kastenbaum, abrindo a porta.

Henry deixou a porta se abrir e a luz cair sobre si. Ficou parado, como se estivesse petrificado por uma visão. Ou visões. O escritório era, de fato, bem iluminado, mas não era dali que vinha toda a claridade: lado a lado, forrando as paredes da sala de espera do Grande Henry, havia quinze das mulheres mais lindas que já vira na vida. Louras, morenas, ruivas, com pernas que pareciam intermináveis, e balboas — ah, as balboas. Ele sabia que naquele instante Tom Hailey estava se revirando no túmulo, tentando sair a fim de partilhar dessa paisagem com seu ex-empregado.

Abaixou a cabeça e olhou para Kastenbaum, que já tinha aprendido a antever a pergunta seguinte.

— Elas estão aqui para o teste, chefe — explicou.

"O teste?", pensou Henry. Mas sabia que não precisava perguntar nada para esclarecer as coisas, pois ele já estava a caminho e chegaria logo.

— Você vai precisar de uma assistente, é óbvio – disse Kastenbaum.
— É óbvio.
Henry sorriu. Kastenbaum sorriu. Era impossível, mas era verdade: fazia dez minutos que Henry tinha desembarcado e eles já tinham meio que se tornado melhores amigos. Bob Hope e Bing Crosby. Uma dupla. Às vezes essas coisas acontecem em um instante. Foi o caso deles.
— O contrato está à mão? – perguntou Henry.
— Está bem aqui, na minha confiável pasta.
— Mostre-me onde tenho que assinar.
E eles saíram da beleza que era a sala de espera para uma outra menor – o escritório de Henry – e fecharam a porta.

Não sei por que me dá tanto prazer imaginar aquelas mulheres enfileiradas ao longo das paredes do escritório dele, como livros numa prateleira. Elas são o oposto do que sou: se são os livros, *eu* sou a prateleira. Eu deveria odiá-las por serem o que são, ou me odiar por ser quem sou. Mas não. Eu as vejo como Henry deve ter visto: como um presente. Um sinal de vida. Arautos das coisas boas que estavam por vir. Não posso odiá-las. O que seria do mundo sem elas? E o que seria delas sem mim?

Henry nunca tinha tido um assistente, a não ser que se levasse em conta Tom Hailey, que passava pela plateia antes do espetáculo para obter informações que Henry depois acrescentaria às suas previsões. Mas não podia considerar Tom Hailey. De certa forma, Henry fora o assistente *dele*, um produto de sua vontade infatigável de criar a ilusão que o próprio Henry virou. Sem dúvida, Tom Hailey sempre esteve no comando. É claro que ele o odiava, mas o amava ainda mais; tudo o que ele era, e que não era, se devia a Tom Hailey. Sua primeira vida acabou quando Hannah foi roubada, e não tinha nenhum motivo para crer que, sem Tom Hailey, o resto de sua vida não teria passado de uma elaboração desse fim. Tom Hailey havia lhe ensinado a coisa mais importante que já tinha aprendido: adaptação. É isso o que importa. A adaptação é o segredo da sobrevivência. Sem ela, sem a disposição e a capacidade de mudar, não haveria nenhum ser vivo. Portanto, Henry ficou negro por um tempo, depois um pouco mais claro e agora tinha voltado a ser branco. Mas ficaria verde de bom grado caso isso significasse que poderia fazer hora no âmago de sua sala de espera para sempre, só olhando todas as mulheres que estavam lá. Segundo Kastenbaum, contudo, ele tinha de dispensar todas elas. À exceção de uma.

— A gente tem que fazer isso *neste instante*? — indagou Henry. Sentou-se no que Kastenbaum havia puxado e apelidado, de um jeito quase cerimonioso, de "sua cadeira", uma cadeira executiva com encosto alto que girava de forma irregular e cujo estofamento pulava para fora do assento. Ainda assim, fazia anos que seu traseiro não era apoiado em algo tão confortável. As paredes do escritório eram de tijolos aparentes.

— Temos que cuidar disso imediatamente — anunciou Kastenbaum. Ele deu tapinhas no relógio. — O tempo não espera ninguém. Você não ouve o tempo dizer "Vou ficar te esperando aqui no canto". Não. Não espera ninguém.

— Mas — começou Henry —, elas não podem ficar um tempinho aqui? Podíamos todos sair para jantar ou algo assim.

— Ia ser muito divertido. Com certeza elas iriam gostar tanto quanto você. Mas já fiz os cálculos. — Olhou para o relógio, um Bulova. — E, se não começarmos agora, não teremos tempo de montar um espetáculo.

— Quanto tempo temos?

— Seis semanas — declarou Kastenbaum. — Quarenta e dois dias.

Seis semanas? Henry nunca tinha montado nenhuma espécie de espetáculo sozinho — seis semanas parecia impossível. Mas foi como se o espírito de Tom Hailey tivesse surgido atrás de sua cadeira extravagante, encolhido os ombros e dito: "Você acha que foi isso o que o peixe pensou quando teve que criar pés para virar mamífero e viajar por terra firme? Claro que sim. Mas ele foi lá e fez. Ele criou pés e fez."

Henry deu de ombros e suspirou.

– Vamos começar – anunciou.

Uma por uma, elas entraram e, uma por uma, foram dispensadas. Assim:

– E qual é o seu nome?

– Victoria Harris.

Cabelo caindo sobre os ombros em ondas, lábios enfeitados com um vermelho patriótico, olhos verdes, cílios longos e seios aparentemente prontos para quebrar os arreios do sutiã. Henry não pôde deixar de pensar em Tom Hailey e Lauren, sua secretária. Henry os pegou no flagra uma vez, no escritório de Tom Hailey. Lauren estava estendida em cima da mesa dele e Tom Hailey a apalpava como se fosse um animal carnívoro. Ela pareceu não se importar nem um pouco com a presença de Henry, e Tom Hailey não parou. Henry se lembrou do cigarro queimando no cinzeiro.

– E você está interessada em virar assistente de mágico – disse Kastenbaum, que fazia a maior parte das perguntas.

– Ah, sim, muito! – Ela era entusiasmada. Talvez entusiasmada demais.

– Que experiência você tem nessa área?

– Bem, nenhuma, propriamente dita. Mas fui assistente de uma pessoa a vida inteira. Que grande diferença pode haver?

– Você ficaria confortável no palco, diante de centenas de pessoas, muitas delas olhando direto para você? Ou pelo menos partes de você. – Kastenbaum lançou um olhar brincalhão para Henry.

– Gosto de ser admirada – disse ela. – Antes da guerra, fui modelo de meias-calças. Eu queria voltar a posar, agora que voltaram a vendê-las, mas há outras garotas. Mais novas.

– Obrigado, Victoria – disse Kastenbaum, fazendo anotações em seu caderno. – Acho que acabamos. Temos seu telefone. Entraremos em contato.

– Sou solteira – disse ela, olhando para Henry. – Se isso faz alguma diferença.

– Que diferença faria? – indagou Kastenbaum.

– Nas viagens? Estou livre para viajar. Eu... estou livre. – Ela não tirou os olhos de Henry.

– Maravilha – retrucou Kastenbaum. – Obrigado.

Ela saiu. Depois que a porta se fechou atrás dela, Kastenbaum começou a assentir devagar.

– Gostei dela – disse. – Ela tem brilho. E os, ahn, atributos que ela tem deixariam os homens da plateia vidrados. E as esposas ficariam distraídas com os maridos olhando para ela. Você chama isso de desviar a atenção, não é?

– É.

– Então?

– Ela é legal – disse Henry. – E legal de se olhar. Mas não. Acho que não.

– Você acha que não?

– Não. – Henry suspirou. Teve a sensação de que havia acabado de rastejar para fora da trincheira e agora estava rejeitando uma série de mulheres lindas que queriam apenas trabalhar a seu lado, arrumando coelhos e pássaros e sendo cortadas ao meio. Existiram mulheres, muitas delas. Francesas, alemãs. Uma de um país sobre o qual nunca tinha ouvido falar. Mas os quartos onde ficavam estavam sempre escuros demais para que ele conseguisse enxergá-las direito. Gostava daquele jeito de agora, com as luzes acesas. – Não, simplesmente – disse ele. – Para mim, ela não funciona.

Kastenbaum pareceu deprimido por um instante, mas se refez rapidamente. Suas emoções pulavam de um lado para outro como uma bola de borracha. Era a décima garota que viam naquele dia.

– Tudo bem, então – disse ele. – Vamos à próxima. – Ele olhou para o papel e sorriu. – Não é possível que este seja o nome verdadeiro dela. Não pode ser. – Ele se levantou, quase caindo na gargalhada, colocou a cabeça para fora da porta e chamou. – Marianne La Fleur, por favor.

Henry sabia que era a garota certa no momento em que ela entrou. Ele me disse exatamente isso: "No momento em que ela entrou, eu soube." Eu disse: "Porque ela te lembrava a Hannah." Eu disse que ela devia ter o mesmo cabelo louro ou os mesmos olhos azuis, o mesmo brilho, uma pessoa tão luminosa que ele teria que lhe dar as costas para conseguir dormir. Essa Marianne devia ser a versão adulta da menina que ele vinha procurando desde que ela fora roubada. Não procurando como a polícia procurou, durante algumas semanas inúteis – Henry procurava por ela da mesma forma que se olha para uma paisagem e pensa-se "Falta alguma coisa". Sua ausência era onipresente. E achei que ele devia tê-la encontrado em Marianne La Fleur.

– Não – contestou ele. – Você está exatamente errada.

– Exatamente errada? – perguntei. – Como é possível estar exatamente errada?

Ele me explicou como.

Marianne La Fleur era escura por dentro e por fora. O nome era a única coisa luminosa que possuía. O cabelo preto, ao contrário do que ditava a moda da época, parecia ter recebido apenas uma atenção limitada da escova e passava dos ombros, sem intenção aparente de parar. Era o tipo de mulher impossível de se imaginar como criança, que devia ter nascido exatamente da forma como apareceu ali naquele dia, diante deles, seus olhos castanhos amendoados não brilhantes, e sim ardentes, e os pulsos tão finos que ele poderia pegá-los com a mão como se fossem um cabo de guarda-chuva. Ela não sorriu. Era feminina em poucos aspectos;

ela não tinha se arrumado feito as outras, não tinha feito nada para parecer mais atraente do que era.

"Foi por isso", perguntei a Henry, "por isso que você se apaixonou?"

"O que é que tem?"

"O Grande Houdini morreu com um golpe violento no estômago", retrucou ele. "Algumas coisas são incompreensíveis."

Quando Kastenbaum estava prestes a iniciar a entrevista, Henry levantou a mão.

— Eu faço essa — anunciou.

— Claro — disse Kastenbaum. — Claro.

— Então, Srta. La Fleur — começou Henry, tentando evitar que sua voz falhasse. — Você tem alguma familiaridade com a mágica?

— Tenho — respondeu ela. Henry e Kastenbaum se aproximaram: não tinham escutado. — Tenho — repetiu ela, dessa vez mais alto.

— Ah. Bem. Isso é bom, não é? — Henry olhou para Kastenbaum, surpreso: ela era a primeira que tinha. As outras estavam apenas se candidatando a um emprego, qualquer emprego. — Experiência. Ótimo.

Entretanto, Kastenbaum fechou a cara.

— E qual exatamente foi a experiência? — indagou.

— Bom, eu mesma sei um pouco de mágica. Não que nem você, é claro. Mas sei uma. — Encarou Henry por um instante, bem no fundo dos olhos. — Posso?

— Por favor — disse Kastenbaum. — Sem dúvida alguma.

— Vou escolher um número entre um e dez — declarou ela. — Qual é o número?

Henry deu de ombros. Olhou para Kastenbaum.

— Três?

— Sim — disse ela. — Três.

Henry riu. Pela primeira vez em muito tempo, ele riu.

– Muito bem – elogiou ele.
– Obrigada.
– Mas isso não é *mágica*! – exclamou Kastenbaum. Olhou para Henry. Não gostou do que estava acontecendo ali. – Se você tivesse dito "nove", ela também teria dito que sim. A gente não tem como saber.
– Não saber – confirmou Henry, assentindo. – A mágica é isso. Ela foi contratada na hora.

Naquela noite, Kastenbaum esquentou o banquinho de um bar até cair dele, embriagado; bater com a cabeça no piso de concreto o deixou um pouco sóbrio. Uns marujos o levantaram e mostraram, com muita gentileza, a saída, e ele agradeceu e tropeçou pela Broadway, perdido na noite e no brilho dos néons, nas gargalhadas e na música que enchiam a cidade naqueles tempos. Mas Kastenbaum não estava rindo. Nem cantando. Ele estava exausto. Tinha vivido uma eternidade em um dia. Era incrível, na verdade. Tudo tinha acontecido exatamente como ele planejara – e, admitia, tratava-se de um plano maluco; em todos os aspectos. Mas tinha funcionado! Se havia uma regra na indústria do entretenimento, era esta: não há recompensa sem risco. E ele tinha arriscado tudo. Cada centavo que possuía, seu futuro inteiro. Primeiro, havia o aluguel do escritório. O apartamento de Henry era caro, assim como o equipamento que comprara, tudo com o dinheiro que o pai de Kastenbaum emprestara. Tinha agendado apresentações. Tinha até mandado fazer alguns belos papéis de carta, com letras pretas em alto relevo sobre papel de linho: *Edgar Kastenbaum, empresário*. Foi à doca para encontrar seu primeiro e único cliente, Henry Walker, e o achou, e, com doses iguais de charme e de convicção guiada pela sensatez, convenceu Henry a apostar suas fichas junto com ele. Charme e convicção: ele tinha. Mas também tinha fé. Fé em si mesmo. Quando tinha fé em si mesmo, sentia que era capaz de tudo. O pai sempre lhe disse que o céu era o limite se ele simplesmente tivesse fé em si mesmo. Quantas vezes o pai não tinha lhe contado a história de sua vida, sua ascensão lenta e sólida de filho de um mero fazendeiro ao maior distribuidor de bulbos de tulipa dos Estados Unidos? Como fez seu caminho de baixo – *abaixo* do baixo, na verdade, já que não há nada mais baixo do que ser filho de um fazendeiro que não tem uma fazenda –, indo de porta em porta, de quarteirão em quarteirão, de cidade em cidade, até que Orwell Kastenbaum se tornou o nome mais confiável no comércio de tulipas. VENDEMOS TULIPAS KASTENBAUM! As placas estavam em todos os lugares. Tulipas! Tulipas, disse ele, constroem um teto sobre a sua cabeça, põem sapatos nos seus pés, alimentam. A água sai pela torneira por causa das tulipas. Quem seria capaz de imaginar – tulipas? Era uma loucura. "Eu era louco", seu pai diria. O meu sonho era louco – mas que sonho *não é*? É possível um sonho ser um sonho e ser sensato? *Não*. Um sonho sensato é um plano. Homens como nós sonham, e nossos sonhos se tornam realidade porque temos fé em nós mesmos. *Vai*!

Assim, Edgar Kastenbaum alçou voo do ninho do pai.

E tudo tinha saído exatamente como planejado (no meio da tarde, ele já estava ansiando pelas histórias que contaria ao filho, caso tivesse um) – até que Marianne La Fleur entrou no escritório e Henry Walker a contratou. Quem imaginaria que uma coisa dessas iria acontecer? Kastenbaum tinha pensado – suposto – que ele e Henry estavam de acordo, pelo menos no que diz respeito à verdadeira beleza feminina. Achava que todos os homens americanos tinham mais ou menos o mesmo ideal – as *pin-ups* de Alberto Vargas. Travessas, tentadoras, sedutoras. Prontas para o que quer que fosse. Só de pensar, você já babava. Uma assistente de mágico era uma mulher que os homens adoravam e as mulheres odiavam. Precisava ser tão linda quanto era incrível a mágica! Apesar de não fazer nada além de ficar parada e entregar ao mestre os instrumentos de mágica que ele pedia, e às vezes levitar e às vezes ser cortada ao meio, um mágico com uma assistente sem atrativos era igual a um homem com uma esposa feia: não só era complicado olhar para a mulher, mas as pessoas também ficavam curiosas a respeito do homem que era capaz de ficar com ela.

Entretanto, Marianne La Fleur não era feia; era pior que isso. Era assustadora. Ou não – assombrada. Ela era uma mulher assombrada e, ao olhar para ela, você pensaria: o que *aconteceu* com ela? Qualquer coisa que tenha sido, deve ter sido terrível. Era estranha, e tudo o que fazia também. Mesmo ao piscar, ela piscava devagar, como se tivesse pensado muito antes de fazê-lo, como se quisesse que você notasse que estava piscando *por algum motivo*. Perguntava-se alguma coisa e sempre havia uma pausa incômoda antes que ela respondesse. Mesmo com as perguntas mais simples. "Como vai?" Um, um mil; dois, um mil; três. "Bem", ela dizia. Um, um mil. "Como vai?". E a forma como se vestia. Suas roupas tinham pertencido a pelo menos uma pessoa antes de serem dela, isso se elas sequer lhe pertencessem: era capaz de tê-las roubado de algum varal a caminho da entrevista. A blusa tinha muitos babados e era larga demais (seu peito era dolorosamente reto, quase inexistente), a saia era justa e sem graça, e na altura dos calcanhares os sapatos – seus velhos sapatos de couro preto sem salto – estavam sujos de lama. De onde tinha vindo? Kastenbaum imaginou-a brotando do solo como uma planta, ou uma erva daninha, e depois se arrancando da terra pelas raízes. E agora era assistente. Henry foi cativado por ela por alguma razão completamente incompreensível para Kastenbaum.

Mas, ao caminhar para casa naquela noite, ele continuava tendo fé em si mesmo. Como o pai, era um líder, um capitão, o tipo de homem que se gostaria de ter no leme quando a água ficasse revolta. Talvez Marianne La Fleur não afundasse o barco. Não estava otimista quanto a isso, nem um pouco. Mas não podia fazer nada. Tinha que seguir em frente.

Os dias passaram rápido. Agora só faltavam duas semanas para a primeira apresentação, no Emporium. Henry e Marianne passaram esse tempo todo se preparando. Kastenbaum investiu em todos os equipamentos de ponta: meia dúzia de caixas com fundo falso, cordas invisíveis, espelhos. Havia também uma roda da morte giratória muito cara e de alta qualidade (Henry aprendera a atirar facas quando estava no exército), que, por ser muito grande, Kastenbaum tinha guardado em um dos armazéns de seu pai. E havia também vários aparelhos elétricos experimentais para apimentar o que era, confessadamente, uma série de números genéricos. Kastenbaum estava ansioso para vê-los investigando e testando todos eles. Mas Henry insistia em ensaiar a sós com Marianne.

– É ridículo, Henry – dissera Kastenbaum. – Tenho que saber o que está acontecendo.

– Por quê?

– Porque sou *o empresário*, só por isso – respondeu ele. – O apresentador. Sou o cara que te vende. Se há uma regra na indústria do entretenimento, é a de que o empresário tem que ser parte do espetáculo. A parte invisível. Nos bastidores, entende?

– Parece que há muitas regras na indústria do entretenimento – retrucou Henry.

– Há sim – confirmou Kastenbaum. – E eu ainda não te disse nem metade delas.

– Compreendo – disse Henry. Mas Kastenbaum percebia que era tudo da boca para fora. – E assim que pudermos mostrá-la, você será o primeiro a ver a apresentação. Mas existe um processo, no começo, algo que tem que acontecer entre o mágico e sua assistente. Em particular. Uma relação tem que ser construída. A Marianne tem que saber o que estou pensando e eu tenho que saber o que ela está pensando. Com apenas um olhar, ela tem que entender o que tem de fazer. Se eu lhe der a mão esquerda em vez da direita, isso vai significar uma coisa, e não outra. Se eu sorrir para ela, haverá uma mensagem escondida no sorriso. Com ela, a mesma coisa. Ela tem que perceber como as coisas estão indo. Se ela fechar a cara para mim, mesmo que seja por pouco tempo, isso quer dizer que tenho que acelerar a apresentação, fazer mais para prender a atenção dela, ou melhor, prender a atenção de todos. Da plateia. Em outras palavras, temos que ser as duas metades da mesma pessoa, e, para criarmos essa realidade, é preciso um período de privacidade e intimidade. De todas as coisas que a plateia vivencia num espetáculo de mágica, é só isso, só a relação entre o mágico e sua assistente não pode ser ilusão.

Kastenbaum não falou o que estava pensando, que ele não parecia estar descrevendo a relação entre um mágico e sua assistente, e sim de um homem e sua amante. Mas não pôde dizê-lo, pois já estava vulnerável: dava para perceber pelo jeito como Henry o olhava, ou encarava, e o jeito como sorria, ou como não sorria, de modo geral.

Quando Kastenbaum se virou para ir embora, Henry segurou seu ombro, fazendo-o parar e se virar outra vez para olhá-lo nos olhos.

— Vai ser ótimo — disse Henry. — Vai ser o melhor espetáculo da história da mágica. Todos os mágicos do mundo vão ouvir falar dele. Todos. Ele vai saber que estou aqui. Ele vai saber que estou de volta. Ele vai saber...

— Quem é "ele", Henry?

— O quê?

— Você disse "Ele vai saber que estou aqui". Quem é "ele"?

Henry balançou a cabeça.

— Ninguém — disse ele. — Ele é ninguém.

Kastenbaum, é claro, tinha suspeitado corretamente: Henry queria ficar a sós com Marianne La Fleur porque estava apaixonado por ela, e porque desejava que ela se apaixonasse por ele. Kastenbaum, como se veria mais tarde, estava certo a respeito de tudo, sempre. Era seu talento e sua maldição. Mesmo naquela época, ele já sabia que estavam condenados, que Marianne La Fleur deixaria ambos de joelhos. Porém, Kastenbaum era a Cassandra de Henry: por mais que tivesse fé em si mesmo, nunca tinham fé nele. Sentia o espírito do pai – embora ainda estivesse vivo e vivesse a três quilômetros de distância – sempre pairando sobre ele, o avaliando como fazia quando Edgar era criança, fazendo que não com a cabeça em silêncio, mas com severidade, impelindo o filho para frente, em direção àquela estrela brilhante do sucesso. Mas Kastenbaum só via trevas.

Seria bom, acho, se existisse algo dentro de nós, como um fio puxando uma lâmpada, que desse um clique e acendesse automaticamente quando alguém o amasse. Seria bom se o amor tivesse um retorno certo e automático.

Uma noite, numa mistura habilidosa de trabalho e prazer, Henry arrumou uma mesa inteira enquanto Marianne observava os objetos – pratos de porcelana, talheres lustrados, taças de vinho de cristal – aparecendo do nada. Em seguida, costelas de carneiro, cenouras e ervilhas, um pão (quente) e uma garrafa de vinho madeira de 1897, que ele abriu, sabe-se lá como, com uma investida da mão direita. O jantar estava servido.

Ele puxou a cadeira para Marianne e ela flutuou pela sala para sentar-se. Ela não flutuou de verdade, só deu essa impressão, seus pés parecendo nunca tocar o chão sob sua saia longa de camponesa. Ao chegar, deu-lhe a sua versão de sorriso.

Ela não falou nem uma palavra sobre o que acabara de presenciar.

– Bem – disse ele, sentando-se e colocando o guardanapo de pano no colo, com muito cuidado. – O que você acha?

– Acho de...

– Do jantar. Da forma como ele foi feito. Acho que vou chamar o número de "Ambrosia", pois a ambrosia...

– É o alimento dos deuses – continuou ela. – Eu sei. E achei muito bom.

Qualquer outra mulher – qualquer outro mortal, aliás – teria ficado completamente estupefata com o que ele tinha acabado de fazer. Ela não ter ficado, apesar de muito decepcionante, também era estranhamente atraente. Ele estava apaixonado pela única pessoa no mundo que não estava nem nunca ficaria impressionada com suas mágicas.

Ela comeu. Passaram algum tempo sem falar nada, o único som era o da faca e do garfo de Henry tinindo contra o prato.

Então Henry tossiu. Foi uma dessas tosses que começam fracas e logo ficam impossíveis de conter. Continuou até que seu rosto ficou rubro e ele passou a ofegar, tentando respirar.

Pela primeira vez naquela noite – e é bem possível que tenha sido a primeira vez de todos os tempos –, Marianne olhou-o com o que parecia ser um verdadeiro interesse humano.

– Você está bem? – indagou ela.

Ele assentiu.

– Alguma coisa deve ter ficado presa na minha garganta – explicou. – Mas já estou bem.

– Tem certeza?

– Claro que sim. Não se preocupe. Estou um pouco cansado. A primeira apresentação é daqui a três dias. E não vou deixar que a Morte me impeça de me apresentar.

– A Morte não, com certeza – disse ela.

Ele sorriu. Voltou a comer, assim como ela. Contudo, Marianne continuava a olhá-lo, analisando-o, até que ele ficou enervado com aquilo.

– Tem alguma coisa que você queira me dizer? – perguntou ele.

Ela balançou a cabeça devagar, agora com o rosto tão pálido que parecia estar sumindo.

– A ervilha está perfeita – comentou ela, levando três ou quatro à boca, como ovos aninhados na sua colher. Henry observava cada movimento. Ela era como um poema. Não tinha nada de irrelevante. Parecia consistir apenas do que era necessário à vida e nada mais. Se pudesse apenas olhá-la enquanto ela vivia a vida, enquanto ela lia, dormia, respirava, ele seria um homem feliz. Tinha a sensação de que só precisava disso.

Então, como uma súbita trovoada, alguém começou a bater à porta.

— Henry! *Henry!* Deixe-me entrar.

Era Kastenbaum. Henry soltou um suspiro.

— Não vou deixá-lo entrar — anunciou ele.

Marianne levou o guardanapo à boca, pressionou-o contra os lábios com delicadeza, balançou a cabeça.

— Não? — disse ela. — Deixa, sim. Estou cansada. Acho que vou para a cama.

Ela dormia num quartinho de visitas, que talvez um dia tivesse sido o quarto de empregada. Havia espaço para uma cama de solteiro, uma mesa de madeira, um abajur e nada mais. Mas para ela, parecia bastar.

Marianne se levantou. E embora nunca tivessem se beijado, nem sequer aproximado seus corpos em um abraço, eles se olhavam como amantes que passariam dias, talvez meses, sem voltar a se ver.

Ela foi para o quarto e fechou a porta com delicadeza.

Henry se levantou e foi até a porta.

— Kastenbaum — disse ele, abrindo-a. Kastenbaum entrou correndo. Seu cabelo, em geral penteado para trás e cheio de laquê, partido ao meio de um jeito natural, mas discreto, agora caía sobre os olhos, que estavam irados. Ele andava de um lado para outro do apartamento, da sala de jantar para a área do palco improvisada nos fundos. Olhou de um modo irônico para os materiais que tinha comprado e pensou no pai, seu pai, que insistiria em receber o dinheiro de volta.

— Onde ela está? — perguntou.

— Fala baixo — disse Henry. — Ela está dormindo.

— Exausta por causa das muitas horas de ensaios, sem dúvida.

— Já pedi para você falar baixo.

— Não pediu, não — contestou Kastenbaum. — Você me *disse* para falar baixo. Você me *mandou*. Que parceria, essa. Você é um déspota, é isso o que você é. Rei Henry XIX.

— Você está bêbado.

— Bêbado? — indagou Kastenbaum. — Bêbado? Isso aqui não é bebedeira, meu amigo. Quando fico bêbado, não consigo nem andar nem falar. Não consigo abrir os dois olhos ao mesmo tempo. Esqueço meu nome e as razões que tenho para viver. Mas um martíni ou três são capazes de dar a um homem a coragem necessária para falar o que ele deveria conseguir dizer totalmente sóbrio, se fosse de fato um homem.

— E o que você tem a me dizer que só pode falar depois de tomar três martínis?

Algo dentro de Kastenbaum pareceu se ajustar naquele momento. Ele finalmente compreendeu onde estava. Olhou para Henry, para a cornucópia na mesa diante dele.

— Não jantei — anunciou ele. — Posso?

Henry assentiu. Quando Kastenbaum começou a esmurrar a porta, Henry estava com o garfo cheio de carneiro a caminho da boca, mas deixou-o no prato para atendê-lo; Kastenbaum ergueu o garfo e completou sua jornada. Fechou os olhos, cheio de alegria: era disso mesmo que ele precisava.

Mas algo aconteceu. Depois de um instante ou dois, ele parou de mastigar. Seus olhos se abriram. Ele franziu a testa. E começou a puxar algo de dentro da boca. Henry não sabia o que era, nem Kastenbaum, mas claro que era essa a ideia. Era invisível. Era uma corda invisível, um fragmento mágico, um fio comprido que continuava saindo e saindo e saindo, até que Henry caiu na gargalhada. Kastenbaum não podia evitar: por mais irado que estivesse, teve que rir junto. Kastenbaum tinha um riso agudo, esganiçado e jovial, como o de um bebê; era impossível escutá-lo e não começar a rir junto. Portanto, Henry gargalhou mais alto ainda, e logo ambos estavam rindo tanto que tiveram que se sentar à mesa e caíram no chão, com o joelho fraquejando, literalmente. Depois de um minuto assim, o riso que havia dentro deles se esgotou. Sentiram-se vazios, como se nunca mais fossem rir na vida.

Kastenbaum colocou uma ervilha na haste do garfo e alçou-a ao ar, dando impulso com os dentes. Ela traçou um arco lindo, caindo dentro de sua boca. Ao ver a cena, Henry lembrou-se por que tinha amado Kastenbaum quase que de imediato.

– Você sabe qual é a regra principal da indústria do entretenimento, Henry? Faz alguma ideia de qual seja?

Henry balançou a cabeça.

– Nunca sei.

– É a *confiança* – declarou Kastenbaum. – A regra principal da indústria do entretenimento é a confiança. Eu tenho que confiar em você e você tem que confiar em mim.

– Eu confio em você, Eddie – afirmou ele. – Confio totalmente em você.

Kastenbaum olhou bem nos olhos de Henry.

– Bem – disse ele –, já é pelo menos um de nós.

Kastenbaum começou a batucar com o garfo na beirada da mesa, num ritmo constante, como se fosse o tique-taque de um relógio.

– Você pode confiar em mim – disse Henry, colocando a mão em cima da de Kastenbaum para que ele parasse com o batuque. – Estamos juntos nessa, Eddie, até o fim. Sem você, não tenho nada.

Kastenbaum sorriu, ou pelo menos tentou. Mas estava natimorto, amortecido em seu rosto.

– É só isso, Henry – disse ele. – Você não *tem* nada. Nenhum de nós tem nada. Pelo menos por enquanto. Para a sua primeira apresentação, podemos vender o show só contando com a expectativa das pessoas. O Prestidigitador Patriota. Elas adoram essa baboseira melodramática. Mas você não tem currículo, só essa história maluca que você trouxe da guerra. Você é perfeito agora, vale ouro. Mas isso acaba na hora em que pisar no palco, os holofotes se acenderem e a plateia vir você, e, acredite em mim, todo mundo ali vai ter dois olhos: um que quer ver seu sucesso e outro, a sua ruína. Você não vai ter muitas oportunidades de fracassar nessa indústria, Henry. Tem muita gente atrás de você na fila.

— Isso não me parece um voto de confiança — retrucou Henry.

Kastenbaum se levantou e voltou à parte da sala que servia de palco, onde todos os apetrechos estavam organizados numa ordem misteriosa a partir do meio da mesa.

— Não sabia que eu tinha um voto — disse ele.

— O que você quer dizer com isso?

Kastenbaum pegou o que parecia ser um copo cheio d'água e virou-o de cabeça para baixo; nada caiu.

— Eu nem vi o espetáculo, Henry — explicou ele. — Não sei o que estou vendendo, *quem* eu estou vendendo. Ao que vou assistir. Você vai estrear com a casa lotada e todos os repórteres da cidade, sem nem deixar outra pessoa ver o que você pretende apresentar.

— Quero surpreendê-lo.

— Não gosto de surpresas.

Henry desviou o olhar.

— Eddie — disse ele. — Quanto ao espetáculo. Ele é um pouco... diferente.

Essa era a última coisa que Kastenbaum queria escutar.

— Um pouco diferente do quê?

— Um pouco diferente de tudo — explicou ele. — Não é exatamente o que achei que íamos fazer. Mas tento me manter aberto a mudanças. À vida que há nisso. Não dá para forçar essas coisas. É preciso deixá-las crescerem. Sei lá, Eddie. Eu gosto, mas... está longe de ser o que todo mundo faz.

— É um belo motivo para apresentá-lo a alguém — disse Kastenbaum. — Alguém como eu. Assim a gente pode acertar tudo. Assim a gente pode dizer a eles, antecipadamente, o que vão ver, para que não fiquem muito surpresos. O que conta nessa indústria é satisfazer as expectativas. Você fala para eles que vão ver uma coisa e depois lhes dá outra. É isso! Mas se eles chegam esperando ver um coelho e você lhes der um elefante, não importa o tamanho dele, Henry, aí eles ficarão decepcionados. As menininhas vão chorar e as mães vão pedir o dinheiro de volta, pois esperavam ver um coelho e você saiu com um...

— Entendi — disse Henry. — Um elefante. Não se preocupe com essa questão. Não tem coelho nenhum. Nem elefante.

— É assim, olha — disse Kastenbaum, pegando um baralho da mesa com pés estranhamente altos. Ele embaralhou e, sem olhar, pegou uma carta do meio do maço. Sem olhar, perguntou: — Que carta tenho nas mãos?

Henry nem piscou.

— O três de copas — afirmou.

Kastenbaum sorriu.

— Viu? Eu amo isso.

— Por quê?

— Porque contigo é sempre o três de copas. — Kastenbaum colocou a carta de volta no baralho e suspirou. Balançou a cabeça e olhou para o amigo. — Você não vai me deixar ver, não é?

Sabia a resposta, mas tinha de perguntar.

— Não — confirmou Henry. — Me desculpe, Eddie. Mas não vou, não.

— Você pode ao menos me dizer por quê?

— Você sabe por quê — disse ele.

— Ah. É óbvio. Marianne.

— Marianne. Ela dá um toque... especial ao espetáculo. Não é algo que eu saiba descrever, e se eu soubesse, se tentasse, acho, honestamente, que você não gostaria de ouvir.

— Por quê?

— Porque viola a regra principal da indústria do entretenimento — declarou Henry.

— Que regra principal? — indagou Kastenbaum.

Henry refletiu.

— Todas elas — respondeu.

Depois que Kastenbaum foi embora, desconsolado, Henry lavou os pratos e guardou-os. Queria saber como fazer os pratos sumirem, mas não sabia; ele mesmo tinha de lavá-los. Depois, foi até a outra ponta da sala de estar, onde ele e Marianne ensaiavam, e repassou de cabeça a ordem em que os truques seriam apresentados, o que ele iria falar. Havia decorado – cada compasso, cada respiração.

Apagou as luzes, mas antes de ir para a cama foi dar uma olhada em Marianne. Abriu a porta devagarzinho. O luar entrava pela janela e acariciava suas faces. Seu cabelo preto e comprido espalhava-se, desordenado, no travesseiro, como se ela tivesse se remexido de um lado para outro durante o sono. Mas não se mexera, disso Henry tinha certeza, pois a observava todas as noites e ela nunca se movia, ela mal respirava. Era como se ela realmente tivesse dado tudo de si ao longo do dia, cada miligrama de força e vontade e energia, e agora descansasse e ficasse (e somente eu, claro, pensaria em algo do gênero) bem parecida comigo: paralisada no lugar. Em algumas noites, ele chegava a tocá-la, segurava sua mão, colocava a palma em seu rosto – e mesmo assim ela não se mexia. Nesta noite, ele se sentou ao lado dela, na beirada da cama, se inclinou e lhe deu um beijo na bochecha, assim como fizera com a mãe no dia em que ela morreu.

Portanto, não. Ele não me amava, e nunca esperei que fosse me amar. Nunca esperei nem que ele *quisesse*. Acredite ou não, existiram homens que desejaram poder, que me ouvem falar, que veem o brilho nos meus olhos, que gostam do meu senso de humor – alguns homens já desejaram que eu não fosse feita de pedra. Queriam poder me abraçar. Queriam que eu pudesse retribuir o abraço. Ainda assim não era amor, mas talvez a vontade de amar, o que já é bom demais para uma garota no meu estado.

Porém, Henry só conseguia amar uma pessoa por vez, e quando isso acontecia, era por inteiro. O tipo de amor que acreditava que o mundo só existia para servir de pano de fundo para suas vidas. Foi assim que ele amou a mãe, depois Hannah e por fim Marianne. E quando não havia mais ninguém para amar, essa mesma energia e paixão alimentavam seu ódio. E ele odiava da mesma forma: um de cada vez, sendo Mr. Sebastian o eterno azarado. Quando me conheceu, já não lhe sobrava nada.

Na manhã do dia do espetáculo, Kastenbaum despertou com uma visão. Não era um sonho, pois aconteceu instantes depois que ele acordou, quando você não está nem em um lugar nem no outro. Na visão, ele estava sentado na primeira fileira do Emporium, lotado, usando seu smoking. Estava animadíssimo, com um sorriso tão grande que seu rosto mal o continha. E batia palmas feito um louco, com tanta força e rapidez quanto era humanamente possível. Mas era o único. O resto da plateia não se mexia. Podia muito bem estar morta.

Foi então que percebeu que o palco estava vazio. Não havia ninguém ali. Nunca houve.

Parou de aplaudir e o silêncio dominou o ambiente.

Por fim, seu pai saiu da coxia. Estava diante de todos eles.

– Por favor, aceite meu pedido de desculpas – disse ele. – O fracasso foi muito maior do que eu havia imaginado. Do que todos nós imaginamos, tenho certeza. Levante-se, Edgar – pediu o pai, olhando para ele pela primeira vez. – Por favor, levante-se.

Relutante, Kastenbaum se levantou. Virou-se para olhar os membros da plateia que estavam atrás de si e notou que todos tinham apenas um olho, plantado no meio da testa como nos ciclopes.

– Vamos dar uma salva de palmas para o homem responsável por este fiasco – anunciou o pai. – Meu filho.

E seu pai começou a aplaudir. Mas foi o único; o restante, a plateia de um olho só, permaneceu imóvel, olhando para Kastenbaum, como se eles tentassem compreender como um só homem tinha alcançado a distinção de ser um fracasso tão monumental. O pai continuou aplaudindo até o momento em que Kastenbaum não aguentou mais. Tirou uma faca do bolso e atirou-a no pai, e ela foi bem na direção do coração dele. O pai parou de bater palmas e observou a aproximação da faca sem nenhum sobressalto. Mas Kastenbaum prendeu o fôlego. A plateia de um olho só também. Como se em câmera lenta, assistiram ao avanço da faca e ofegaram quando ela se aproximou de seu alvo.

Mas a faca o atravessou, como se fosse feita de poeira, e caiu no chão atrás dele, inofensiva. A plateia irrompia em aplausos, enquanto o pai tomava uma flechada atrás da outra. Piscou para o filho e falou de modo que só Edgar pudesse escutá-lo.

– É *assim* que se faz.

Enquanto a plateia enchia o teatro na noite de estreia, Kastenbaum não conseguiu evitar ficar olhando para seus rostos, confirmando a presença de dois olhos em cada pessoa; se sentiu menos inseguro quando viu que todos tinham. Um homem estava com uma venda, entretanto era uma ferida de guerra, explicou a Kastenbaum, que o parou para perguntar a respeito.

Mas Kastenbaum não era ele mesmo. Nem sequer estava certo sobre quem deveria ser. O homem de negócios autoconfiante e extrovertido que pegara Henry Walker pelo colarinho no cais, naquele dia, não fazia mais parte dele. Era como se esse espírito tivesse escapado. A percepção de que tudo o que havia esperado e planejado – todo o seu futuro – repousava no sucesso ou no fracasso de uma única noite o oprimia. Tinha dificuldade para respirar e, como estava ficando tonto, teve que refugiar-se em seu assento. Queria ver o pai chegando. O pai tinha dito que viria, mas havia uma certa dúvida em sua voz. "Nunca fui muito fã de espetáculos de mágica", disse a Edgar. "A sua avó virou espiritualista por causa deles, sabia? Ela ia para a sessão espírita toda sexta-feira. Os mortos são as pessoas mais tagarelas que alguém pode encontrar."

Eddie não o viu.

Não houve nenhuma apresentação de Henry, nenhuma música, nada de entrada enfumaçada e ousada. Logo depois das sete horas, as luzes se apagaram de repente e, um instante depois, ele entrou no palco. Kastenbaum tinha que admitir que Henry estava com uma aparência fenomenal, dos pés à cabeça o mágico grandioso que se supunha que fosse. Tinha um rosto bom para isso: tão grave e sério, forte, tenso e belo. Não havia nem um pingo de medo nele, ou pelo menos não demonstrava: Kastenbaum sabia que no íntimo havia muito.

Depois que o aplauso cessou e o silêncio se fez, ele falou.

– A arte da ilusão – disse, com a voz ressoando nos fundos do teatro – é um passatempo divertido. – Nesse momento, um pombo voou de sua mão vazia e, ao sobrevoar as primeiras fileiras, virou uma poeira dourada brilhante que cintilava, caindo como a neve na cabeça dos ricaços. – Poderíamos passar a noite fazendo só isso. – Ele deu um passo para o lado e revelou que atrás dele havia dois exemplares dele, e com outro passo existiam três. Com um estalar dos dedos, suas criações desapareceram. Kastenbaum jurava que todas as pessoas ali estavam impressionadas. Aquilo devia ser feito com espelhos; Henry tinha um monte. Mas o que Kastenbaum realmente sabia? Graças a Henry, nada. – Há uma mágica maior que essa – disse Henry. – E nós sabemos qual. É a mágica do amor.

Devagar, uma luz começou a sangrar nas trevas do outro lado do palco, iluminando Marianne La Fleur. Sua aparência era fantasmagórica, parada ali sozinha, tão distante de Henry, coberta por um vestido longo branco. Henry vestia o papel de mágico perfeito, mas ela não parecia uma assistente. Foi então que o último fragmento de esperança que havia no coração de Kastenbaum começou a desaparecer, que soube que, fossem quais fossem as expectativas que a plateia tinha trazido consigo, não importava o quão grandiosas, elas não seriam satisfeitas.

– O amor – declarou Henry, dando um passo na direção de Marianne, que parecia nem notá-lo. – Se simplesmente entendêssemos como ele funciona. Pois com certeza ele é um truque, uma ilusão. Uma coisa tão maravilhosamente poderosa, tão misteriosa, tão enganadora, pode ter algo de real?

Henry criou uma rosa do ar – um truque velho, que nem valia a pena ser feito. Mas em seguida, como se estivesse pegando borboletas, sua outra mão agarrava o ar, e cada vez que ele fazia esse gesto outra flor aparecia, até que havia uma dúzia delas em sua mão.

– O amor deve ser real – ele disse. – Ele dói demais para não ser.

Aqueles sentados nas fileiras da frente foram os primeiros a ver o sangue, correndo das palmas de suas mãos. As mulheres taparam os olhos. As pessoas nas últimas fileiras inclinaram-se para se certificar de que estavam mesmo vendo aquilo que pensavam.

Kastenbaum perdeu o fôlego.

– Espinhos – explicou Henry, enquanto o sangue pingava no palco. Cada gota, ao respingar, evaporava numa nuvenzinha de fumaça. As nuvenzinhas se uniram e se misturaram em forma de coração. Henry deu um sopro e o coração fumarento atravessou o palco em direção a Marianne, dissipando-se por completo assim que a alcançou. As rosas se transformaram em pó nas mãos dele.

Kastenbaum observava Marianne. Prestava pouca atenção ao coração que ia ao seu encontro e, quando ele evaporou, ela simplesmente deu de ombros – isso se, de fato, o movimento quase imperceptível de seus ombros constituísse esse gesto. Que porcaria de assistente ela era? Não fazia absolutamente *nada*. Era essa a ideia, claro, Kastenbaum tinha compreendido. Mas por quê? Henry estava certo: ele estava violando todas as regras principais da indústria do entretenimento que existiam ou já tinham existido, todas aquelas que ele podia se lembrar ou que poderia até inventar. E onde estavam os objetos de cena nos quais ele tinha investido tanto dinheiro? Onde estava a mesa refletora e a máquinas de criar fantasmas? *Onde estava a roda da morte giratória?* Tinha passado semanas procurando uma e gastado mais de duzentos dólares só no frete. Na véspera da chegada do navio de Henry, Kastenbaum passara uma noite auspiciosa bebendo sozinho, girando a roda da morte e atirando os facões de prata que vinham com ela. Havia se aprimorado, mas essa era sua própria opinião. Mal podia esperar para ver o que Henry, um artista de verdade, seria capaz de fazer com aquilo. Uma das matérias publicadas no *Herald Tribune* dizia respeito à noite em que ele matou três alemães com uma faca – e um arremesso. A ausência da roda era uma afronta à sensibilidade de Eddie. Isso o deixou irado e triste. Afundava-se cada vez mais na cadeira.

O olhar de Henry atravessou toda a extensão do palco na direção de Marianne, que continuava ignorando-o e parecia não ter consciência nenhuma de que estava em cena. Centenas de pessoas também a observavam, esperando que ela fizesse *alguma coisa*. Uma assistente deveria ser charmosa, fofa, animada, com um belo par de seios e pernas saudáveis. Mas era difícil saber se Marianne tinha corpo sob seu longo branco e fantasmagórico. E, se tivesse, quem ia querer vê-lo? Algo que Henry fez com as luzes faziam-na parecer mais magra e cinzenta do que nunca, as olheiras sob seus olhos mais escuras, como se, assim como o Gato de Cheshire, ela fosse desaparecer. Mas em vez de deixar para trás um sorriso, ela só deixaria aquelas olheiras.

– Não – disse Henry. – O amor não é mágico, pelo menos quando não é retribuído. É essa a triste situação que vocês veem aqui esta noite. Não é algo que todos nós, em algum momento da vida, já vivenciamos? Não estivemos, todos nós, em alguma altura da vida, em um lado ou outro dessa história? É o suficiente para nos deixar doidos. É o suficiente para fazermos coisas que nunca imaginávamos ser capazes, para prender aquela pessoa que se deseja, de qualquer forma possível.

Ele balançou o braço no ar e as portas da caixa ao lado de Marianne se abriram, aparentemente sozinhas. Marianne nem se mexeu. Kastenbaum não sabia muito bem como Henry fez aquilo. Ele se sentou bem na beirada da cadeira para enxergar melhor. Era uma caixa de carvalho simples, grande, 15 cm maior que Henry.

Do lugar onde Kastenbaum estava sentado, parecia ter 90 cm de profundidade e 1,5 m de largura. A plateia finalmente expressou curiosidade. Com outro gesto, Marianne flutuou – como sempre parecia flutuar – para dentro da caixa, e as portas se fecharam imediatamente, e pela primeira vez Henry passou para o lado dela no palco – não para abrir as portas, e sim para trancá-las. Ele fechou o imenso cadeado prateado e suspirou.

– Agora ela é minha – declarou ele.

Houve uma menção de aplauso, mas a maioria da plateia ainda estava perplexa demais para esboçar uma reação. Além disso, se Henry abrisse a caixa e Marianne não estivesse lá dentro – bem, ele por acaso pensava que eles tinham nascido ontem? Ele nem tinha lhes mostrado o interior da caixa, nem o fundo, nem a base. A maioria dos mágicos se dava ao trabalho de fazê-lo, pelo menos. Se tivesse feito, eles teriam mais motivos para questionar por que Marianne tinha sumido, se é que ela *estaria* sumida quando ele abrisse as portas, se estivesse mesmo acontecendo algo de interessante ali. Seu sumiço poderia ser atribuído a inúmeros fatores, portanto, ficou decidido – em silêncio, pela plateia toda – que esse esforço claramente banal não seria valorizado.

Mas não foi o que aconteceu.

– Ela é minha – disse Henry –, mas é impossível possuir uma mulher como se ela fosse um objeto, uma coisa, como uma pintura ou uma cadeira. Quando você faz isso, quando comete esse erro, quando prende uma mulher contra a vontade dela, esta não tem nenhuma opção... a não ser morrer.

Quando falou isso, o cadeado caiu, as portas da caixa se abriram e o corpo inerte de Marianne veio abaixo. O modo como seu corpo caiu – foi essa a questão. Parecia que ela estava inconsciente, pois não tinha nenhuma força para impedir a queda. Dessa vez, os suspiros da primeira fileira foram o de menos: houve gritos, gritos apavorados. Uma senhora que lá estava levantou-se da cadeira e fugiu do auditório. Mais tarde, ela diria que via os olhos de Marianne deitada ali no palco: estavam abertos, mas inexpressivos. Não havia nem um grama de vida neles.

Henry se ajoelhou e segurou o corpo dela nos braços. Chorou.

– Eu acho... acho que ela está morta – anunciou ele. – Eu a matei quando a prendi contra sua vontade. Tem algum médico aqui? Alguém que possa confirmar isso para mim, para todos nós? Confirmar que é verdade, e não um truque torpe, que a minha Marianne está mesmo morta?

Houve uma leve comoção no momento em que três homens se levantaram e correram para o palco. Não era mais um espetáculo de mágica: a vida de uma mulher estava em jogo – ou, pior ainda, estava acabada. Num primeiro momento, Kastenbaum ficou se perguntando se os médicos não seriam figurantes, e caso houvesse um só, ele teria ficado em dúvida – mas *três*? Um deles tinha cabelos grisalhos e um bigode espesso com pontas curvadas, e Kastenbaum reconheceu-o como médico meio que famoso na cidade; os outros dois eram mais jovens, de barba feita e muito bem-vestidos, ambos com aspecto sério devido aos óculos e aos cabelos molhados e penteados para trás. Primeiro um, depois o outro, pegou o pulso de Marianne, sentiu a artéria no pescoço, e depois o outro colocou um espelho na frente de sua boca para ver se ela estava respirando.

Não estava.

Deram um passo para trás, todos os três, estupefatos. O médico bigodudo olhou para Henry e depois se voltou para a plateia, e anunciou com uma voz grave que chegava até a última fileira, onde estava sentado Kastenbaum:

– A mulher está morta.

Caramba! Morta! Tinha como ficar pior que isso? Não. Quando a assistente morre, é preciso assinalar este evento como o ponto mais baixo que se pode atingir. Esse iria parar nos livros de história. No futuro, as pessoas se lembrariam dessa apresentação no Emporium, tanto os mágicos como o público em geral. "A morte trágica de Marianne La Fleur, e como a carreira promissora de um mágico morreu junto com ela." Ou algo do gênero. Edgar Kastenbaum não passaria de uma nota de rodapé nessa história, mas sua carreira estaria igualmente morta. Ficaria sem nada. Ao ver os médicos descendo lentamente do palco, ele se perguntou se, como empresário, teria alguma responsabilidade legal pela tragédia, e se, a bem da verdade, não deveria sair da cidade naquele exato momento. Olhou ao redor: mulheres choravam, soluçando em suas luvas, o rímel escorrendo pelos rostos de um jeito macabro, espalhafatoso. Mas ele não sentia nada. Não por Marianne La Fleur, em todo caso. Sua morte tinha aspectos positivos, para ser sincero. Se ao menos não tivesse acontecido em cima do palco.

Portanto, o espetáculo, na medida em que tinha começado, estava encerrado. Muitas pessoas da plateia agora estavam de pé, colocando os casacos e chapéus, e alguns já estavam no corredor, indo embora, quando ouviram Henry dizer "Não". Na primeira vez, disse baixinho, mas a melancolia comedida e lastimosa da palavra foi ouvida por todos. Em seguida, ele a repetiu, dessa vez mais alta: "Não!".

Todos se viraram.

Henry estava de pé ao lado do corpo inerte. Um dos médicos se aproximou e pegou seu braço a fim de confortá-lo. Mas Henry se soltou.

– Não posso permitir – declarou Henry. – Se meu amor é capaz de matá-la, meu amor é capaz de ressuscitá-la.

– Sr. Walker – disse o médico –, nós já chamamos a ambulância. Acho melhor nós...

Henry pegou nos braços seu corpo leve e vacilante. Os cabelos longos e pretos de Marianne caíram sobre ele como um véu quando sua cabeça se inclinou para trás naquele ângulo anormal característico aos mortos. A plateia o observava, confusa e fascinada.

– Vocês não podem ficar olhando – disse-lhes ele. – O amor, o amor verdadeiro, é íntimo, deve ficar entre duas pessoas e só entre elas.

E, com Marianne nos braços, ele entrou na caixa.
As portas se fecharam.
Eles sumiram.

Quantos minutos se passaram até a reaparição de Henry e Marianne La Fleur foi tema de grande especulação no dia seguinte, nos jornais e nas ruas de Nova York. Alguns diziam cinco minutos, outros dez, e teve gente que disse que foi uma questão de segundos e que o tempo pareceu mais longo porque mal podiam esperar para saber o que aconteceria em seguida, como crianças aguardando o Natal.

Independentemente disso, eles esperaram. Aqueles que ainda estavam sentados assim permaneceram, calados, fitando a caixa. Aqueles que estavam indo embora ficaram parados no corredor. Um homem tinha levado uma mulher morta para dentro da caixa. Era uma ideia incompreensível, algo para o qual a mente não estava preparada. Acrescente-se a isso o fato de que pagaram pelo privilégio de assistir ao espetáculo, e o absurdo sombrio daquela cena toda os deixou balançados, naquela hora e depois. Principalmente depois.

Independentemente de quanto tempo se passou, a porta da caixa finalmente se abriu e Henry saiu – sozinho. Parecia exaurido, exangue. Seu smoking estava molhado de suor. Desviou o olhar quando as luzes do palco bateram nos seus olhos, como se tivesse passado horas na escuridão, e tropeçou numa tábua que estava fora do lugar, mal conseguindo se recompor antes de cair. O que quer que tenha acontecido dentro da caixa, ele parecia ter sobrevivido, e foi capaz de se erguer ao se aproximar da beirada do palco e olhar para e além de todos os rostos estranhos e silenciosos.

– O amor – disse-lhes ele – é capaz de tudo.

Ele se virou, ergueu os braços num floreio. E – vejam só! – ela saiu da caixa.

Marianne La Fleur estava viva.

Ela caminhou – flutuou – até ficar a seu lado em cima do palco. Ele segurou sua mão.

E a beijou. Não foi um beijinho. Para um beijo no palco do Emporium, perante quinhentas pessoas, ele quebrou o recorde.

Na manhã seguinte, o *Times* diria que metade das mulheres da plateia desmaiou; Kastenbaum sabia que era um enorme exagero. Mas realmente tinha visto algumas delas caindo, como marionetes abandonadas, algumas seguradas pelos maridos, outras desaparecendo nos corredores entre as fileiras. O próprio Kastenbaum teve a sensação de que seu coração parou. Viu sua vida passar diante dos olhos, e foi necessário apenas um segundo.

Henry tinha ressuscitado Marianne La Fleur.

Eu devia ter deixado de fumar quando meu braço direito secou. Sabia que isso estava acontecendo (o braço esquerdo já estava grudado ao meu tronco), portanto tentei posicioná-lo para que ficasse encostado no meu colo, parecendo natural e relaxado. Pedi a um pajem que o amarrasse com uma faixa e o braço ficou assim, dia e noite. Mas meu corpo pensava diferente. Meu braço direito agora está estendido para frente e minha mão um pouco aberta, como se esperasse alguém apertá-la; por uma moedinha de vinte e cinco centavos, as pessoas podem fazê-lo. Apertar minha mão é a válvula de escape mais popular que oferecemos, só ficando atrás de acender um fósforo na perna de Agnes, a Mulher-Jacaré.

Eu devia ter parado de fumar naquela época, mas não parei. Nic, que faz o desmonte, tem um filho ainda novinho demais para ajudar em alguma coisa no circo, então ele agora trabalha para mim, já que o Henry sumiu. Só tem sete anos. É um garotinho com óculos fundo de garrafa e uma franja que mostrava demais a testa. Ele acende os cigarros para mim e os põe nos meus lábios. Não fala muito, o que é ótimo.

Mas Henry gostava de fazer isso por mim quando estava aqui. Ele falava bastante; precisava de mim para isso. Ele acendia o cigarro, tragava uma vez e depois o entregava a mim, e quando eu tragava, ele o pegava de volta. Dividíamos, como os amantes fazem, às vezes. Ele não era fumante, mas sabia soprar círculos de fumaça e depois soltava uma lança de fumaça no meio dos círculos, em seguida pegava toda a fumaça que tinha nas mãos e a transformava em outro cigarro, o que me fazia abrir um sorriso. Meu único truque era fumar. A fumaça rastejava para fora da minha boca e flutuava diante do meu rosto como um véu. Depois, Henry a afastava com um sopro. Eu sentia seu hálito no meu rosto, seus lábios tão próximos aos meus quanto os lábios de dois amantes.

Nos dias que se seguiram à ressurreição de Marianne La Fleur, a cidade praticamente só falava disso. Uma mulher tinha morrido e trouxeram-na de volta à vida. Quando algo assim acontece, há algum outro assunto que *mereça* ser mencionado? Quanto aos eventos mais notáveis, até as pessoas que não estavam na plateia eram capazes de narrar o espetáculo inteiro como se tivessem assistido a ele. Todos os jornais publicavam matérias a respeito, e, assim como Amelia Earhart quase nove anos antes, não se falava de outra coisa. Um espírita respeitado afirmava que o grande número de mulheres desmaiadas poderia ser atribuído ao fato de que tinham roubado "um pedacinho" de suas vidas e dado a Marianne La Fleur. Repórteres investigativos reviravam seu passado e descobriram que ela não tinha nenhum. Até Henry Walker, que alcançara a fama durante a guerra, parecia não ter existido antes dela. Tudo o que lhes dizia respeito era misterioso e cativante.

Kastenbaum estava em êxtase. Uma propaganda dessas não tinha preço. Tinha a sensação de que os deuses estavam assistindo e, no instante em que ele estava prestes a desmoronar, pegaram-no de volta e lhe deram tudo o que desejara. Era um novo homem; na verdade, sentia que finalmente virara homem. Pusera todos os ovos numa única cesta e estes estavam inteiros. Mais do que inteiros – agora valiam ouro. *Ele* valia ouro. Ao ir ver o pai, numa visita breve na manhã do dia seguinte, trataram-se de igual para igual. Sua postura, o gingado de seus passos. Tinha virado até, na sua própria cabeça, um homem bonito. O homem baixinho, de ombros curvados, um tanto quanto patético: este Kastenbaum estava morto. O mais perto que havia chegado de uma mulher bonita na vida fora durante as entrevistas com as candidatas a assistentes de Henry, e teve fantasias com todas elas. Mas agora ia além da ilusão. Agora aquelas mulheres não pareciam estar fora de seu alcance. Tinha a impressão de que podia ter quem ele quisesse. Caminhando na rua, com seu modo decidido e animado de andar e seus passos largos atraindo olhares, ele pensou: "É por isso que estamos vivos, para termos essa sensação."

Tinha descoberto o segredo da vida. O segredo do sucesso.

Deixou Henry dormir no dia seguinte ao espetáculo. Devia estar exausto. Ele e Marianne La Fleur desapareceram assim que terminou a apresentação; não foram chamados de volta ao palco para receber uma salva de palmas. A plateia estava aturdida demais para aplaudir, como se o que tivesse acontecido estivesse além dos aplausos, como se aplausos de alguma forma fossem diminuí-lo. Esperava que Henry não tivesse entendido errado.

Porém, Henry parecia estar bem. Quando Kastenbaum chegou, por volta das onze horas, Henry ainda vestia o roupão de seda azul-marinho e segurava uma xícara de café. A veneziana estava abaixada. Dentro do apartamento, tinha-se a sensação de que ainda era noite. Marianne não estava por perto.

– Cadê ela? – perguntou Kastenbaum. – A estrelinha.

– Ainda está dormindo. Depois de tudo o que ela passou ontem à noite, é capaz de dormir o dia todo.

– Pensei que fosse dela o papel mais fácil, na verdade – disse Kastenbaum. – Foi você quem fez tudo. E eu estava quase morrendo até o momento em que você botou pra quebrar. Parabéns, Henry.

Ele o abraçou. Foi um pouco estranho. Henry não retribuiu o abraço. O que chocou Kastenbaum foi a frieza de Henry. Ao olhar para o amigo, já que seus olhos tinham se acostumado à escuridão, Kastenbaum teve dificuldades para se lembrar de como era Henry no dia anterior. Hoje, ele parecia vinte anos mais velho, todo o sangue drenado de seu rosto, e seus olhos – antes tão vivos, tão verdes – tinham um aspecto opaco e cinzento.

Sua voz estava trêmula.

– Suponho que tenha dado certo – disse Henry. – Levando em consideração tudo o que aconteceu.

– Dado certo? Foi *maravilhoso* – retrucou Kastenbaum. – Você tinha razão para não me contar nada, pois eu teria perdido a cabeça. Mas você botou pra quebrar, e eu nunca mais vou duvidar de você, meu amigo. Nunca mais.

– Bom saber que você está satisfeito.

– Mas agora você vai ter que me contar.

Henry olhou para ele.

– Contar o quê?

– Como se faz, Henry. Tenho que saber. Me conta o segredo. Não viajei até aqui só para comer um biscoito.

Henry virou o rosto.

– Não me pergunte.

– Como eu poderia não perguntar? A cidade de Nova York inteira quer saber. Você não vai contar para o povo, é claro, nem eu, mas, no papel de seu empresário e amigo, e seja lá o que eu for além disso, você tem que me dizer. Isso está me corroendo por dentro.

Henry estava prestes a falar quando Kastenbaum levantou o dedo.

– Meu primeiro palpite era de que os médicos eram figurantes. É o mais óbvio. Mas eram três, três!, e também os jornais desta manhã, você deve ter visto, com certeza, mostram que os três são verdadeiros. Têm consultórios. Têm *diploma*. Então, meu segundo palpite, tudo bem, seja indulgente comigo, é de que Marianne

tem, por natureza, um pulso tão fraco, ela é uma espécie de aberração, quer dizer, olhe só para ela, que, sem estetoscópio, um médico não conseguiria detectá-lo. Depois pensei: um pulso é um pulso, eles conseguiriam achá-lo. Portanto, meu terceiro...
— Pode parar — disse Henry.
— Por quê?
— Porque você nunca vai adivinhar.
— Tenho treze palpites, Henry. Aposto que um deles...
— Nem se você tivesse uma centena — contestou Henry. Ele suspirou e foi para a sala de estar, quase desaparecendo em meio às trevas. Desabou sobre o sofá e balançou a cabeça. — E você não quer saber, Kastenbaum. Você acha que quer, mas não quer.
— Sério? E por que eu não quero?
— Porque, mesmo se eu te contasse, você não iria acreditar.
— Sério? — disse Kastenbaum, rindo. — Sou verde no mundo da mágica, Henry. Você sabe disso. Pesquisei todos os truques e li a história toda. É provável que eu saiba mais que você. Já ouviu falar de Alexandre, o Paflagônio? Imaginei que não. E de Jacques de Vaucanson? Até fiquei bom no arremesso de facas, em minha opinião. Os prós e contras disso e daquilo, e percebi quanto esse processo todo pode ser complicado. A única coisa na qual eu não acreditaria seria se você me dissesse que ela morreu *de verdade* e você *realmente* a ressuscitou: *nisso* eu não acreditaria, porque seria impossível. Mas qualquer outra coisa...

A voz de Kastenbaum foi ficando mais baixa e caiu no silêncio quando ele fitou o rosto etéreo de Henry. Pois Henry não sorria; não havia nada mais distante do sorriso do que sua expressão naquele momento.

Kastenbaum se ajoelhou diante de Henry e olhou dentro de seus olhos.
— Henry. Por favor, não faça isso. Por favor, não me diga isso.
Agora Henry abriu um sorriso.
— Tudo bem. Não digo.

Sua mão tremia, ele pegou a xícara e levou-a até a boca. Tentou desviar o olhar, mas Kastenbaum não deixava, pronto para imprensá-lo de novo com o olhar.

– Henry – disse ele. – Não tente ensinar o Pai-Nosso ao vigário. Não sou *um caipira*. Eu sou o cara... Eu sou o cara que fez isso tudo acontecer. Você *deve* isso a mim. É sério. Agora vou ficar sentado aqui, olhando dentro dos seus olhos, e você vai me contar como fez aquilo.

E foi como se os olhos de ambos fossem as únicas coisas que existiam na sala, brilhando, boiando no éter.

– Há muito tempo, prestei um juramento – explicou Henry. – Um juramento de sangue. Troquei sangue com o diabo. Jurei nunca revelar o segredo de alguma ilusão, nem falar de mágica com alguém que não fosse instruído na magia negra, alguém que não tivesse prestado o juramento dos mágicos. Jurei nunca revelar a fonte de minha mágica nem falar o nome do mágico que me ensinou, nem apresentar uma ilusão para alguém que não fosse mágico sem antes ensaiá-la até chegar à perfeição; caso contrário, eu perderia tudo o que ganhei. Jurei não só ensaiar a ilusão, mas também viver dentro dela, para parecer sem ser, pois só dessa forma podemos participar totalmente do universo da mágica. Como o sangue do mágico e de seu aprendiz é um só, jurei tudo isso para sempre. Parte dele está dentro de mim, Kastenbaum.

– O diabo – disse ele.

– Isso mesmo – confirmou Henry. – O diabo. É por isso que não posso contar.

Kastenbaum pensou que Henry tivesse enlouquecido – o modo como ele falou, o modo com que disse as palavras como se estivesse lendo uma folha de papel antiga em sua mente.

– Henry – sussurrou ele.

– Mas eu vou te contar, pois você é o único amigo que tenho nesse mundo.

– Obrigado.

— O truque dela é morrer, Eddie, e o meu truque é trazê-la de volta.

E Kastenbaum acreditou nele.

Henry explicou assim. Marianne La Fleur vivia tão perto da morte quanto alguém conseguiria. Não era uma doença, entretanto: era uma forma de vida. Ela podia flutuar livremente entre os dois mundos, com tanta facilidade quanto passar de um cômodo a outro.

Mas nem sempre era voluntário. No decorrer do dia, ela sentia seu peso: a morte era subjacente à sua vida. "Repare nela piscando os olhos", disse ele, "é nessas horas que isso acontece." Não era sempre, mas Henry já tinha visto Marianne simplesmente piscar e depois lutar para abrir os olhos. Usava toda a energia que tinha em sua viva alma para conseguir voltar. "É por isso que ela tem aquela aparência", explicou ele. Era uma batalha constante. Ela ia dormir sem saber se conseguiria rastejar para fora do precipício e do buraco cheio de rochas no qual ela caía durante a noite. A única coisa que havia entre ela e a morte eterna eram os sonhos, pois ela sonhava com a vida. Eles traziam-na de volta à vida, e todo dia, ao acordar, ela sentia ter sido jogada na terra firme por uma onda.

— Há quanto tempo ela é assim? — indagou Kastenbaum.

— Desde o começo da vida. A mãe dela morreu no parto e depois disso ela nunca escapou totalmente da morte. A morte nasceu com ela, se agarrou nela como um aroma para todo o sempre, seu odor primitivo.

— Entendi. — Kastenbaum se surpreendeu por não ficar surpreso. Marianne sempre lhe pareceu morta, ou pelo menos semimorta; foi por isso que, de saída, ele foi contra a sua contratação. Todas as outras mulheres — elas eram tão vivas!

— Então, se ela pode morrer e depois ressuscitar — ponderou Kastenbaum —, o que é que você faz?

Henry sorriu e deu de ombros. Era como se ele mesmo não pudesse acreditar.

— Às vezes ela precisa de uma ajudinha.
— Continue.
— É tudo uma questão de tempo – explicou-lhe Henry. – Quanto mais tempo ela passa morta, mais difícil é ela ressuscitar. Para fazer o truque, para ela ficar ali deitada no palco, enquanto alguém da plateia vinha atestar seu estado, ela vai longe demais para conseguir voltar sozinha.
— E? – indagou Kastenbaum.
Os olhos de Henry sumiram na escuridão. Só sobrava sua voz.
— Ela me mostrou como se faz. Sei como passar para o outro lado.
Kastenbaum balançou a cabeça: essa história estava deixando-o exausto.
— Espera aí. Você está me dizendo que também morre?
— Não – disse Henry. – Acho que não. Mas posso ir lá, seja lá onde for, e achá-la. Não sei onde fica, nem o que é. É uma espécie de intervalo, e ela fica flutuando, e a vejo e penso "Marianne". É só isso o que faço. Penso "Marianne". E ela volta no mesmo instante. Nós dois voltamos. E é aí que saímos do armário.

Henry foi ao outro quarto dar uma olhada em Marianne – agora, por motivos óbvios – e Kastenbaum quebrou sua regra rigorosa de não beber antes do meio-dia, se serviu de um copo do uísque de Henry e tomou-o de um gole só. Aguardou até que a bebida lhe subisse à cabeça e esquentasse seu sangue.
Henry fechou a porta atrás de si, com muito cuidado.
— Ela está bem – disse ele.
— Você passou um tempinho sumido – disse Kastenbaum. – Não sei se você não deu uma viajadinha. Sabe. Até o outro lado.
— Ele estava fazendo piada, ou ao menos tentando.
Henry não respondeu nem abriu um sorriso – tinha se tornado tão sério nas últimas semanas –, mas olhou para o copo de Kastenbaum e a garrafa ao seu lado.

– Está cedo para você, não está?
– Você quebrou sua regra e eu a minha.
– Entendi – disse Henry. – Bem, acho que vou te acompanhar.
Mas no instante em que enchia um copo de uísque, alguém começou a bater à porta. Henry pôs a garrafa na mesa.
– Eu atendo – disse Kastenbaum. – Por que você não acende a luz? Está uma escuridão aqui.
Henry acendeu uma luz e ficou atrás de Kastenbaum quando ele abriu a porta. Era um velho. Ou ao menos parecia. Porém, ao analisá-lo, Henry percebeu que o homem não podia ser muito mais velho que ele mesmo. Usava um terno antigo feito muito tempo antes para algum homem menor que ele. Olhos vermelhos e tristes afundavam no seu rosto como se tentassem se esconder sob o crânio; a pele estava descascada e rachada por causa do frio. Até suas costeletas pareciam não encontrar forças para crescer; emolduravam seu rosto como fios de metal. Envolto em uma película cinza, uma manta de poeira. Pela primeira vez em anos, Henry pensou no próprio pai.
– Você é... o Henry Walker? – perguntou o homem, ansioso, virando a cabeça para o lado como um cão aguardando uma palmada.
– Não – respondeu Kastenbaum com um riso, dando um passo para o lado.
– Sou eu – disse Henry.
– O mágico? – indagou o homem. – O Grande Henry Walker?
– Isso mesmo.
O homem ficou fitando Henry, seus olhos quase brilhavam.
– O Grande Henry – repetiu ele.
O homem continuou parado, como se não soubesse o que fazer.
– Posso ajudá-lo? – perguntou Henry.
– Espero que sim. Meu bom Deus, eu espero que sim. – Ele hesitou. – Ouvi falar do que aconteceu ontem à noite – declarou, parando um instante para respirar depois de cada palavra. O elevador já estava quebrado havia algum tempo; a jornada escada

acima era longa. – Eu não fui, sinto lhe dizer. Mas ouvi falar. Li nos jornais, e todo mundo está falando, como você deve saber.

– Obrigado – disse Henry, embora parecesse ser a coisa errada a dizer.

O homem aproximou-se de Henry e sussurrou:

– Foi um milagre, não foi?

– Pareceu ter sido – respondeu Henry –, e é isso o que importa.

– Mas aconteceu, não foi? Aconteceu *de verdade*.

– O que aconteceu, aconteceu.

Agora, o homem estava mais animado, respirando com sofreguidão, a cabeça movendo-se para cima e para baixo. Com olhos arregalados, um sorriso enlouquecido no rosto, ele se aproximou mais ainda.

– *Você a ressuscitou* – disse ele. Henry olhou para Kastenbaum.

– Você a ressuscitou, não foi? – repetiu o homem.

Henry assentiu.

– Foi, sim.

Por fim, o homem parecia satisfeito, como se tivesse escutado o que queria, e Henry esperava que ele desse meia-volta e fosse embora. Mas ele não o fez. Em vez de partir, fez um gesto para que quem estivesse no canto se apresentasse.

Havia duas pessoas. Uma delas era um homem robusto, que Henry imaginou ter uns vinte anos, mas o outro era apenas um menino, magricelo e baixinho, com um rosto branco com marcas de varíola. Carregavam algo enrolado num lençol velho e amarelado, cada um segurando uma ponta, e no instante em que viu aquilo Henry soube do que se tratava. Kastenbaum também.

Puseram o corpo no chão.

O mais velho se ajoelhou e puxou o lençol com muito cuidado. Os olhos da falecida estavam abertos e seu rareado cabelo castanho estava puxado para trás, como se tivesse sido embonecada para esse compromisso. Era capaz até de terem passado um pouco de maquiagem. O casaco estava abotoado de cima a baixo. O longo vestido azul tinha subido, revelando seus tornozelos, e o velho o puxou para baixo com todo o carinho.

– Ontem à noite – disse o homem, puxando com delicadeza um cabelo que caía no rosto dela. – Aconteceu ontem à noite. Não havia nada que pudéssemos fazer. Não podíamos comprar remédio, não temos médico. Também não tínhamos como levá-la para um lugar agradável, você sabe que existem: chamam de sanatórios.

– Ela...

– Doença – explicou o homem. – Tuberculose.

Henry se ajoelhou para olhá-la mais de perto. Estava zonzo. O homem o lembrava o pai, assim como a mulher o fazia lembrar-se da mãe e dos dias que passara diante da janela, vendo-a morrer. Era como se ele estivesse ali de novo, um menino, e Hannah ao seu lado, ainda uma menininha.

– Por favor – disse o homem. – Não posso lhe oferecer dinheiro. Mas você estará em nossas orações para sempre, e não existe nada mais poderoso que isso na terra verde de Deus.

– Exceto você – disse o menininho. – Você é mais poderoso.

– Isso mesmo – confirmou o homem. – Exceto você.

Kastenbaum ficou parado atrás de Henry, estupefato em um silêncio gelado.

– Traga ela de volta – pediu o homem. – Por favor. Ela é a mãe do menino. Olhe só para ele. É jovem demais para ficar sem a mãe. Ele precisa dela. E nós todos também precisamos. Ela era... tudo.

A família aguardou num silêncio sagrado Henry fazer sua mágica. Mas ele nem se mexeu. Não conseguia. Olhou para eles, um por um. O homem robusto começou a chorar sem emitir nenhum ruído, as lágrimas descendo pelo rosto como chuva. O velho tocou o rosto da esposa e fixou o olhar em seus olhos, e o menininho piscava sem parar, mas não tirava os olhos de Henry, nem por um segundo.

Henry balançou a cabeça. Tentou falar, mas nenhuma palavra saía quando ele abria a boca. Não tinha nada a dizer, nada a fazer. Então, após um derradeiro olhar para o corpo estirado no chão, ele os afastou, entrou no seu quarto e fechou a porta devagar.

A família observou, ainda assim não desesperançada. Imaginaram que podia ser um bom indício. Era parte da mágica, com certeza. Ele ia pegar a varinha, ou a poção, ou a bola de cristal – qualquer que fosse a técnica que ele usava para isso, para trazê-la de volta do mundo dos mortos. Tinha certeza disso.

Aguardaram ali, em silêncio total, todos tão imóveis quanto a própria falecida.

Passaram muito tempo esperando.

– Cadê ele? – indagou o velho. – O que ele está fazendo?

– É melhor vocês irem embora – avisou Kastenbaum.

– Irmos embora? – disse ele. – Mas o mágico...

– Ele não vai voltar – afirmou Kastenbaum.

Mas isso não parecia fazer nenhum sentido.

– Não vai voltar? Tem certeza? – perguntou o homem.

Kastenbaum assentiu.

O velho olhou para o filho. O menino estava ajoelhado ao lado da mãe, passando os dedos em seus cabelos: fora ele quem a arrumara.

– Entendi – disse o velho, mas era evidente que ele não entendia, não sabia como as coisas chegaram a esse ponto. Nada mais fazia sentido. – Então não sei o que fazer – disse ele. – É melhor a gente deixá-la aqui?

– Deixá-la? – espantou-se Kastenbaum. – No chão? No meio da sala?

– Caso... Caso ele mude de ideia.

Mas Kastenbaum fez que não com a cabeça e fechou os olhos com força. Não aguentaria mais nenhum instante daquela situação. Desejava uma bebida. Só queria que aquelas pessoas fossem embora para que ele pudesse beber. Mas elas não se mexiam. Nada estava acontecendo do jeito que tinham imaginado: Kastenbaum logo entenderia como estavam se sentindo.

– Então, o que é que a gente faz? – perguntou o homem.

Ela parecia pequenina, a esposa do homem, parecia encolher diante de seus olhos. Talvez sua alma estivesse a postos, esperando um milagre. Mas agora sua alma se fora.

– Ela está morta – declarou Kastenbaum. – Enterre.

Kastenbaum voltou ao escritório, se estendeu sobre a fria escrivaninha de metal e olhou para o teto com infiltração. Nunca tinha olhado para o teto dessa forma. Sem desviar o olhar, sua mão esquerda abriu a primeira gaveta da mesa e ele pegou, às cegas, uma garrafa de uísque. Molhou o bico, estremeceu e depois começou a falar sozinho, o que fazia de vez em quando.

– Marianne La Fleur vive tão perto da morte quanto alguém conseguiria viver – discursou ele. – Mas ela não está doente; simplesmente é assim. Ela pode flutuar livremente entre os dois mundos, como se estivesse indo de um cômodo a outro. Para onde ela vai? Para uma espécie de terra de ninguém, e fica lá flutuando, flutuando na escuridão, e ele consegue vê-la, e segura sua mão, e é aí que ela volta. É aí que eles saem do armário.

Ele se permitiu um momento para pôr tudo em ordem, o significado das palavras, o eco da história de Henry, até que seu cérebro fermentado pudesse acessar esses dados.

– Absurdo – disse ele.

Era um absurdo. Henry tentou enganá-lo acrescentando uma reviravolta à história. Tratava-se de um truque. É disso que é *feita* a mágica: truques, truques feitos de um jeito que não pareçam truques, truques tão cheios de truques que nem podem ser considerados truques. E é isso o que um mágico é: nada mais que um trapaceiro. A mulher flutuante nada mais era do que uma mulher suspensa por cordas instaladas de forma astuciosa e uma barra em forma de U na ponta, para fazer o trabalho pesado. A Cabeça Suspensa – tudo espelhos formando ângulos. Não era mágica – era geometria! Era tudo novidade, claro, mas a história da mágica dizia respeito ao novo virando velho, e virando velho rapidamente. Com o tempo, todo mundo estaria apresentando o número da Garota Morta. Descobririam como fazê-lo, e em breve as pessoas voltariam do mundo dos mortos, em tudo quanto é lugar.

Henry o tratou como um caipira qualquer. Era isso o que doía. Doía como uma faca cega abrindo seu peito. Ele desejava – precisava – desse negócio. Precisava com ardor. Porém, mais do que isso – um segredo que guardara de todo mundo, menos de si – ele queria um amigo.

Adormeceu no escritório e só acordou na manhã seguinte, quando o telefone começou a tocar.

O telefonema vinha do escritório de Jason Talbot, do Virago, na Filadélfia. Sua secretária, com voz rouca:

– Sr. Talbot, o Sr. Kastenbaum está na linha.

O Virago era uma parada importante da turnê. A imprensa de Nova York ia até a Filadélfia, mas a imprensa da Filadélfia ia até Ohio, e precisavam disso, de um trampolim para a jornada pelos Estados Unidos, e depois – quem sabe? – pelo mundo.

– Obrigado, Miranda – disse o Sr. Talbot. Ele pigarreou. Talbot acordava com um cigarro na boca, e, sem nem um olá ou um como vai, ele começou: – Eu li o *Times*, Kastenbaum.

– Sim, senhor. Uma bela matéria, achei.

– Bela matéria – concordou ele. Ou tinha sido "Bela matéria?", tipo uma pergunta? Kastenbaum não soube dizer, a princípio. – Não ficou muito claro para mim o que foi que aconteceu. Espero que você possa me explicar direito. Pelo que entendi, o seu Henry Walker tem uma assistente. Ela morre. E aí ele a ressuscita. Fim do espetáculo. Isso dá conta de tudo?

— Sim, senhor — disse Kastenbaum. — Basicamente. É uma maravilha, senhor. Médicos que estavam na plateia, médicos de verdade, subiram e examinaram-na, e declararam sua morte na hora. Depois, por milagre, a vida retorna. Nunca fizeram nada parecido.
Talbot gargalhou.
— Não é difícil saber por quê, não é?
Kastenbaum abafou um bocejo. Estava complicado ficar acordado neste mundo.
— Perdão? — disse ele.
Talbot explodiu. Kastenbaum teve que afastar o telefone da orelha.
— *Quem* vai querer assistir a um *espetáculo desses?* — berrou ele.
— Quem? — repetiu Kastenbaum. — Quem? Aqui, o espetáculo causou um estrondo, Sr. Talbot. As pessoas adoraram. Elas adoram mágica. Ficaram bastante satisfeitas.
— Sou uma delas, Kastenbaum. Adoro mágica. Pombas desaparecendo. Mulheres flutuando. Arremesso de facas às cegas naquela, aquela...
— Roda da morte — disse Kastenbaum.
— Roda da morte. Exatamente. Mas morte *mesmo?* Kastenbaum, segundo o *Times*, ela não chega perto da morte. Ela *morre*. De verdade. E você quer vinte mil por esse prazer? Pode até ser um espetáculo para Nova York, Kastenbaum, mas não é um espetáculo para a Filadélfia. O povo daqui ainda não está preparado para algo desse tipo. *Eu* não estou preparado para algo assim.
— Sr. Talbot, por favor...
— Ele foi um herói de guerra, Kastenbaum. Eu imaginava que ele fosse tirar vantagem disso. Derrotar Hitler com um feitiço mágico ou algo assim, não sei. É esse o público dele. Não uma asneira com uma garota morta. É assustador, isso sim, Kastenbaum. Assusta *a mim*! Se é isso o que ele tem em mente, não pode vir para cá. Não, senhor. Nem agora, nem nunca.
— Está cometendo um grande erro, Sr. Talbot.
— É mesmo? Acho que não.

E, com um estalido, a linha caiu. Mas Kastenbaum segurou o telefone por muito tempo, o fone colado à orelha, até que a telefonista pegou a linha e perguntou se ele desejava fazer uma ligação.

A partir daí, os cancelamentos não pararam de pingar. New Haven, Boston, Scranton, Burlington, Richmond, Washington. Todos tinham as próprias razões. A de Boston foi religiosa ("Suponho que isso faça de Cristo um mágico como outro qualquer?"). A de New Haven era mais prática. Perguntavam-se: se ela *não* voltasse a viver, se algo desse errado, e então? O que fariam com uma mulher morta nas mãos? Kastenbaum tentou lhes explicar que era apenas um truque, um truque como qualquer outro, mas quando lhe perguntavam como era feito, ele tinha de dizer que não sabia, a merda da fé do mágico e tudo o mais. Richmond disse que era inconveniente, pura e simplesmente. Não era um espetáculo familiar, e era isso o que procuravam. E Scranton disse que, a não ser que ele dispensasse a garota e apresentasse algo mais tradicional, algo patriótico, eles não o queriam. Ponto final.
   Antes do almoço ele já tinha recebido dezenove telefonemas nesse estilo – todas as datas que tinham marcadas, à exceção de uma. O último cancelamento veio por telegrama. Ele leu, terminou com a garrafa e deu a manhã por encerrada.
   – Estou ferrado – disse ele.
   Era verdade.

Às três e meia, Kastenbaum já estava muito embriagado, muito, mas ainda precisava de muita reflexão para concluir que se achava bêbado e que já tinha um tempo que se encontrava assim, de qualquer forma, estava tão ébrio que desde a manhã do dia anterior não tinha parado de beber. Então começou a se perguntar se passara algum minuto realmente sóbrio – mesmo que apenas alguns minutinhos – naquela última semana, e nas anteriores àquela. Tinha, de fato, boiado numa bruma de álcool todo esse tempo? Sim. E quem sabia? Sem saber de verdade como era não estar embriagado – era possível que estivesse assim há alguns anos. O que explicava todas as decisões idiotas que tomara ao longo de sua vida adulta, toda a ambição tola.

Vinham de uma garrafa.

Com tal sabedoria nas mãos, ele pegou o caminho do apartamento de Henry, num trajeto que já sabia de cor.

– Você está bêbado – disse Henry.

Kastenbaum sorriu, vacilante.

– Bêbado? Estou mesmo. Estou para lá de Marrakesh. E sua desculpa, qual é?

Pois Henry, ao menos através dos olhos baços de Kastenbaum, também não parecia estar muito bem. Estava pior que no dia anterior. Esquelético e trêmulo, estranho ao sono, doente até os ossos. Agora, com a regata que usava por baixo da camisa e as calças pretas que trajava no palco, ele parecia um mendigo num dia ruim. Kastenbaum tentou não pensar muito nisso.

Ele entrou aos tropeços, tirando um chapéu imaginário, e passou os olhos pela sala toda com uma curiosidade simulada.

– Ela ainda está dormindo? Ou, Deus nos livre, ela está morta? Se for esta última opção, será um prazer esperar enquanto você vai buscá-la. Faça sua viagenzinha até o mundo dos mortos. Antes que ele fique apinhado com os grupos grandes de turistas e tal.

Henry não achou a piada tão engraçada quanto Kastenbaum, que pelo menos riu bastante dela e continuou rindo por um bom tempo. Depois parou e olhou para Henry com mais atenção. Seu rosto estava sombrio e perdido; os olhos estavam tão escuros que pareciam machucados, as partes brancas estavam vermelhas, como se sangrassem. Henry agigantou-se sobre Kastenbaum. Sempre fora mais alto, mas agora parecia ser imenso, como uma árvore, e Kastenbaum não sabia bem por quê, se tinha a ver com quanto ele estava bêbado ou quanto Henry estava sóbrio. Talvez tudo fosse um efeito do álcool, visto que agora havia mais álcool que nunca dentro dele.

— Então, qual o problema, Henry? Manda ver.

Henry quase sorriu.

— Somos uma dupla, você e eu – declarou ele.

— Eu também achava isso.

Henry perambulava sem rumo pela sala de estar enquanto falava.

— Você me achou – explicou ele. – Você me achou quando eu precisava ser achado. Em menos de um minuto você já tinha virado um amigo, o meu amigo. E espero que você sempre seja.

— Isso deixa meu coração contente, Henry – disse ele. – Mas as coisas não são mais assim. Agora, só importa a Marianne. Se você negar, vou saber que você está mentindo.

— Não. Você está certo. Agora, só ela importa.

Kastenbaum se aproximou do bar e lançou um olhar amoroso para o uísque. Na garrafa, não havia bebida suficiente para fazer alguma diferença. Sem virar a cabeça, declarou:

— Acabou, Henry.

— O quê? Acabou o quê?

— Nós. Isso. Tudo. Cancelaram-nos. Acredite ou não, ninguém quer ver Marianne morrendo! Ou pelo menos ninguém quer nos pagar para ter esse privilégio. Ninguém. Diga o nome de qualquer lugar, é lá que nós não vamos nos apresentar.

Quando virou o rosto para olhá-lo, viu que a expressão de Henry não tinha mudado. Nenhum choque, nenhuma tristeza, nada. Era como se não tivesse mais sentimentos genuínos.

— Tudo bem – disse Henry. – Tudo bem. Sim. Eu também acho. Na verdade, eu ia te dizer isso mesmo.

— Sério? E quando você estava pensando em me dizer?

— Hoje – afirmou Henry. – Eu já sabia há algum tempo, mas não queria admitir, não queria acreditar. Mas agora não dá para

fugir da realidade. Eu... não posso fazer isso de novo. Cada vez que a busco, ela está mais distante. Um dia...
— Deixe-me adivinhar: você não vai conseguir mais.
Henry assentiu.
— E tem mais, Eddie — avisou ele —, tem coisas que eu não sabia quando nós começamos tudo isso. É sobre a questão de salvá-la. Toda vez que vou para o outro lado, para buscá-la, toda vez, tenho que abrir mão de uma parte da minha própria vida. É esse o meu ingresso. Toda vez fico mais perto da minha própria morte.
— Você já está parecendo semimorto — declarou Kastenbaum.
— Eu sei. Tenho que parar. Você tem que me ajudar.
E, apesar de todos os seus instintos, Kastenbaum de repente voltou a se encher de esperança. Esperança: ele pensou que nunca mais saberia o que é isso.
— Sim! Sim! É disso que estou falando! Vou te ajudar, sem dúvida. — Deu um tapinha nas costas do amigo. — É óbvio! Podemos voltar aos velhos truques consagrados! Mágica *de verdade*. Os coelhos e a leitura de mentes e o... o... É disso que você está falando, não é? Vou dar uma ligada para todo mundo agora mesmo. Acho que podemos nos reerguer das cinzas, afinal de contas.
Mas Henry fez que não com a cabeça.
— Não posso montar outro espetáculo — declarou. — Não com a Marianne desse jeito. É tudo muito... tudo muito tênue. Ela precisa de toda a minha atenção.
— Mas eu pensei...
— Tenho que me dedicar a ela antes de ter alguma chance.
— Mas chance de quê? O que você diz não tem lógica, Henry.
— De mantê-la aqui — esclareceu Henry.
— Mas se ela está doente, ela precisa de um médico. Um médico de verdade.
— Você não entende! — Henry o segurou com força pelos ombros e o sacudiu. Kastenbaum tentou se livrar de suas garras, mas não conseguiu, tentou porque, pela primeira vez desde que co-

nhecera Henry, Kastenbaum ficou realmente com medo. Estava com medo de Henry. Henry perdera a cabeça.

Puxou Kastenbaum para perto dele, ainda segurando-o com força. Seus corpos se tocaram. Henry sussurrou no ouvido de Kastenbaum.

– Você não entende – disse ele. – Você não entende as forças que estão pelo mundo conspirando para nos destruir. *O mal.* Não é papo de escola dominical, Eddie. O mal existe. Ele é real. Ele está vivo. E tem um plano. Sei qual é o plano porque passei minha vida inteira estudando-o, para tentar *entender*. E acho que entendi. Acho que entendi.

A respiração de Kastenbaum tornou-se superficial. Ele nem piscava. "Fique imóvel", pensou ele. "Desapareça."

– É tudo muito simples, Kastenbaum – anunciou Henry. – O plano dele. Primeiro, ele pega o mais fraco de nós. É o ponto de partida. Faz sentido, não faz? O mais fraco de nós. Mulheres. O sexo frágil, não é? São as mulheres, elas são fracas, porque *sentem* as coisas com muita intensidade. É assim que ele tira vantagem delas. E quando elas se vão, os fortes, independentemente da força que têm, também ficam fracos. E, um por um, ele chega a todos nós. Todos nós. "A não ser que lutemos contra ele." A não ser que tomemos uma decisão. A não ser que digamos: "Não. Não, não mais."

– Não mais – repetiu Kastenbaum, com o mesmo sussurro grave. – Não mais! Pronto. Eu disse.

Henry soltou suas garras e recuou um pouco.

– Não posso morrer, Eddie. Não agora. Tenho meus próprios planos. É para isso que preciso da sua ajuda.

– Claro, Henry – disse ele, se afastando. – É só pedir.

Henry pegou Kastenbaum pela mão e conduziu-o até o banheiro. Ambos pararam diante do espelho e se olharam nele. Em seguida, Henry abriu o armário e pegou uma lata de graxa. Abriu a tampa, pegou o pincel e começou a passá-la no rosto, de faixa em faixa, até ficar totalmente coberto, até ficar preto por completo e a parte branca de seus olhos brilharem em meio ao negrume como grãozinhos de luz.

Kastenbaum teve a impressão de que entrara em outro mundo. O que estava havendo? Não conseguia falar e não tinha ideia do que falaria caso conseguisse.

– O mal sempre vence – afirmou Henry. Sua voz estava baixa, tensa, gutural. Soava como se estivesse possuído. – Um dia o mal acaba vencendo. Lutamos contra ele porque é a atitude correta a tomar, mas no fim sempre perdemos. Sempre. Pois, para sermos bons, bons de verdade, há regras, temos regras dentro de nós, que precisamos seguir para sermos assim, para continuarmos sendo bons. E o mal pode fazer o que bem entender. Não é uma luta justa. Mas juntos, você e eu, talvez possamos fazer alguma coisa. Algo não para impedi-lo, mas pelo menos para diminuir seu ritmo.

Kastenbaum se afastou de Henry até chegar ao corredor, e depois foi mais longe, voltando à sala. Ali, sentiu que tinha escapado de algo, que só agora se encontrava a salvo. Sua respiração estava rápida e profunda. Aguardou, mas Henry não o seguiu, e depois de alguns instantes ficou claro que ele não iria sair mais. Outra vez de olho no uísque, Kastenbaum começou a achar a pocinha no fundo da garrafa mais apetitosa. Tirou a rosca e despejou o pouco líquido que havia ali. Era o indício de algo belo, como entrar em uma sala e escutar as últimas notas de uma canção.

Quantos filhos precisam marcar hora para ver o próprio pai? Se havia outros, Kastenbaum não os conhecia. Imaginava que filhos pudessem entrar no escritório de seus pais quando quisessem, e estes ficariam contentes ao vê-los. Porém, muito tempo antes, mais ou menos no seu décimo aniversário, o pai transformou a relação dos dois de uma coisa filial a puramente profissional. O Kastenbaum sênior não era mais seu pai de verdade. Era o futuro patrão e seu filho era o futuro empregado, portanto, havia regras a seguir, havia formas de agir. O pai poderia recebê-lo na quinta-feira, às três horas. Amanhã. Isso daria a Kastenbaum tempo de ficar limpo.

Na pequena e solitária cadeira diante da enorme mesa de mogno do pai, Kastenbaum Júnior explicou a Kastenbaum Sênior a série de acontecimentos que culminou no fracasso inevitável e colossal que era Henry Walker. O pai o escutava passivamente, sem trair o menor interesse, mesmo quando o filho lhe contou a natureza do truque de Henry e insistiu que não se tratava de um truque. Para ele, era tudo questão de negócios.

Quando terminou, o pai assentiu.

– É uma pena, Edgar – disse ele. – No começo, você estava tão esperançoso. Esperançoso demais, talvez. Mas quanto mais alto subimos, mais dura a queda.

– Eu sei.

– Quem anda devagar e sempre vence a corrida.

– É o que o senhor sempre diz.

Havia um leve tom de crítica nesse último comentário, mas era o bastante para que um pai percebesse e ficasse ofendido.

– Bem, estou decepcionado – disse o pai. – Não preciso nem falar, é claro.

"Mas é claro que você precisava falar", pensou seu filho. E continuou o pai:

– Essa ia ser a sua investida no mundo dos negócios, e provaria para mim e para todo mundo dentro desta empresa que você não é só o meu filho, mas também a pessoa certa para sentar nesta cadeira aqui quando eu abandoná-la. Odeio o nepotismo. Não é justo com os outros, que trabalham duro independentemente do sobrenome que têm. Mas seria insincero da minha parte sugerir que eu não devia ter lhe dado uma mão. Eu tinha que dar. Isso já põe seu pé na porta, mas o que você faz quando entra na sala é o que importa.

– Eu sei – disse o filho. – Eu sei.

O pai pegou seu cachimbo na pequena estante de latão onde ficava guardado, deu uns tapinhas, acendeu-o e engatou em uma de suas intermináveis pausas para pensar, olhando para os céus como se travasse uma conversa com o Próprio Senhor, cujos resultados ele dividiria contigo em breve.

— Ambos sabemos o que isso significa — disse ele.

— Sim. Mas acho que mereço outra chance — respondeu Kastenbaum, interrompendo o pai antes que este dissesse o que Eddie sabia que ele diria, pois depois que o pai dissesse, não haveria mais volta.

O pai pensou nisso. Fez seu filho se sentir diminuído ao encará-lo com os olhos apertados.

— Pelo que você me contou, a garota parece ser o problema.

— Isso mesmo.

— E Henry é um artista. Os artistas não tomam decisões de ordem prática. Não é essa a função deles. É a sua função, não é?

— Sim — disse Kastenbaum.

— Então não entendo qual é o problema.

— Vim aqui pedir conselhos ao senhor, pai — explicou.

— E estou aconselhando-o.

— O quê? Não entendi.

— A garota — disse o pai. — Você precisa lidar com ela. Falar com ela. Fazer com que veja o dano que está causando. Com certeza ela vai entender. — Kastenbaum assentiu. — Faça seu trabalho, filho. É só o que posso lhe dizer. Faça o seu trabalho.

O pai olhou para o relógio. A reunião estava encerrada. O pai se levantou e apertou a mão do filho do mesmo modo que a do último homem que tinha entrado no seu escritório, assim como apertaria a do próximo.

Kastenbaum sabia o que tinha de fazer.

Era, segundo ele mesmo, um plano genial. Estava satisfeito consigo mesmo, tão satisfeito que, ao chegar ao seu solitário escritório, se serviu de uísque e secou o copo num só gole com um prazer de marinheiro. Telefonou para Henry e disse-lhe que tinha uma ideia. Só precisava de um despertador, um desses novos, um Big Ben. Em vez de passar metade da noite acordado, ele poderia ajustá-lo para que tocasse de hora em hora, assim ele acordaria e veria como estava Marianne. Henry concordou com entusiasmo: era exatamente disso que precisava! Disse que ia sair naquela hora para comprar um.

Kastenbaum aguardou alguns minutos e telefonou de novo. Tocou várias vezes, mas por fim a voz de Marianne atendeu.

– Alô? – disse ela.
– Marianne? Aqui é o Kastenbaum.
– Ah. Oi, Edgar.
– Espero não ter te acordado.

Ela não respondeu.

– O Henry saiu – disse ela.
– Eu sei. Ele me pediu para ligar. Houve uma mudança de planos. Ele quer que nós todos nos encontremos no armazém.
– Tem um armazém?
– Onde a gente guarda os equipamentos – explicou ele. – Os equipamentos que ainda não usamos.

Onde todos os equipamentos inutilizados estavam guardados, juntando poeira, custando um dinheiro que ele não tinha mais. Só de pensar nisso ele já ficava zangado, ressentido. Mas tentou se conter.

– É logo na esquina da Sexta Avenida.
– Eu não sei – disse ela. – Cadê o Henry?
– Ele vai estar lá. Confie em mim.

O armazém ocupava um quarteirão inteiro; os equipamentos de mágica tomavam apenas uma partezinha dele. O restante estava apinhado de velhas mesas de metal, cadeiras de madeira e caixas cheias de bulbos de tulipa antigos que, por uma ou outra razão, não eram bons, coisas não exatamente descartadas dos muitos escritórios que seu pai tivera ao longo dos anos, guardadas ali porque os objetos sempre tinham alguma utilidade, mesmo quando não estava claro qual poderia ser. A parafernália de Kastenbaum se achava num canto escuro e bolorento em algum lugar perto dos fundos.

Encontrou-se com Marianne na porta de metal corrugada e, depois de abri-la, levou-a para dentro. Agora, ele achava difícil até olhar para ela. Como um fantasma, pensou ele, a imagem de uma mulher, longe de ser real. Já morta.

– Henry está aqui?
– Ainda não – respondeu Kastenbaum. – Já vai chegar. Enquanto isso, por que não damos uma olhada em todas as nossas máquinas maravilhosas? Você ainda não viu todas. Acho que você vai achá-las fascinantes.

Enquanto caminhavam pelos corredores vazios, passando por estantes vazias e mesas com três pernas, Kastenbaum puxava os fios ligados às luzes bem acima deles, lâmpadas pequenas e distantes que quase não geravam luz, somente outro tom de escuridão. Olhou para Marianne. Não sabia se ela já estava desconfiada ou apenas confusa. Ela andava muito devagar, e olhava ao redor com os olhos bem arregalados, como uma criança em um museu.

– Sempre me perco aqui atrás – declarou Kastenbaum, tentando entabular uma conversa agradável. – É um labirinto.

– Cadê o Henry? – questionou Marianne, e dessa vez ele percebeu um leve tom de medo em sua voz. Não ficou surpreso: ele também estava com um pouco de medo ali nos fundos do armazém.

– Está a caminho, tenho certeza.
Ela parou.
– A gente devia voltar – sugeriu ela. – É melhor a gente esperar por ele lá fora.

Quando ela se virou, ele a agarrou pelo pulso e a segurou – com força demais. Não tinha a intenção de segurá-la com tanta força. A questão é que ele tinha bebido quase que além da conta. Nunca

passava da conta, mas muitas vezes chegava perto, e essa foi uma das vezes. Estava um pouco tonto, um ou dois segundos atrasado em relação ao tempo real.
Ele a soltou e se desculpou com um sorriso.
– Chegamos.
Ele puxou outro fio e, enquanto seus olhos se acostumavam às sombras lançadas pela luz cinzenta, todos os instrumentos para uma ilusão prazerosa surgiram diante deles. Havia algo de mágico em simplesmente olhar para eles, pensou Kastenbaum, e ele percebeu, provavelmente pela primeira vez, o verdadeiro motivo que tivera para achar Henry quando este chegou, ao voltar da guerra. Evidente que se tratava de uma decisão empresarial e, caso as coisas tivessem acontecido de outra forma, teria sido uma belíssima decisão. Mas era mais que isso. Esse acesso a um outro mundo era o que ele procurava – a dignidade que vem de saber algo que pouquíssimas pessoas no mundo sabem, aqueles segredos da dissimulação. Conhecê-las tinha um significado especial, e ele se sentia especial cercando-se de tudo isso. Esse era o grande truque, depois de tudo o que lhe aconteceu: Kastenbaum, por um instante, ficou feliz de verdade.
– Então... O que você acha?
Marianne olhou ao redor, seu rosto não traía nenhuma emoção.
– Era isso o que Henry ia fazer – disse ela. – Era o que você queria que ele fizesse.
– Mas ele não fez – respondeu, forçando um sorriso. – Não fez. Não sei se ele já trabalhou com peças tão grandes, tão modernas. Tenho certeza de que ele nunca teve um Fantasma de Pepper. Poucas pessoas têm.
Marianne não transparecia interesse – parecia tão desalmada, tão vazia de tudo o que era humano –, mas Kastenbaum não ligou. Ele prosseguiu.
– É difícil de explicar. Mas, basicamente, ele projeta a imagem de um fantasma no palco, onde ele interage com pessoas de carne e osso. Fica muito realista, muito crível.

Queria manter uma conversa amistosa. Ele não falou "Você ficaria perfeita como o fantasma".
Ele andou até uma mesinha de madeira, tropeçou numa corda, se aprumou.
– E aqui é onde o Henry, se quisesse, poderia ficar sem cabeça.
Isso chamou sua atenção.
– Sem cabeça – repetiu ela. – Por que...
– Não no sentido literal. São apenas espelhos. Muito simples, mas muito eficaz.
– O Henry não está aqui – disse ela baixinho. Pareceu resignada.
– Paciência. Tem mais uma coisa que quero te mostrar. Está aqui no canto.
Ele a pegou pelo braço outra vez, dessa vez com mais delicadeza, e levou-a à beirada da luz. Passaram um instante em silêncio, olhando fixo.
– O que é isso? – perguntou ela.
– É a roda – explicou. – A roda da morte. É bem o seu estilo, não é, Marianne? – Pela primeira vez, uma amargura mesquinha dominou sua voz. Uma acusação. – Achei que você ia gostar.
Agora ela sabia. Devia saber. A forma como ela olhou para ele, para a roda. Tão sombria e desesperançada. Ela quase esboçou um sorriso.
– A roda da morte.
– Chegue perto e dê uma olhada – pediu ele. – Por favor. Chegue mais perto.
Ela chegou. Flutuou devagar sobre o piso de concreto e tocou – a madeira escura e lascada, as algemas de metal, o círculo externo da própria roda. Movia-se de um lado a outro e, depois, com mais força do que ele imaginou que Marianne possuía, ela a girou. Fez uma única rotação.
– Não entendo – disse ela.
– Então, deixa que explico – declarou ele e ficou a seu lado diante da roda. – Há duas braçadeiras. Duas no alto e duas em-

baixo. É onde você, quer dizer, a assistente do mágico, coloca os pés e as mãos. Seus braços formam um ângulo na roda, seus pés ficam a mais ou menos trinta centímetros de distância um do outro. E aí a gente *gira*. – E Kastenbaum deu impulso na roda. – E, enquanto a assistente gira sem parar, Henry, ou o mágico, quem quer que ele seja, atira facas em você. Não em você, na verdade, e sim na roda. Parece perigoso, mas um bom atirador de facas não tem dificuldade nenhuma de acertar os espaços em volta da garota. É fácil. – Kastenbaum riu, deu de ombros. – E é esse o truque.

– Mas não é um truque – contestou ela, tocando de leve numa das braçadeiras de metal. – É habilidade. É uma mira ótima.

– Exatamente.

– Então é possível... pode-se cometer erros.

– É possível. Mas...

– Há uma chance – afirmou ela. – Você se põe nas mãos dele, a sua vida fica nas mãos dele.

– Sim – disse ele. – Acho que é isso mesmo. Fica nas mãos dele.

Marianne ainda não tinha tirado os olhos da roda.

– Quero ver como é – declarou ela.

– Como é? – indagou Kastenbaum. Não esperava por isso. – Você está querendo dizer...

– Me ponha na roda – pediu ela.

– É claro – disse Kastenbaum, se recompondo rapidamente. – Quer dizer, por que não? Pise aqui... Isso mesmo... Agora levante um pouco os braços para que eles fiquem perpendiculares ao seu corpo, perto das garras. É isso aí. Muito bem... pronto.

E ele fechou as braçadeiras. Primeiro as dos pulsos, em seguida as de baixo, que seguravam os tornozelos.

– Você está bem?

– Estou – respondeu ela.

– Ótimo – disse ele. – Ótimo.

– Agora gire – pediu ela.

Ele riu.

– Girar? Tem certeza?

— Tenho.

— Isso pode te deixar meio tonta.

— Acho que eu aguento — disse. — Por favor, gire.

Ele girou e Marianne começou a se mover em círculos, primeiro devagar, mas, depois de um segundo impulso, mais rápido, dando voltas e voltas, três, talvez quatro vezes. Depois o ritmo diminuiu e a roda parou. Estava balanceada de modo a parar no mesmo lugar onde tinha começado, com a cabeça da assistente no topo e os pés na parte inferior.

Kastenbaum ficou olhando a roda desacelerar até parar e, quando isso aconteceu, Marianne olhou-o com a percepção que ele sabia acabaria tendo, e que seria logo.

— O Henry não vem, não é? — quis saber ela.

Kastenbaum balançou a cabeça.

— Não — confirmou. — Ele não vem.

— Por que não? — Ela nunca tinha falado em um tom de voz tão suave.

— Eu só queria conversar contigo, Marianne, a sós. Só quero *conversar*. Henry nunca permitiria. E eu queria ver essas coisas todas, tudo o que é possível para nós, para o Henry. Tudo o que está à disposição dele.

— Entendi — disse ela. Seus pulsos se mexiam dentro das garras.
— Mas agora, depois disso...

— Ele vai me demitir — interrompeu ele. — Não que isso tenha alguma importância, do jeito que as coisas andam. Mas era sobre isso que eu queria conversar contigo.

— Está bem — disse ela. Trocaram olhares.

— Quero que você saia — declarou ele. — Quero que vá embora.

Isso não parecia fazer sentido para ela.

— *Ir embora*? Ir embora para onde?

— Não interessa. Só... ir embora. Vou te dar dinheiro, o suficiente para ir a qualquer lugar. O lugar que você quiser. Até para a Europa.

A respiração de Marianne acelerou.

— Por favor, me deixa descer — pediu ela. — Me deixa descer.

— Claro — disse ele. Mas, ao caminhar em direção à roda e estender o braço para abrir a braçadeira do pulso esquerdo, ele parou. Olhou para Marianne; nunca tinha chegado tão perto dela, e agora via que existia algo muito belo nela. Parecia uma jovem. Sua pele era totalmente translúcida. Ele enxergava as veias azuis no seu pescoço e nas faces, as pintinhas pretas no verde dos olhos.

— Edgar — disse. — Me solte. Por favor.

Mas ele não a soltou. Antes, ela precisava escutá-lo.

— É muito importante para mim que você faça isso, Marianne — explicou ele. — Não só por mim. Mas por todos nós. O Henry não está bem, e só vai melhorar quando você for embora. Ele vai perder tudo por sua causa, e sei que você não quer que isso aconteça.

— Me deixa descer — pediu ela.

— Você vai embora?

— Edgar...

— Você *tem que* ir embora! — disse ele, sua voz elevada ecoando pelo enorme armazém vazio. Quando ouviu o retorno de sua voz, percebeu quanta raiva e mágoa vinha acumulando para esse momento. Foi potente. — Por que você quer arruinar com tudo? O Henry quer te salvar. Mas ninguém pode te salvar. Ninguém pode salvar ninguém; nós temos que salvar a nós mesmos. Mas acho que nem isso você quer. Acho que você não quer que ele viva a própria vida. Acho que você quer que ele fique tentando te salvar *para sempre*, várias vezes, até que vocês dois morram. Não é isso?

— *Não* — disse ela baixinho, mas com firmeza. Mesmo ao gritar, Marianne sussurrava. Depois, em questão de segundos, ela pareceu ter mudado de ideia. — Você está certo, Edgar. Eu vou embora. Eu saio. Você pode ficar com ele. Agora, me deixa descer.

Entretanto, Kastenbaum fez que não: sabia que ela estava mentindo.

— Por que você fez isso com a gente? — Ele se aproximou dela e, ao colocar a mão perto do rosto dela, notou que estava tremendo. Estava com medo dela, sempre tivera medo dela, e só agora, com seus braços e pernas presos à roda, ele poderia arriscar essa abordagem intimista. – Ontem, Henry falou comigo sobre o mal. Sobre todo o mal que há no mundo. E ele não falou isso, não com todas essas palavras, mas acho que estava falando de você. Acho que é isso o que você é. Puro mal. Só acho que Henry não consegue enxergar isso.

– O Henry me escolheu – afirmou ela. – Entre todas elas, ele escolheu a mim.

– Ele fez a escolha *errada*. Tudo isso. – E com os braços bem abertos, apontou todos os maravilhosos objetos mágicos que havia em torno deles. – Tudo isso poderíamos estar partilhando com o mundo se ele tivesse escolhido outra, qualquer uma daquelas jovens doces, atraentes e vibrantes. Nem sei por que você foi lá. Você sabe?

A pergunta aparentemente a trouxe de volta, como se ela tivesse que refletir a respeito. Olhou para Kastenbaum, mas então, como se não conseguisse reconhecê-lo, desviou o olhar.

– Não – respondeu ela. – Mas devia haver algum motivo.

– De onde você veio?

Ele agora estava perto o bastante para beijá-la. Mas os lábios dela não se mexiam, ela não respondeu, era como se nem estivesse ouvindo. Embora Kastenbaum a encarasse, ela agora estava quase invisível: seus olhos pareciam enxergar além dela. Não havia mais nada ali, dentro dela. Ela desistira completamente. Olhava fixo para além de Kastenbaum, para as trevas do armazém, como se visse algo ali. Mas não tinha nada para ver, nada.

– Você está matando o Henry – disse ele. – Você está *matando* o Henry.

Em seguida ele girou a roda. Ela virou uma vez, bem devagar. Ele girou outra vez, dessa vez com mais força. Ela girou um pouco mais rápido. Ele girou várias e várias vezes, e a cada volta ele dizia:

– *Vai*, Marianne. Deixe a gente! – E depois: – Deixe-nos viver nossas vidas! – A cada vez ele ficava mais desesperado, mas ela nunca falava nada, mesmo depois da quinta, da sexta, da sétima vez. Marianne agia como se isso não tivesse mais importância, como se nada tivesse. E ele supunha que nada importasse. Sabia que àquela altura ela devia estar tonta, pois ele já estava tonto de assistir a ela. Kastenbaum estava fora de si. Passou a mão pelo lado de fora do bolso e sentiu-a ali, como se encontrasse um velho amigo: sua garrafa. Ele pegou-a e bebeu. Sentiu o álcool no sangue, o elixir. O interior de seu crânio zumbia com um barulho agradável que logo se tornou um estrondo. Agora só podia vê-la rodar, e ficou ali fazendo isso mesmo, sem saber o que fazer em seguida.

Foi então que ele viu as facas. Estavam numa prateleira de madeira atrás de uma caixa junto à parede. Puxou a caixa para ter uma visão melhor. Ali estavam elas, todas, tão reluzentes, tão prateadas, elas criavam as próprias luzes. Havia cerca de uma dúzia. Algumas eram bem pequenas, mas, uma a uma, aumentavam de tamanho até a última, que era como um saibro e parecia poder cortar alguém ao meio. Kastenbaum nem tinha certeza se teria forças para erguê-la, portanto pegou uma do meio da prateleira. Tinha metade do comprimento de seu braço. Uma cena detalhada de forma meticulosa estava gravada no cabo – um retrato de Abraão prestes a cortar a cabeça do filho. Kastenbaum passou muito tempo olhando a gravura, pois era tão linda, e Marianne ficou observando-o examinar a faca, enquanto a roda continuava a girar. Ficou girando por um tempo interminável.

Ele se afastou da parede e parou diante da roda, na pequena poça de luz cinza que havia sob a lâmpada. Sabia como atirar facas. Fazia anos que atirava, desde que viu Thurston fazê-lo quando se apresentou na cidade, em 1934. Foi isso o que despertou seu interesse por mágica. Thurston era incrível. Incrível! Não era conhecido como atirador de facas, mas, assim como todos os mestres na arte, poderia atirá-las na hora que desejasse, e naquela noite ele o fez. Sua assistente estava vendada e Thurston atirava nela faca atrás de faca, e aí ela desceu da roda, tão bela e perfeita quanto antes da demonstração cheia de suspense. Kastenbaum recordou-se de ter esperado por ele na entrada do palco em um beco, depois do espetáculo. Aguardou até que todo mundo desistisse e fosse embora. Pareceu uma eternidade, mas Thurston saiu mesmo por ali. Kastenbaum estava nervoso, mas Thurston foi muito gentil. Thurston tirou seu enorme chapéu preto, sorriu para o garoto e disse que só responderia a uma pergunta. Ele responderia qualquer pergunta que o garoto tivesse, mas depois ele teria de ir embora. Claro que Kastenbaum tinha centenas de questões; tinha *milhares*.

Assim como eu. Quando Henry chegou, um mágico negro que nem sequer era negro, que parecia surgir do éter e depois desaparecer nele, eu também tinha milhares de perguntas para fazer. A diferença, a diferença entre Kastenbaum e eu, é que tive oportunidade de fazê-las, e eu as fazia todos os dias, eu perguntava uma e outra e mais outra, e foi assim que juntei os pedaços desta história. Não tenho ideia do quanto há de verdade nela, mas isso pouco me importa. Soube da verdade *dele*. É assim que sei que ele nunca me amou, e que isso não tem nada a ver comigo ou com o grande objeto de pedra no qual me transformei. Tinha a ver com ele, só com ele. Como ele poderia me amar depois disso tudo, depois da mãe, do pai, da irmã, e, por fim, disso? Eu tinha milhares de perguntas, e as fiz, e ele respondeu a todas.

Mas Kastenbaum só pôde fazer uma a Thurston. Portanto, fez a primeira que lhe veio à cabeça. "Atirar facas", ele perguntou a seu herói. "Tem algum truque nisso?" E Thurston sorriu. Pôs seu enorme chapéu preto na cabeça e disse: "Ah, tem sim, filho, tem um truque nisso. Você tem que querer errar."

Os anos perdidos

Henry sabia o caminho de cor, mas era a única coisa em sua vida que sabia dessa forma. A estrada serpenteava por um monte arborizado, com eucaliptos, magnólias e um bosque de amoreiras. Arbustos de amoras-pretas cresciam desordenadamente ao longo da estrada. A passagem por ali não era fácil, não agora. Anos atrás, muito antes da chegada de Henry, tratava-se de uma estrada para carroças puxadas por cavalos, mas nunca foi expandida para comportar automóveis, em especial um grande como o de Henry, um Buick Eight vermelho. Se outro carro estivesse indo na direção oposta, um deles teria que desviar subindo no prado abandonado e esperar o outro passar.

Porém, não havia outros carros. Henry estava sozinho. Era um homem tão alto que seus joelhos batiam no volante e sua cabeça roçava o teto do carro. Era como se tivesse crescido sem senso de dimensão relativo ao resto do mundo: era sempre grande demais para ele ou pequeno demais. E, se antes teve quase todas as cores imagináveis, agora toda a cor parecia ter sido drenada de sua pele. Era possível enxergar através dele. Trinta anos de idade. Eu o vi crescer em meio à tristeza, como um garoto que cresce em meio às roupas do pai; chega um dia em que elas lhe cabem.

Contudo, é complicado, até para mim, lembrar dele como era. As lembranças esvaecem, as mais antigas substituídas pelas mais novas. Mas me recordo dele em nossas festas, vestido com um terninho azul, dizendo a todos os convidados quais eram seus nomes. Ele sabia o nome de todo mundo, e às vezes até o nome do meio. *Lloyd Carlton Krieder. Senhorita Abby Lynn Brown.* Todos os nossos elegantes amigos com suas elegâncias, meu marido e eu cheios de orgulho. Henry se portava, mesmo naquela época, como um líder. Ao olhar para ele, você pensava: "Este é o futuro." Nada disso parece ter importância agora. Que diferença pode fazer saber de coisas que não são mais? Saber de quando eram melhores. Saber que ele já foi um menino.

Tudo tinha mudado. Na última vez em que esteve aqui, as roseiras brotavam em tudo quanto era lugar, e enquanto a estrada sinuosa serpenteava montanha acima, as pétalas rosas secas mostravam o caminho: era como deixar um mundo e entrar em outro. Muito tempo atrás, um empregado tinha como única função cuidar de roseiras. Seu nome era Curtis. Tenho certeza de que Henry se lembrava dele. Usava um macacão verde e boné amarelo e gostava de coçar com força a cabeça de Henry toda vez que o via, depois olhava para o chão e, num tom zombeteiro de surpresa, dizia: "Alguém deixou cair uma sarda!" Em seguida, fingia pegá-la e colocá-la de volta no rosto de Henry. Mas estava claro que Curtis não estava mais aqui: agora os arbustos cresciam em desordem, finos e altos, e as rosas estavam secas e teriam esfarelado com um toque. A própria estrada tinha desaparecido por causa do tempo, do vento e da chuva. Henry já imaginava que, em pouco tempo, a estrada toda iria sumir e ninguém saberia onde ela terminava. De fato, olhando pelo espelho retrovisor, ele via a estrada desaparecendo atrás de si enquanto passava por ela, se enrolando como um tapete, sem nem mais existir.

Ficou pensando se conseguiria achar o caminho de volta.

Antes de fazer a curva final, Henry visualizou o hotel como o vira pela última vez. Não era uma imagem difícil de evocar. Havia alguma coisa tão fantástica naquele lugar – sua elegância – *elegância atemporal* é como está escrito nos folhetos – e seu despudorado canto da sereia àqueles poucos sortudos que podiam fazer só o que havia de melhor, que tinham gravado sua imagem numa parte especial da mente reservada ao esplendor. Arbustos gigantescos cortados em forma de cachorros e cavalos. Pisos de mármore, tetos dourados, escadarias que pareciam levar ao céu, a música, o riso, a fragrância de belas mulheres. E a sensação inconfundível de que você está em meio a pessoas realmente especiais, os melhores entre os melhores, a nata da sociedade, ainda que você mesmo não fizesse parte da nata, mesmo que você morasse no porão junto com os ratos. O Hotel Fremont.

Mas isso foi há muito tempo e, como Henry, ele tinha mudado. O magnífico edifício de tantos quartos parecia uma ruína antiga desintegrando-se em pedras e pó. Estava oco e morto. Até as portas tinham sumido. Ele estacionou o carro diante das escadas que levavam ao saguão e começou a andar. Dava para ver o interior de todos os quartos. Em meio à escuridão, pensou ter visto alguém ou algo, vultos indistintos e esfumaçados, vultos que recuavam quando se aproximava, e depois sumiam totalmente. Um vento frio soprava de todos os cômodos e passarinhos pretos tinham feito seus ninhos nas janelas. O que havia acontecido com esse paraíso? A mesma coisa que ocorreu com o primeiro, pensou: um grande pecado foi cometido ali e Deus mandou as pessoas saírem.

Ele pegou a escada dos fundos para ir até o sétimo andar. Era essa a sua rota antigamente, o caminho que pegava todo dia, dez vezes ou mais, com e sem Hannah. Por mais destruídos que estivessem, e com todas as terceiras e quartas tábuas de madeira faltando, essas escadas eram tão familiares a ele quanto sua própria mão. A suavidade fria do balaustre. Se ele chegou a ter alguma infância, foi ali, subindo e descendo aqueles degraus e sendo descoberto.

O quarto 702 tinha porta, entretanto, e estava fechada. Levantou a mão para bater, mas hesitou. Ele não precisava bater à porta. Sabia quem se encontrava do outro lado dela, e o homem que se achava do outro lado sabia que ele viria. Tinha que saber. Ele sabia o que ia acontecer antes que ocorresse, pois leu o roteiro. Nada que Henry fizesse o surpreenderia.

Abriu a porta e ali estava ele, Mr. Sebastian. Sentado na mesma cadeira grande de veludo vermelho e encosto alto, vestido com seu belo smoking preto, com seus sapatos polidos, o cabelo penteado para trás, um sorriso nos lábios, o rosto cadavérico como sempre. Ele era o mesmo, até na moeda com o rosto de George Washington deslizando entre seus dedos.

– Henry – chamou ele. – Entre.

Henry ficou calado. O que poderia falar? Estava com dificuldade de respirar, como se seu peito se contraísse devagar. Mas resistiu. Lutou contra o que quer que fosse – talvez tenha sido seu próprio coração – e passou os olhos pelo quarto. Ali também nada tinha mudado. Era como se o serviço de quarto tivesse acabado de limpá-lo. A cama estava arrumada, sem nem um vinco, nem uma partícula de poeira visível aos seus olhos.

Henry trouxera uma faca pequena o bastante para caber no bolso, mas afiada o suficiente para matar. Ele a sentiu, segurou-a sem transparecer o gesto, como só um mágico de verdade é capaz. Ela poderia voar de seus dedos a qualquer instante, como se tivesse asas.

Trocou um olhar com Mr. Sebastian. Henry estava destemido, daquele jeito que só homens que não têm nada a perder conseguem ficar.

– Vou te matar – anunciou ele.

– Eu sei – disse Mr. Sebastian, muito tranquilo. – Eu sei, mas não vai ser agora. Mais tarde. Em outro lugar, outra hora. Hoje temos outros negócios a discutir.

A moeda continuou a deslizar pelos dedos de Mr. Sebastian, como se tivesse uma mente própria, como se fosse prosseguir com sua jornada incessante mesmo que Henry separasse a mão do corpo.

Henry pôs a faca de volta no bolso.

– Então você sabe por que estou aqui.

Mr. Sebastian lhe lançou um sorriso condescendente.

– É claro – disse. – A verdadeira questão é: você sabe?

Henry assentiu, embora parecesse menos seguro que sua contraparte.

— Quero vê-la — declarou Henry.

Mr. Sebastian simulou estar confuso. Não estava confuso, é claro. Nunca ficava confuso. Mas gostava de aparentar estar.

— Vê-la? — repetiu ele. — *Vê-la?* Não sei direito de que garota você está falando.

Foi então que Henry viu que uma porta no canto do quarto estava aberta. Henry sempre pensou que fosse um closet. Mas não. Era a porta que se abria para tudo o que não era deste mundo.

E eu saí.

A princípio, deu para notar que ele não me reconheceu. Isso me deixou um pouco magoada, o modo com que me olhou, sem saber. Tudo o que via era uma mulher vestida com o estilo de roupa que mulheres de certos meios costumavam usar — justas, com babados e espartilho. O cabelo preso em um coque, o rosto um pouco tenso e pálido. Fazia muito tempo que Henry não o via. E ainda assim...

— Mãe — disse ele.

Deixei a palavra se aninhar nos meus ouvidos.

— Henry — respondi.

Notei que ele queria chegar perto de mim. Mas não haveria nada disso, e Henry sabia. Ele não iria além da cadeira de Mr. Sebastian. Estávamos tão próximos, mas ele não podia se aproximar ainda mais.

— Fui eu que dei início a isso — eu disse. — Tudo isso. Sinto muitíssimo, Henry.

— Como assim?

— Tudo o que aconteceu, e tudo o que ainda vai acontecer. Queria não ter morrido, é só o que estou dizendo. Acho que se eu tivesse vivido, tudo seria diferente. — Dizer tudo isso não tinha utilidade nenhuma, não mudava nada, mas era preciso dizê-lo. Esperei uma eternidade para falar isso.

— A senhora estava doente — disse ele. — A senhora não podia fazer nada.

– Sempre existe alguma coisa que você pode fazer quando está vivo – expliquei. – Eu simplesmente não fiz.
Ele balançou a cabeça e sorriu, tão clemente, mas eu não consegui aguentar mais um instante. Tive que virar para o outro lado. Cobri meu rosto com as mãos e chorei. Não havia nada que eu pudesse fazer, nada, e para uma mãe não existe sensação pior.
Mr. Sebastian foi solidário.
– Ora, ora – disse ele.
Então olhou na direção da porta e Marianne La Fleur saiu.
Ela pareceu flutuar para dentro do quarto, tão sombria e etérea, tão bela quanto fora em vida. A mesma. Restaurada, exatamente como Henry queria relembrá-la. Quando a acharam no armazém, ela não estava com essa aparência. Tinha sido decorada com facas de cima a baixo. Nenhuma tinha errado o alvo pretendido.
– Marianne – disse ele.
Ela simplesmente olhou-o com olhos tristes.
Agora Henry se perguntava quantos mortos haveria ali. Ficou imaginando se Kastenbaum estaria ali. Kastenbaum, o último na longa fila de pessoas que ele tinha conhecido e amado e a quem ele sobrevivera. Kastenbaum tinha sido executado na cadeira elétrica de Sing Sing, apenas um mês antes. Teve uma época em que Henry o amou, embora este só tenha se dado conta disso quando Kastenbaum já estava morto. Kastenbaum o salvou depois da guerra, naquele dia em que o achou no cais. Ao sair do navio, Henry não tinha ideia de onde iria, do que faria de sua vida, e Kastenbaum lhe mostrou um caminho. Razão suficiente para amá-lo.
Henry esperou, mas Marianne não falou nada. Ele só queria ouvi-la dizer seu nome. Era sempre o que havia de melhor, a voz dela falando seu nome baixinho, não por ser seu nome, mas sim por ser ela quem falava. Mr. Sebastian parecia estar curtindo o momento, dando-lhes a oportunidade impossível de olharem-se nos olhos mais uma vez.
– Ela é especial, não é? – disse Mr. Sebastian. – Não há muitas como ela por aí. Um verdadeiro achado. O que aconteceu foi uma pena.

Os dedos de Henry sentiram o contorno da faca no bolso. Ela não teria nenhuma utilidade ali, ele já sabia, mas era bom tocá-la, como se pudesse ter alguma.

– Marianne – chamou ele outra vez. Ela continuou calada.

O diabo sorriu.

– E agora a estrela do espetáculo. Você está pronto? Apresentando a adorável, a talentosa, a sumida mas não esquecida, *jamais* esquecida, senhorita Hannah Walker.

O momento entre a apresentação zombeteira e a verdadeira aparição pareceu ter durado uma eternidade. Henry sentia seu coração batendo. Batendo dentro de sua cabeça, nas pontas dos dedos. E ali estava ela. Surgiu com os passinhos de uma menininha insegura de seu andar. Tinha nove anos. O cabelo estava tão comprido e loiro, os olhos despojados de experiência, os pulsos ainda tão finos que ele sabia que poderia dar quase duas voltas com os dedos ao redor deles. E tão mais bela do que tudo o que vira antes que ele se perguntou como ela poderia sequer ter existido.

Ela entrou no quarto e ficou parada ao lado de Marianne. Em seguida, hesitante, ela se mexeu para ficar entre Marianne e eu. Senti seu ombrinho encostado no meu quadril. Hannah, minha doce menina, estava um pouco nervosa. Ela ficou mexendo os dedos, olhou para o chão, depois ficou observando Marianne e Mr. Sebastian, seus olhos mirando um e outro, como se não soubesse ao certo o que fazer, agora que estava ali. Então olhou para Henry e sorriu. No momento em que o viu, ela abriu um sorriso, e que presente isso foi para ele.

– Você realmente a matou – disse Henry a Mr. Sebastian, sabendo disso o tempo todo, mas não como um fato. – Ela está morta.

– É claro que está – disse Mr. Sebastian. – Esta menininha está sim, de qualquer modo. Como você pôde imaginar, mesmo que por um instante, que ela não estaria?

Henry ouviu algo nesse comentário: as palavras engenhosas do diabo.

— O que você quer dizer com isso? — indagou Henry. — Esta menininha está morta?

Mr. Sebastian sorriu e depois quase sussurrou:

— Não vou responder. Estou cultivando uma aura de mistério, veja só. É como a mágica: você não pode dar informação demais.

Henry olhou para Hannah e ela olhou para ele.

— Oi, Henry — disse ela.

— Oi, Hannah.

Ela enrubesceu.

— Você está *tão grande* — declarou ela.

— Eu sei. Acontece.

Ela assentiu, mas para ela era novidade.

— Ah! — exclamou ela.

Mr. Sebastian tirou o relógio do bolso do colete e suspirou.

— Infelizmente, não temos todo o tempo do mundo. Vamos prosseguir com esse espetáculo!

Henry olhou para Hannah, para Marianne e para mim, e depois para Mr. Sebastian.

— O que eu faço? — perguntou Henry. — Não sei o que fazer.

— É para isso que estou aqui — declarou Mr. Sebastian. — Para te dizer. — Ele respirou fundo e esticou as pregas das calças com a palma das mãos. — O acordo é o seguinte: você pode trazer de volta uma delas.

— Uma delas — repetiu Henry.

— Isso mesmo — confirmou ele. — Uma.

— Mas eu quero todas elas — disse Henry. — Todas.

— Eu sei. É esse o aspecto infernal do jogo, Henry — disse ele, e piscou de um jeito brincalhão.

Marianne, Hannah e eu ficamos ali, expostas. Todas olhamos para Henry, e o olhar de Henry pulava de uma para outra. Escutávamos as batidas de seu coração. O som dominava o ambiente.

— Só uma — disse Henry baixinho.

— Só uma.

Henry hesitou, prestes a tomar a maior decisão de sua vida. Pensou em Hannah na janela do meu quarto, quando ele a levantou para que ela tivesse uma boa visão da minha morte. Foi a última vez que vi meus filhos, lindos mesmo através dos vidros opacos. Mas ao menos tive uma vida, e Marianne também. Vidas boas? Não totalmente. E mortes que ninguém invejaria.

Mas Hannah – a vida de Hannah tinha apenas começado quando Henry a perdeu. Sua vida passou praticamente incólume. E a verdade, como qualquer um poderia atestar, era que Henry a amava acima de tudo.

– A Hannah, então – disse ele baixinho. – Se eu só posso ficar com uma, é a Hannah.

Fiquei feliz com a escolha. Fiquei de coração partido – quem não ficaria? –, mas, no fundo da minha alma, fiquei feliz.

Marianne, nem tanto. Ela fechou os olhos para esconder seu tormento, pois, por mais perto que estivesse da morte, ela sempre quis viver. Balançou a cabeça e olhou para Henry, muito triste.

E em seguida nós, Marianne e eu, demos um passo para trás.

Mas Hannah permaneceu onde estava. Olhou para Mr. Sebastian e depois para o irmão. Tentou um sorriso, mas não conseguiu esboçá-lo. Um momento difícil.

– Eu não sei – disse ela.

Henry não esperava por isso.

– Você não *sabe*? – indagou Henry. – Você não sabe o quê?

Ela não conseguia olhar para Henry. Quando falou, foi com uma voz baixíssima.

– Eu não sei se quero ir – anunciou ela.

Os olhos de Mr. Sebastian se arregalaram com uma surpresa zombeteira.

– Bem, certamente essa é uma reviravolta inesperada! – Ele olhou para Henry. – Eu nem imaginava. Juro.

– Hannah, posso te trazer *de volta* – explicou Henry. – Você pode viver. Você pode ter uma vida.

— Eu *sei* – disse ela. – Mas é que estou aqui há tanto tempo, mais tempo do que já estive em qualquer outro lugar. Acho que... que já estou acostumada. – Ela abriu um leve sorriso. – Não estou infeliz.

— Mas você está *morta*, Hannah – disse ele. – Morta.

Ela deu de ombros.

— Assim como um monte de gente. Mas Henry – disse, contente –, e a Marianne? Ela não está aqui há tanto tempo. Ainda não se acostumou. Leve-a, Henry. Acho que seria a melhor opção.

Henry não podia crer que isso estivesse acontecendo. Ele estava lhe dando a vida – e ela recusava!

Mr. Sebastian bateu o dedo no relógio de bolso.

— Não temos a eternidade – declarou. Olhou para Henry. – Você, pelo menos, não tem.

— Claro – disse Henry, estendendo a mão. – Claro. Marianne, então.

E ela o olhou com seus olhos escuros. Mas havia mais vida neles do que ele já tinha visto antes.

— Como segunda opção, Henry? – disse ela. – A segunda colocada? Não, Henry. Acho que não.

— Mas Marianne...

Ela lhe lançou um olhar cortante.

— Prefiro estar morta a ir com você – declarou.

Em seguida, ele me olhou, a última da fila.

— Mãe? – disse ele. – Por favor?

Porém, eu já tinha vivido o suficiente. Seria muito difícil para mim voltar agora. Apesar de não ter falado, Henry sabia. E a verdade é que ele não me queria. Não precisava mais de mim.

Mr. Sebastian suspirou e balançou a cabeça.

— Sinto muito, Henry. Mas talvez tenha sido melhor assim. Tudo acontece por algum motivo. Deixe o passado para trás. Talvez haja uma lição nisso. *Deixe o passado para trás.* Esquecer é sempre melhor, principalmente quando as únicas coisas que você tem para relembrar são tristes.

Henry se virou e foi embora, nos deixou aqui e desceu as escadas, entrou no carro e dirigiu pela montanha sem estrada, passando pelas rosas esfareladas e os olhos dos fantasmas que olhavam por ele, e se afastou do Hotel Fremont para sempre, sozinho. Eu já estava com saudades dele, mas não aguentei observá-lo mais um pouco. Fechei os olhos e nunca mais voltei a abri-los.

Justiça

31 de maio de 1954

Meu nome é Carson Mulvaney e administro uma pequena agência de detetives particulares no centro de Memphis, no Tennessee. Entrei tarde nesta história, mas é essa a natureza do meu negócio. Entro tarde em todas as histórias; na verdade, em geral, sou o último a aparecer. Sou a última pessoa para quem as pessoas querem telefonar, a última para quem pedem: "Você pode me ajudar?". E, apesar de quase sempre dizer que sim, a verdade é que normalmente não. Não posso.

Os acontecimentos sórdidos e muitas vezes trágicos que ocasionam o pedido, como de costume, não se prestam a finais felizes. Portanto, me vejo não muito como uma *ajuda*, mas sim como uma luz amarelada lançada sobre as trevas da vida de alguém. Agora que já está explicado, meu trabalho, antes de mais nada, diz respeito ao amor. A maioria das pessoas não entende isso. Talvez diga respeito a alguém que escolheu a *pessoa errada* para amar, ou alguém que tenha depositado suas esperanças e sonhos na *pessoa errada*, ou diga respeito ao desejo, o que não é, por si só, nada de mau. Mas qualquer um desses quadros pode ter resultados negativos.

É um aspecto ruim do meu trabalho e, devo dizer, da própria vida, o fato de que só o amor pode nos levar aos lugares mais sombrios.

Há casos, como este aqui, em que me pedem para achar alguém perdido, ou desaparecido, ou de alguma forma afastado pelos avanços do tempo e do espaço que separam todos nós. Gosto desses casos. Esse tipo de caso, mais do que qualquer outro trabalho que eu faça, diz respeito ao amor. Existe algo melhor que saber que alguém quer te achar? Existe algo melhor do que ser achado?

Bem, existe sim.

Essa foi minha segunda incursão ao Circo Chinês de Jeremiah Mosgrove. A Guerra da Coreia estava perdendo a força, bombas atômicas explodiam no deserto de Nevada e eu estava a caminho de um circo de segunda categoria. Fui contratado para encontrar Henry Walker e o localizei, um mês atrás. Normalmente, esse seria o fim da história – em geral, uma vez já basta –, mas esse caso apresentava complicações excepcionais, e então ali estava eu, de volta para encontrá-lo outra vez. Tinha algo que decididamente precisava dizer a ele.

A primeira pessoa com quem conversei foi o próprio Jeremiah Mosgrove. Tratava-se de um homem de aspecto honesto, com um bigode grande, que aparentemente se alimentava bem e, até o momento em que lhe entreguei meu cartão de visitas, parecia contente em me ver.

Ele olhou para o cartão, para mim, e de novo para o cartão.

– Detetive particular?

– Sim, senhor – respondi. – Isso mesmo.

Ele assentiu e analisou o cartão mais uma vez. Abafou um riso.

– Alguma coisa engraçada, Sr. Mosgrove?

– Ah, não, não mesmo. É que você não tem cara de detetive particular.

Endireitei minha gravata.

– E como você imagina ser a cara de um detetive particular? – perguntei, como se fosse a primeira vez que tivesse me deparado com esse tipo de reação.

Ele se balançou para a frente e para trás na cadeira, refletindo.
– O senhor sabe – disse –, o tipo de homem durão e robusto com respostas incisivas. O tipo que boia numa nuvem de álcool e decepção, com a barba por fazer, calejado e triste. Que nem...
– O Humphrey Bogart em *Relíquia macabra*.
Ele assentiu.
– Sim. Exatamente.
Suspirei.
– É um filme, Sr. Mosgrove.
– Eu sei disso.
– Isso não é um filme – declarei.
– Também sei disso.
Sua atitude deixava implícita que a distinção era desnecessária, que ele sabia tão bem quanto qualquer outra pessoa o que era real e o que não era; em parte, tenho certeza, porque era esse o seu negócio: vender o irreal, o manufaturado. Ele tinha de saber a diferença. Mas era uma vítima do ardil como qualquer outro cara que existe por aí.

Não sou o Humphrey Bogart. Tenho uma estrutura frágil e delicada, que você associaria antes com a de um garoto pré-adolescente que com a de um homem de quarenta e dois anos. Um vento forte não me derrubaria, mas é capaz de me fazer andar um pouco mais devagar; porém, se endireito os ombros, fico bem. Nunca medi, mas sei que minha cabeça é pequena. Meu rosto, ainda menor, é abarrotado de todas as coisas que se espera ver numa face, mas de novo, em miniatura. Meus olhos, nariz e boca são minúsculos. Entretanto, precisam estar em ordem para se adequarem. Faço a barba e tomo banho com regularidade. Ambos duas vezes ao dia, pela manhã e à noite. E tenho três gatos – Howie, Joe e Lou – que, quando viajo, confio à minha vizinha, a Sra. Lefcourt, que toma conta deles muito bem e também recolhe minhas correspondências.

Portanto, sou uma decepção para diversas pessoas que têm expectativas a respeito de quem gostariam que eu fosse. Acredite ou não, eu posso ser durão. Já fui até reconhecido por, ocasionalmente, dar respostas incisivas. Posso ser esse tipo de homem. É uma máscara que uso, quando necessário. Às vezes é mais fácil corresponder às ideias que os outros têm de você do que pedir que elas o vejam como você é de verdade.

— Ótimo — eu disse. — Deixe-me explicar o que estou fazendo aqui.

— Está escrevendo um livro? O embrião de duas cabeças é uma fraude, aliás, se for esse o assunto.

— É sobre Henry Walker, Sr. Mosgrove.

O Sr. Mosgrove rapidamente parou com os maneirismos e ficou atento. Deixou de lado seu ar desafiador e me olhou com um par de olhos tristes.

— Ele foi encontrado?

— Ele não está aqui?

— Não — respondeu. — Ele desapareceu na semana passada. Ninguém sabe para onde foi.

— Ninguém? — Peguei meu bloquinho e o folheei até chegar à primeira folha em branco. — Ele não tinha nenhum amigo aqui? Alguém com quem conversaria?

— Eu era amigo dele — disse ele, com frieza. — Ele conversava comigo.

— Mas ele não falou nada para o senhor? Planos, vontade de ir embora, ou para onde iria, caso fosse?

— Nada desse tipo. É por isso que estou um pouco preocupado. Se ele não me falou...

— Ele pode ter conversado com alguma outra pessoa? Tinha outros amigos?

Embora relutasse em admitir, o Sr. Mosgrove disse que sim.

Saí para procurar Rudy, o Homem Mais Forte do Mundo.

O fedor atraente de uísque derramado me recepcionou na porta do trailer do homem forte. Usei minha batida amistosa, mas ele respondeu com um resmungo fraco.

– Vá embora – ordenou.

Esperei um instante e bati de novo.

– Vá embora de novo.

Pensei a respeito. Eu não sabia o quão forte ele era, mas se tivesse metade da força que parecia ter pela sua voz, poderia me quebrar como se eu fosse um galho de aipo fresco.

– Eu trouxe um amigo – menti. – O nome Jack Daniel's lhe é estranho?

– Não me é estranho, não – disse ele. – Conheço os dois. Vá embora.

– Rudy, preciso te fazer algumas perguntas. Sobre um homem chamado Henry Walker. Soube que você era amigo dele.

Depois disso ele não me mandou ir embora. Ficou quieto. Em seguida, o escutei tropeçando até a porta. Ele a abriu e colocou a cabeça para fora – grande, calva e angulosa como um quadrado. Senti pena de sua mãe pelo dia em que ele nasceu.

– Era? – indagou. – O que você quer dizer com "era"?

– Não quero dizer nada. O que você acha que quero dizer?

Ele ponderou.

– Que ele está morto. Que aqueles chicanos o mataram.

– Me fale sobre eles.

– São três – disse ele. – Três chicanos.

– Se importa de eu entrar para conversarmos?

– Está bem. – Ele olhou para trás. – Está uma bagunça.

– Tudo bem.

Ele me olhou da mesma forma que as pessoas o fizeram o dia inteiro.

– Você não é policial.

– Não, não sou. Obrigado por perceber.

Com um último olhar, ele desapareceu lá dentro; tive que acreditar que era um convite. Cauteloso, o segui.

O lugar não estava uma bagunça. Era uma desordem tão perfeita que só poderia ter sido feita por um artista. Minha mãe usava uma expressão, "Um lugar para tudo e tudo em seu lugar", um princípio que passei a ver como verdade. Mas não havia nada ali que estivesse no lugar. Havia um copinho de plástico em cima do travesseiro, e o travesseiro estava no chão. A preponderância de indícios sugeria que ele jantava na cama. A porta da geladeira estava aberta, emitindo sua única luz. Tive a sensação de que tinha entrado na caverna de um avançado homem pré-histórico.

Sentei-me em algo que parecia ser uma cadeira.

– Me conte a respeito dos chicanos – pedi.

– Você primeiro. Por que você está procurando o Henry?

– Fui contratado para isso – expliquei.

– Sério?

– Sim, é sério.

– Por quem?

– Um membro da família – eu disse.

– Agora sei que você está mentindo.

– Por quê?

Ele achou a garrafa, segurou-a com sua mão gigantesca e a empurrou contra a boca. Bebeu, de uma só vez. Num piscar de olhos a bebida acabou.

– Porque ele não tinha família – explicou ele. – A família toda dele morreu.

– Nem toda.

Ele me lançou um olhar que eu já conhecia, o tipo de olhar que precede uma explosão violenta. Mas às vezes é só um olhar, e era com isso que eu contava.

– Você está me deixando confuso – disse ele. – Odeio quando as pessoas fazem isso comigo.

– Então me deixe explicar. Meu nome é Carson Mulvaney. Sou detetive particular. Você sabia que Henry Walker tinha uma irmã?

– É claro que sabia – respondeu ele. – Ele me falou tudo sobre ela. Ela está morta. Bem morta. Morta há muito tempo.

– Ela me pareceu bem viva da última vez que a vi – eu disse.

– O que você está querendo dizer com isso?

— Estou trabalhando para ela — eu lhe contei. — Hannah Walker está viva.

Durante o minuto seguinte, mais ou menos, os olhos de Rudy ficaram com a expressão vazia geralmente reservada aos cadáveres. Já vi cadáveres — bem, um cadáver. Foi uma senhora que atravessou com o sinal verde. Ela não viu o carro chegando perto. Seus olhos tinham a mesma expressão distante que os dela, como se ele tentasse se lembrar de algo que jamais lembraria. A verdade dilacerou alguma coisa dentro dele. Ele me olhou com olhos tão pequenos que chegavam a ficar quase invisíveis sob sua testa de Cro-Magnon.

— A Jenny tem que ouvir essa — disse ele.

— É claro — respondi. — Estou disposto a conversar com todo mundo.

— E o Jeremiah também — declarou ele. — E o JJ, eu suponho. Todos têm que ouvir essa. A não ser que você já esteja de saco cheio disso. Espero que não, senhor.

— Posso garantir que não estou.

Ele me lançou outro olhar severo.

— Então venha comigo.

Fui com ele. Depois de anos de experiência, ele aprendeu como se posicionar na porta do trailer de um modo que o que parecia impossível podia ser realizado com certo porte. Ele virou à esquerda e trotou ao longo dos trailers até chegarmos a uma tendinha onde, se eu me lembrava corretamente do pôster espalhafatoso, a Mulher-Aranha exercia sua profissão. Mas ela não estava ali naquela hora.

— Entre aí e aguarde — disse ele. — Já volto.

Fiz o que ele mandou. Ele se foi por cerca de quatro minutos e meio, e quando voltou segurava algo nos braços. Parecia um bloco de madeira petrificada, até que vi que possuía uma cabeça. E pés. E provavelmente tudo o que existia entre os dois. Mas o resto estava coberto por um lençol, e eu não tive muito interesse em dar uma olhada. As únicas partes que se mexiam eram os lábios e os olhos, e me dei conta de que, seja lá o que fosse o resto, a parte que eu enxergava estava viva e era uma mulher.

– Este é o Sr. Mulvaney – apresentou Rudy.
– É um prazer, sem dúvida – disse ela.
– Ei.
– Esta é a Jenny – disse Rudy. – Ela e Henry eram bastante íntimos.
– É um prazer conhecê-la – cumprimentei, e por instinto estiquei a mão para que ela apertasse.
– Desculpe – disse ela. – Não dou aperto de mãos. Os germes.
– E ela abriu um sorriso.

Um ou dois minutos depois, Jeremiah e JJ entraram pela aba da tenda. Eu já conhecia Jeremiah. Ele me fez um aceno com a cabeça. JJ era tão tenso e rígido quanto um mastro.

– Olá – eu disse. Mas não me deram a cortesia de uma resposta.

– Então, prossiga – pediu Rudy. – Nós queremos ouvir essa.

Então eu lhes contei. Contei porque dava para ver que, por baixo das respectivas cascas bizarras, algumas mais fáceis de notar que outras, eles se importavam. Havia muito amor por Henry Walker naquela tenda. E tenho um fraco por pessoas que amam assim. Elas são raras como um pica-pau-bico-de-marfim, e tão lindas quanto.

Dei início à minha história.

Eu estava entre uma coisa e outra quando ela me ligou, embora não saiba dizer uma hora em que eu não estivesse entre uma coisa e outra, ou em que coisas não estivessem entre mim e outra pessoa. Tinha passado boa parte da manhã, como em todas elas, fazendo palavras-cruzadas, arrumando o escritório e esperando o telefone tocar, mas sempre que isso acontecia meu coração parava.

As pessoas jamais esperam o inesperado. Eu tentava ser do tipo esperançoso, mas havia algo no meu escritório – um canto sombrio nos fundos de um edifício de três andares com fachada de tijolos vermelhos, acessível somente através de um elevador decrépito com portas gradeadas operado por um cego. Era a melhor sala com que podia arcar. A escuridão sempre me deprimia. *Eu devia sair mais antes do sol se pôr*, eu pensava. Mas nunca conseguia.

Deixava o rádio ligado o dia inteiro. Era assim que me mantinha atualizado com o que estava acontecendo. Os Rosenberg estavam prestes a ser executados. Eisenhower foi empossado e uma inundação no Mar do Norte matou quase duas mil pessoas. Bom saber.

Em todo caso, ela me telefonou, atendi e ela me perguntou o que eu fazia. Tinha uma voz doce. Gostei bastante do modo como suas palavras se aconchegavam no meu ouvido.

– O que faço? Eu sou investigador. Exatamente como está escrito na lista telefônica. – Podia ter sido mais educado, mas estava tendo problemas com o vinte e sete: *Perdido no charco*.

– Investigador *particular*?

– Sim, particular. Sei guardar segredos – respondi.

– Porque eu gostaria de manter esse assunto em segredo – disse ela.

– De quem?

Eu queria que ela continuasse falando. A cada palavra, sua voz ficava ainda mais doce, como se estivesse pronta para começar a cantar. O tipo de voz que deixa as pessoas contentes. Ela não tinha nenhum sotaque perceptível. Estava tampando o bocal do telefone com a mão; meus anos de experiência me diziam. Pude imaginá-la na cozinha, sozinha, o fio do telefone tão esticado que chegava perto de se romper.

– Não importa – disse ela.

Portanto, eu já tinha uma boa noção de onde isso iria parar.

– A senhora não precisa me falar. Problemas com o marido? A senhora quer guardar segredo dele porque ele está guardando segredos da senhora, e a senhora quer saber quais são os segredos dele. Como, por exemplo, aonde ele vai quando diz que está indo jogar boliche.

Ela riu.

— Não, não é nada desse estilo.

— Ele disse isso para a senhora?

— Ouça — pediu ela. Agora até ouvi-la estava difícil. Sua voz nem se qualificava mais como um sussurro. Pequenos sons eram transportados por sua respiração, por meio dos fios, direto para o meu ouvido. Portanto, eu escutava com dificuldade. — Talvez seja uma boa ideia nós conversarmos pessoalmente.

— Eu já contava com isso. Meu escritório fica na Third Street. Posso encontrar a senhora em qualquer lugar onde eu possa ir a pé.

— Até onde o senhor pode ir a pé?

— Não muito longe — respondi.

— Porque eu queria que o senhor viesse aqui. Tenho um bebê, e vai ser mais fácil se eu não tiver que sair. O senhor acha que poderia vir aqui? Em Concord Heights?

Eu disse que sim.

Concord Heights era um bairro grã-fino em Memphis, cheio de castelos modestos, a cerca de dez quilômetros de distância. Para comprar uma casa ali, era preciso muito dinheiro, além de uma carta de permissão dada por Deus. Só as melhores pessoas viviam ali, o que significava que havia uma abundância de todos os pecados mortais que conhecemos, mais aqueles para os quais ainda não temos nome. Um investigador particular poderia ganhar uma boa grana só com os pecadilhos cometidos em um quarteirão daquele bairro e, apesar do que ela me disse, eu achava que seria essa a minha função.

Estava enganado.

Sra. Hannah Callahan era o seu nome. Não era mais Walker. Sua aparência era daquele tipo de mulher que eu poderia jurar já ter visto antes, mas não pessoalmente. Pessoas como eu não conhecem mulheres como Hannah Callahan: nós as vemos em capas de revistas. Em outras palavras, ela era bela como um céu de verão, uma garota que poderia fazer mais que parar o trânsito: ela poderia parar um trem. Loira, pele de seda fina e um corpo que faria uma ampulheta parecer meia hora. Passei um minuto a mais do que deveria fitando-a. Ela esperou eu erguer os olhos e então me convidou a entrar.

– O senhor não estacionou na rua, estacionou? – indagou, olhando para fora.

– Não estacionei em lugar nenhum. Vim de ônibus.

– O ônibus vem até aqui? Eu não sabia.

Eu não lhe disse que não sabia se meu carro daria conta de chegar tão longe, e assim deixei que acreditasse que estava seguindo suas instruções: ela não queria que ninguém soubesse que eu estava ali. Eu disse que compreendia. Por mais necessário que seja o papel que interpreto nesse drama, eu era, como já disse, o personagem indesejável. Particular significa particular; também significa secreto, e às vezes obscuro. Isso não é lá muito bom para a minha autoestima.

– O senhor quer beber alguma coisa? – ofereceu-me.

– Um copo d'água é uma boa ideia.

– Sente-se, então. Vou pegar.

Fiquei observando-a se afastar. Tive a sensação de que estava vendo algo que não devia. Uma beleza como a dela tem esse efeito sobre os homens.

Sentei-me numa das poltronas felpudas. Era roxa e feita com um material que não tinha absolutamente nenhum contato com a natureza, e me trouxe à mente pessoas amarelas numa sala grande com um monte de máquinas de costura. O sofá era do tamanho de um carro norte-americano comum; eles deviam ter comprado primeiro o sofá e depois construído a casa ao redor dele, pois não havia nenhuma porta grande o bastante para que ele passasse. Somava-se a isso um lustre imenso, um quadro de um cachorro com um coelho na boca e uma estante cheia de livros de verdade.

Se aquelas pessoas tinham alguma preocupação em relação a dinheiro, era só no que dizia respeito a como gastá-lo.

Ouvi um bebê chorando num dos quartos do andar de cima.

Ela voltou segurando uma bandejinha. Trazia um jarro, um copo e uma vasilhinha de gelo. Na vasilha, um tenaz prateado que ela usou para pegar delicadamente três cubos de gelo e colocá-los no copo. Em seguida, serviu a água.

— Eu esperava uma pessoa... diferente — disse ela.

— As pessoas sempre esperam.

— Alguém tipo, sei lá, Humphrey Bogart?

— Entendo — respondi.

Ela enrubesceu.

— Acho que só nos filmes é assim — declarou ela.

Assenti. Imaginei que teria de deixá-la falar de Humphrey Bogart até que se cansasse. Mas ela já tinha dado o assunto por encerrado.

Ela sorriu.

— O senhor está se perguntando por que o chamei aqui — disse ela.

— Estou. — Peguei o bloquinho e o lápis.

Tinha feito uma aposta comigo mesmo de que, independentemente do que ela tinha me dito ao telefone, tratava-se de um marido traidor. Mas perdi.

— Quero que o senhor ache o meu irmão — anunciou ela.

Escrevi a palavra "irmão".

— Está bem — respondi.

— Está bem?

— Estou querendo dizer que sim. É claro. Vou achar o irmão da senhora.

Ela bebericou do copo. Estava tomando uma Coca-Cola.

— Não tinha me dado conta de que era tão fácil assim.

— Bem, ou é fácil ou não é — repliquei. — De qualquer modo, vou achá-lo.

— Como o senhor pode estar tão... seguro?

– Não estou. Mas, se dissesse que não poderia achá-lo, a senhora me contrataria?

Ela sorriu.

– Faz sentido – disse ela.

– Mas a senhora vai ter que me contar algumas coisas – expliquei.

– Claro. Que tipo de coisas?

– Coisas como o nome, a aparência dele, quando a senhora o viu pela última vez. Se a senhora sabe onde ele pode estar agora, de modo geral. Tudo, qualquer coisa. O básico.

O bebê estava chorando durante todo esse tempo. Não era um ganido de coalhar o sangue, mas sim um lamento. Um desconforto generalizado. Um queixume existencial. Hannah Callahan olhou para mim.

– Ele está bem – afirmou ela. – Quer dizer, é hora do cochilo. Hoje é a folga da Deborah.

– Deborah?

– A babá.

– Claro. Eu estava me perguntando onde estaria a babá. – A verdade é que nunca tinha estado na casa de uma família que tivesse babá. Eu estava subindo na vida.

– Então – mudei de assunto –, vamos começar, e aí a gente vê aonde isso vai nos levar.

Ela desviou o olhar.

– Infelizmente – declarou –, não sei de nada.

– Perdão?

– Não tenho resposta para as perguntas do senhor. Responderia se pudesse, mas não posso. Eu não sei.

A tendência é que as coisas se compliquem cada vez mais quando você fica num só lugar. Suspirei.

– Tudo bem. Mas essas, na verdade, são as perguntas mais simples que posso fazer. Minha ideia era começar daí e depois passar para os pontos mais difíceis, como as preferências, a cor favorita, lugares onde ele passaria as férias. – Olhei para ela. – O que a senhora *pode* me dizer?

– Desculpe, Sr. Mulvaney. Vou contar tudo o que sei.
– Obrigado.

Ela tomou outro gole de Coca, pôs o copo na mesa e ficou observando as bolhas úmidas descendo do copo gelado até o líquido.

– A questão é que fomos separados quando crianças – relatou ela. – A última vez que o vi eu tinha nove anos. Posso falar da aparência dele naquela época, mas não acho que isso seria de grande ajuda para o senhor.

Eu disse que provavelmente não.

Ela sorriu.

– Mas me lembro dele. Tinha um nariz afilado e comprido, cabelo preto. Alto, pele escura e bonito, mesmo quando menino. Imagino que ainda seja. Que ainda seja bonito. O nosso pai era.

– E o pai da senhora?

– Morreu, com certeza. Apesar de também não vê-lo desde aquela época. O senhor sabe como era naquele período, durante a Depressão. As pessoas precisavam tomar decisões complicadas para sobreviver.

Quando eu tinha nove anos, vendia jornal na estação de metrô. Esperava ali até meu pai sair do trem. Ele era alcoólatra e eu tinha ordens da minha mãe para pegá-lo e levá-lo para casa antes que gastasse tudo o que tivesse no bolso no que ele chamava de "remédio". Pensei em contar essa historinha para Hannah Callahan, mas decidi não fazê-lo.

– O nome dele é Henry Walker – disse ela.

– Henry Walker? – indaguei. – Esse nome não me é estranho.

– Sim. Ele é um mágico. Ou era. Foi famoso por uns tempos, depois da guerra.

– Certo. Lembro disso. – Anotei esse dado e olhei-a por cima dos óculos. – Sabe, não é muito difícil achar pessoas famosas.

– Eu sei. Mas na época – isso já faz uns oito anos – eu não estava pronta. Para achá-lo. Mas agora, estou.

– Agora que ele não é mais famoso.

Ela me lançou um olhar e assentiu.

— Ele parece ter sumido da face da terra — disse ela.
— Bem, assim são os mágicos. A senhora já pensou na possibilidade de ele estar morto?
— Já pensei nisso.
— E?
— E não tenho interesse em acreditar nisso.
— Entendo. E se eu descobrir que está?
— Aí vou acreditar. É claro.
— Ele pode ter mudado de nome — sugeri.
— Imagino que muitas coisas tenham mudado — disse ela.

Hannah ficou triste, e a tristeza lhe caía bem. Ficava ainda mais bonita assim.

— Isso é tudo o que sei dizer, Sr. Mulvaney. O senhor acha que pode encontrá-lo?
— É claro — afirmei. Levantei-me e apertei sua mão. — E a senhora tem certeza de que não tem mais nada que possa me contar?

Porém, naquele momento eu já sabia que ela estava mentindo. Só não sabia quanto.

Para resumir a história, eu o achei. Não muito longe de onde estamos agora.

Quando obtenho sucesso, o que acontece em mais ou menos 50% das vezes, já tenho uma resposta pronta para quando os clientes me perguntarem como consegui: "Não foi difícil, não foi fácil. É o meu trabalho, simplesmente."

Mas esse caso foi fácil, na verdade.

Alguns homens têm diversas vidas. Um vendedor de seguros de Ohio pode muito bem vender traquitanas em Minnesota, e um vendedor de traquitanas da Califórnia pode muito bem vender carros em New Hampshire. Porém, um homem que é mágico desde os dez anos continua sendo mágico para o resto da vida.

Um homem como Henry Walker, imaginei, não se distanciaria muito da ideia de quem ele era.

Minha primeira parada foi numa pequena organização chamada Departamento Americano de Espetáculos Nômades. O departamento era um pequeno escritório que ficava numa ruazinha no sul de Memphis, entre a Casa de Penhora do Dexter e a loja Artigos de Beleza da Carol. Entrei sem bater. O linóleo estava rachado e arranhado, as lâmpadas fluorescentes, à mostra, tremulavam no teto, e grãos de poeira dançavam em um feixe de luz solar desgarrado que entrava pela veneziana. Havia um certificado emoldurado de uma universidade obscura pendurado na parede, mas, fora isso, as paredes estavam nuas. Havia uma mesa junto à parede, e atrás dela se encontrava Howard Spellman, que resultou ser o departamento inteiro. Vestia um belo terno com um relógio de bolso e gravata-borboleta, e tinha um bigode que mais parecia uma sobrancelha encimando o lábio.

Depois de olhar o meu cartão, ele se recostou na cadeira e passou um instante me fitando, depois mais outro. Estava me avaliando.

— Se você veio aqui na esperança de descobrir o lado sujo do mundo dos espetáculos nômades, terá de passar um tempo em minha companhia. Pois tenho muitas histórias assim, nessa linha. Por exemplo...

— Aposto que você tem. Mas não vim aqui para isso — retruquei. — Estou procurando uma pessoa e achei que poderia me ajudar. Você mantém algum registro de, digamos, números passados e presentes, ou de funcionários que trabalham em circos?

— É exatamente isso o que mantenho — declarou ele. — É *só* o que mantenho. Da melhor forma que eu consigo. Ocorreu uma grande reviravolta na indústria. Mantenho um inventário detalhadíssimo relacionado, claro, a circos nômades. Ouso dizer que sei mais sobre eles do que qualquer outra pessoa que você possa vir a conhecer na vida.

— Por quê? — perguntei.

— Tenho fascínio por esse universo e as excentricidades que existem nele.

— Entendo.
— Então, como posso ajudar?
— Henry Walker. É um mágico. Já ouviu falar dele?

Seu rosto se iluminou de tanta satisfação. Sempre fora o garoto mais inteligente da sala, aquele que todos odeiam.

— É claro que já.
— Eu também já tinha ouvido falar dele – eu disse. – Mas estou procurando algo mais que apenas uma lembrança. Estou tentando descobrir onde está ele.
— Aí eu já não posso te ajudar – declarou ele.
— Mas achei que você soubesse tudo.
— Eu sei tudo o que há para saber. Mas isso ninguém sabe – disse ele, e pegou um cachimbo em seu pedestal dourado. Ele o encheu, deu tapinhas, acendeu e depois soprou a fumaça na minha direção. – Depois da guerra ele fez uma apresentação. Uma. As pessoas ainda falam dela. Talvez seja por isso que você o conheça. Aposto que é. Ele fez uma mulher morta recobrar a vida.
— Tem uma mulher querendo achá-lo – expliquei. – A irmã dele.

Ele deu um trago no cachimbo e suspirou.

— Então, eu queria poder ajudar. Não posso. Sinto muito.

O que distingue os bons detetives particulares daqueles que não são tão bons é a segunda pergunta. A segunda é sempre praticamente igual à primeira, mas diferente o bastante para provocar uma resposta diferente. Portanto, eu a fiz.

— Você está querendo dizer que não existe nenhum Henry Walker trabalhando nos circos, no circuito, em lugar nenhum, até onde você sabe?
— Não foi isso o que eu disse – declarou. Ele sentiu alguma coisa no nariz e, cauteloso, o cutucou. – *Existe* um Henry Walker, que por acaso é um mágico, trabalhando no Circo Chinês de Jeremiah Mosgrove. Como sei disso?, você talvez me pergunte. Tenho um grupo de amigos que tem o gosto parecido com o meu e que vive em diversos lugares do país, e eles me mandam recortes

de jornal, anúncios, esse tipo de coisa. E me lembro desse tal de Henry Walker porque... Bem, é claro que eu iria me lembrar. Tendo esse nome que um dia já foi tão famoso.

— Mas pensei que você tinha dito...

— Eu disse — interrompeu ele. — Mas não é o mesmo Henry Walker.

— Como você sabe?

Ele gostou dessa parte — por saber muito mais que eu. Ele curtiu o momento antes de me dar a notícia.

— Porque ele é negro — observou. — Ele é um homem negro. Henry Walker era branco.

Fiquei confuso.

— Então, você está me dizendo que há um homem negro, um mágico, que por acaso tem o mesmo nome de um outro mágico que era branco? Isso é um excesso de credulidade.

— Porque você sabe muito pouco sobre esse universo — retrucou ele. — O universo da mágica. Muitos mágicos pegam os nomes de outros que os antecederam. Houdini, por exemplo, roubou seu nome de Jean-Eugène Robert-Houdin. Claro, Houdini era um grande mágico. Esse homem, o negro, está só se aproveitando da fama do grande homem que o antecedeu. Nem se deu ao trabalho de acrescentar alguma sílaba. Parece-me falta de imaginação, se quer saber.

— Eu ia te perguntar exatamente se isso demonstrava falta de imaginação.

— Demonstra — afirmou.

Ele foi ao arquivo e revirou algumas folhas antes de pegar, vitorioso, um papel floreado. Examinou-o.

— Sim. Segundo este papel, o Circo Chinês acabou de passar pelo Tennessee, onde ficou três semanas. Isso foi há algumas semanas. Imagino que agora já estejam em outro lugar, mais ao Sul.

Assenti e me levantei.

— Obrigado — eu disse. — Fico muito grato. Você foi de grande ajuda.

* * *

Naquela primeira vez em que estive aqui, um mês atrás, cheguei bem na hora em que as últimas famílias estavam indo embora e o circo estava fechando. Falei com uma mulher; creio que o nome era Yolanda. Ela foi muito gentil e me falou de um bar onde Henry e o resto do pessoal passavam o tempo.

– Como assim, "o resto do pessoal"?
– Você verá – disse ela.

No final das contas, era um bar sem nome numa estrada sem nome que servia de refúgio para todos aqueles bastardos que um circo de segunda categoria contrata. Apenas um barraco atrás de umas árvores; o único sinal de que o local sequer existia eram as duas luzes despontando entre os pinheiros e uns carros abandonados numa vala ao lado da passagem que levava ao bar. As luzes tinham um brilho amarelado, como os olhos de um cão raivoso.

Entrei. Tive a sensação de que tinha chegado no meio de uma reunião do Elks Club (sou membro do Elks Club), mas com algumas diferenças essenciais. A *bartender* era a Mulher-Jacaré. Estava servindo uma anã que só tinha uma perna, um gigante que tinha duas, e uma cabeça de alfinete que usava chapéu. Espalhados pelo ambiente, os habitantes das cavernas escuras, vales desconhecidos e coisas com que nos deparamos durante a noite. Todos se viraram para me olhar quando cheguei, depois voltaram para a cerveja, indiferentes. Eu não sabia como encarar esse fato.

E ali estava Henry Walker. Embora não passasse de uma sombra sentada sozinha numa mesa no canto do bar, seu rosto tão negro quanto a escuridão na qual se escondia, soube que era ele no momento em que o vi.

Pedi duas cervejas à Mulher-Jacaré. Em seguida, me aproximei dele.

– Boa-noite, Sr. Walker. – Pus as cervejas na mesa. – Posso puxar uma cadeira?

Ele olhou para as cervejas e deu de ombros.

— Claro. Até duas.

Ele chutou uma cadeira para longe da mesa. Sentei-me. Porém, isso não pareceu lhe fazer muita diferença. Em momento algum olhou na minha direção.

— Essa fermentada é para você – anunciei.

— Fermentada? – disse ele, e sorriu. — Que palavra pomposa, senhor...

— Mulvaney – apresentei-me. — Carson Mulvaney. Sou detetive particular.

— Ah! – exclamou. Foi como se já esperasse por mim. Tomou sua garrafa inteira de um só fôlego. Depois, olhou para a minha.

— Eu não sou nenhum grande fã de cerveja.

— Eu também não – disse ele.

Em seguida, bebeu a minha. Ele suspirou e seus olhos adquiriram um jeito distante, uma expressão vaga. Conhecia tal olhar. Sua mente estava entrando numa lembrança, em que mais uma vez repassamos todos os nossos movimentos, as curvas para a esquerda e para a direita, tentando entender como chegamos a este lugar onde estamos, como nossas vidas acabaram tomando *esse* caminho e não *aquele*. Dava para ver que não fazia sentido para ele, pois nunca faz. Compreender o que houve é uma coisa; compreender o porquê é outra totalmente diferente. A falta de compreensão dos porquês foi o que gerou a invenção dos deuses, na minha opinião. Porém, eu tinha a impressão de que Henry Walker ainda não tinha inventado nenhum.

— Você vai me levar agora – disse ele –, ou ainda dá tempo de eu me despedir? Tem alguns amigos de quem gostaria de me despedir.

— Te levar? – questionei.

Mas ele não estava me ouvindo. Ele riu.

— Sabe, já faz muito tempo que não sei.

— Não sabe o quê, Sr. Walker?

— Se quero ser pego ou não – esclareceu. — Se o que fiz foi certo ou errado. Para mim, era o certo. Era o que eu tinha que fazer. Mas a sensação que dá não é a que eu imaginava. Existe um código, não é? Um código pelo qual temos que nos guiar para fazermos parte do mundo civilizado?

– Acho que sim – respondi. – Mas...

– A questão é: o que acontece quando você não faz parte dele?

– Receio não saber do que você está falando, Sr. Walker. Estou aqui porque...

– Por favor. Não se faça de bobo. Não combina com você. Estou falando do homem que matei – declarou. – Mr. Sebastian.

Meu rosto gaguejou. Um rosto gagueja quando fica desprovido de qualquer expressão e tudo o que você consegue fazer é lançar um olhar confuso. Eu estava sendo conduzido a uma outra história, uma história que, até ali, eu não tinha ideia de que estava sendo contada. Mas senti que devia cooperar. Jogo de cintura: a parte mais importante da investigação particular.

– Claro – confirmei. – Mr. Sebastian.

Henry entrava e saía do momento, à mercê de qualquer pensamento, qualquer lembrança que passasse por sua cabeça. Vejo esse olhar o tempo todo – quando você está conversando com alguém e dá para notar que a pessoa não está escutando, que outra coisa está acontecendo, mas só com ela. Esse era Henry Walker. Ele não estava ali de verdade.

– Você deve ser muito bom no seu trabalho, Sr. Mulvaney.

– É. Bem, tento ser.

Ele fez que não com a cabeça.

– Me ligando ao assassinato. Achando-me aqui. Não deve ter sido fácil. Você deve saber muita coisa – disse ele. – A meu respeito.

Assenti.

– Sei algumas coisas. Sei, por exemplo, que você não é... como explicar?

– Negro – disse ele. – É assim que se explica, acho.

– Sim.

— Isso não é mais segredo. Ando desleixado, às vezes me esqueço de algum ponto. Qualquer um que se der ao trabalho de me olhar, olhar *mesmo*, vai ver que é só uma mistura. Graxa de sapato. Mas ninguém olha. Quando você é negro, principalmente aqui, num lugar como o Alabama, ninguém te olha por tempo suficiente para notar. É um disfarce — disse ele. — Quanto mais negro eu fico, mais invisível. — Ele sorriu. — Mas você me vê.
Peguei o bloquinho e o lápis e virei as folhas até achar a primeira página em branco.
— Talvez você possa me contar como isso tudo aconteceu. O assassinato. Preciso de anotações para mostrar para... os meus superiores. — Eu não sabia aonde aquilo ia dar. Mas queria ir a qualquer lugar que fosse e fazer anotações durante o caminho. Só para ter como achar o caminho de volta.
Então, ele disse:
— Eu adoraria, Sr. Mulvaney. Vou começar do início.
— É um bom lugar para se começar.
Ele parou para respirar e se endireitar na cadeira.
— Posso resumir a história toda assim: eu tinha uma irmã. O nome dela era Hannah. Nossa mãe morreu. Meu pai passou por uma época difícil. Ele conseguiu um emprego de zelador num hotel. Um lugar chique. Piso de mármore, pé-direito alto, o negócio todo.
— Entendi.
— Hannah e eu tínhamos muito tempo nas mãos. Éramos grandes exploradores. Conhecemos alguns dos hóspedes. Grande parte deles eram as pessoas mais legais que alguém poderia conhecer. Mas teve um, Mr. Sebastian... um homem tão esquisito. Tudo nele era esquisito. Tinha algum problema de pele. Era branquíssimo, como se nunca tivesse visto o sol, nunca na vida. A princípio, ele me assustava. Mas ele era mágico, e isso me fascinou. Foi onde eu aprendi... foi quando comecei, por causa dele. Eu fazia tudo o que ele mandava. Até prestei o juramento.
— O juramento?

– O juramento dos mágicos. Nunca falar para ninguém o que você aprendeu e com quem. E por muito tempo eu o mantive.

Algo nisso, na forma como ele desviou o olhar pela primeira vez desde que começou a falar, fez com que esse fato parecesse importante para ele.

– Continue – pedi.

– Ele me ensinou truques – explicou Henry. – Ele era magistral. E eu tinha aptidão. Todo dia, eu aprendia algo novo. Era uma grande... distração. Do meu pai, da minha vida.

– Mas aí alguma coisa aconteceu.

– Como você sabe?

– Sempre acontece alguma coisa.

Olhei para suas mãos e para a moeda que deslizava pelos seus dedos, de um lado para outro. Os dedos pareciam não ter nada a ver com aquilo. Como se estivessem se mexendo só para se desviar do caminho da moeda.

– Ele estava me enganando – disse ele. – Sebastian estava me enganando. Aquele tempo todo, ele estava atrás da minha irmã.

– Aquele tipo de homem.

– Não – disse Henry, me prendendo com o olhar. – Ele não era esse tipo de homem, de jeito nenhum. Era o diabo.

– O diabo?

– O diabo em pessoa. Ele a levou. Um dia os dois simplesmente sumiram. A polícia veio, disseram que iam tentar achá-la e tudo o mais, mas ela era a filha do zelador, e quanto tempo vão passar procurando a filha do zelador? E eu não podia contar nada do que sabia.

– Por causa do juramento – eu disse.

– Ele misturou o sangue dele ao meu – justificou Henry. – Eu o tinha dentro de mim. Sempre tive.

– Você era um menino, estava com medo – eu disse, como se dizê-lo fizesse alguma diferença. Mas não fazia. A intuição me dizia que nada faria.

— Passei a minha vida inteira procurando por eles — declarou. Balançou a cabeça. — Não da forma que os detetives particulares procuram as pessoas. Fiz disso uma parte da minha vida. Era a minha missão. Rodei o mundo, Sr. Mulvaney. Já viajei por este país todo. Trabalhando. Passei a Segunda Guerra na França e na Itália não que me preocupasse com quem ganharia a maldita guerra, eu não dava a mínima, mas sim porque era possível que eles estivessem lá. Talvez eu visse uma faixa com o nome dele: *O mágico Mr. Sebastian!* Tudo era possível. Quando voltei, me apresentei em auditórios, em circos de segunda categoria, usando o que agora me parece ter sido milhões de nomes diferentes, sendo milhões de pessoas diferentes, e sem nunca parar, indo a todos os lugares onde havia espaço. Em todos os lugares que eu ia, procurava por eles. Eu perguntava por ele. Descrevia sua aparência, seu rosto, sua pele.

— E?

— Nunca achei a Hannah, pois ela está morta. Ela morreu faz muito tempo. Provavelmente uma semana depois que ele a levou. Então nunca ia achá-la, e tinha consciência disso. Mas eu o achei.

— E aí?

Ele sorriu. Acenou para que a Mulher-Jacaré lhe trouxesse outra cerveja.

— Aí você já sabe o que houve.

Henry Walker era uma daquelas pessoas necessárias ao mundo. Um cara para o qual nós todos poderíamos olhar e dizer: "Por pior que a situação esteja, por mais brusca que tenha sido minha queda, por mais que a vida esteja dura agora e que fique assim para sempre, ao menos não sou Henry Walker." Foi isso o que aprendi. Se todos nascemos iguais, números inteiros — e, por si só, essa proposição já é questionável —, a jornada de Henry pela vida era um exercício de subtração. O que ele já possuíra na vida que não tenha lhe sido tomado? Ele era uma espécie de poça ao sol: se tornava menor a cada dia, até praticamente sumir. O único presente que ganhou – sua mágica – foi dado pelo próprio diabo – ou, ao menos, era quem ele imaginava ser. Mas isso também não passou de uma troca: Sebastian lhe deu a mágica, mas pegou a única coisa que Henry amava. Então, era óbvio que Henry tinha de matá--lo. Não se tratava de uma decisão. Era um fato da vida.

Nesse sentido, acho que ele teve sorte. Ele tinha um objetivo. Tinha sido um bom mágico, ele me contou. Era um dos melhores. Mas depois de Marianne La Fleur, depois de Edgar Kastenbaum, depois que ele tentou construir uma vida real para si e fracassou mais uma vez, eu não encontrei mais nenhum registro – matérias de jornal, boca a boca, nada – para confirmar isso. O problema era que ele não sabia exatamente quem ou o que ele era. Era negro ou era branco? Incapaz de optar, ele só poderia ser ambos. Era um mágico tão bom que podia se apresentar no mesmo local *duas vezes* – uma como branco, outra como negro. Cada vez com números totalmente diferentes. As apresentações como branco tinham como modelo os astros antigos: Thurston, Kellar e Robert-Houdin. O Henry branco levava a mágica muito a sério e esperava que a plateia também o fizesse. Porém, as apresentações como negro não passavam de uma coisa de branco interpretando um negro. Aprendeu a bancar o bufão e o fazia com habilidade, seus enormes olhos brancos, protuberantes como bolas de pingue-pongue, no rosto negro como a noite, como se os truques que fizesse surpreendessem até a ele mesmo. Quando estava negro ele era Clarence, o Demônio Negro, e, branco, era *Sir* Edward Mauby, o Prestidigitador Desconcertante, que usava barba para melhorar o disfarce. Mas não havia necessidade. Henry, no papel de ele mesmo, só tinha sido visto uma vez, numa única apresentação, quando ressuscitou Marianne La Fleur. Portanto, ele era um só, duas pessoas, distintas, mas o mesmo. Isso quando ele estava chegando aos cinquenta anos – "os anos perdidos", como ele os chamava. Ele só voltou a usar o próprio nome depois que matou Sebastian. Quando chegou à última parada.

* * *

Clarence e *Sir* Edward fizeram uma turnê pelos Estados Unidos à procura de um homem, um mágico que ele conhecia parcamente e cujo nome verdadeiro não sabia com certeza. Só se lembrava da aparência do mágico: um homem delgado com um rosto tão branco que poderia ter sido pintado com giz. Ainda que tivesse visto aquele rosto apenas uma vez, seria difícil esquecê-lo, e Henry o via todos os dias, suspenso diante de seus olhos como se fosse uma de suas mágicas. Quando conhecia alguém do ramo, perguntava sobre ele, se já tinham ouvido falar dele, se já tinha se apresentado ali, se sabiam onde achá-lo. Henry o descrevia. "Meu mentor", dizia Henry. "Desapareceu. Eu adoraria revê-lo, para poder agradecer por tudo."

Mas ninguém o conhecia. Ninguém ouvira falar dele.

À exceção de um cara.

Nem se tratava de um mágico. Era caminhoneiro. Transportava rodas-gigantes para Barnum. Disse a Henry que um dia ele deu uma escapada da rodovia para descansar e tomar um cafezinho num restaurante local, onde o café era melhor do que o dos postos de gasolina. Achou um lugarzinho agradável chamado Lou-Eze e, discreto, sentou-se numa banqueta, quando notou que, na outra ponta, havia um homem fazendo truques de mágica para uma menininha. Era interessante. A menina estava com a mãe, e ambas estavam adorando, até que a mãe olhou para o relógio e disse que era hora de ir embora. Foi isso. Mas ele se lembrava por causa do rosto do homem. Nunca vira nada igual. Era mais branco que uma tigela de farinha. Era como se seu rosto estivesse morto, mas o resto do corpo não. Ele se mexia, cheio de vida. Era assustador, isso sim. Mas o pessoal dali parecia estar habituado com sua presença, então o caminhoneiro imaginou que ele morasse por ali.

E onde fica esse lugar?, perguntou Henry.

O cara pensou até ter certeza.

Indiana, disse ele. Fica em Muncie, Indiana.

Ele parecia ser um homem bastante agradável, comentou o caminhoneiro.

Uma plateia enorme se reuniu para a apresentação seguinte de Henry, mas ele mesmo não compareceria. Naquela noite, deveria ser Clarence, o Demônio Negro, ou *Sir* Edward Mauby, o Prestidigitador Desconcertante? Não conseguia se lembrar. Não tinha importância, pois nunca mais voltaria a ser um dos dois. De qualquer forma, suas últimas apresentações tinham sido desastrosas: ele se pegou, durante os espetáculos de Mauby, interpretando Clarence, o artista elegante virando o personagem bobão, de fala arrastada e olhos esbugalhados. Ou Clarence, que encantara milhares de pessoas com suas tiradas autodepreciativas, de repente se tornava erudito e pensativo. Isso deixava Henry mais confuso do que quem assistia a ele. Não fazia ideia do que estava acontecendo. Era como se cada um dos personagens que criara fosse mais ele do que ele mesmo era. Se Henry existia como ele mesmo, era no espaço cada vez menor que havia entre os dois. Mas ainda havia Henry Walker suficiente para que ele abandonasse ambos e, portanto, sem fazer a mala ou deixar um bilhete, ele pegou a estrada durante a noite, a caminho de Muncie, Indiana. Estava fazendo o que Sebastian tinha feito todos aqueles anos: desaparecer. Seu último truque, o melhor de todos.

A viagem até Muncie, em Indiana, levava catorze horas. O galão de gasolina custava trinta centavos, e com doze dólares e alguns trocados no bolso, ele tinha dinheiro suficiente para o tanque, alguns cafés e um sanduíche, e ainda sobrava um pouco. Porém, ele não estava com fome. Só queria dirigir. Era como se visse a cidade aguardando-o no fim de uma passagem infinita, as ruas e casas pequenas demais para serem vistas, a princípio, mas ficando cada vez mais definidas à medida que ele se aproximava. Todas as moléculas de seu corpo puxavam-no para frente. Uma chuva forte começou a cair ao amanhecer, o céu desmoronou, as gotas grandes como moedas de cinquenta centavos, constantes, intensas. Mas mesmo em meio a esse aguaceiro, em sua mente ele via com clareza a cidade mais à frente. Conseguia visualizar a cidade e a casa onde Sebastian vivia. Uma casinha branca com venezianas pretas, não muito diferente das outras que a cercavam, exceto pela magnólia num dos lados. Tinha um belo gramado e uma fileira deslumbrante de azaleias brotando debaixo da janela da sacada. Um belo caminho de tijolos no meio da calçada de concreto ladeada por grama preta e uma porta de tela entre você e a porta da frente, a aldrava de latão à altura dos olhos e uma caixa de correio na metade do caminho entre ela e o chão. Era o que o esperava. Porém, Henry já estava à frente de si, e era fácil estar, chegando tão perto da realização de seus desejos era fácil estar, pois quem seria capaz de deixar pequenos detalhes como tempo e espaço se pôr entre você e seu destino?

A chuva não iria parar de cair. O asfalto em pista dupla desaparecia sob ela e virava uma escuridão generalizada. As fracas luzes vermelhas dos freios na lateral da estrada pareciam os olhos de animais ferozes, mas eram apenas viajantes temerosos que não conseguiam seguir adiante em meio à tempestade. Mas Henry, não. Ele foi em frente. Poderia ter fechado os olhos e continuado o resto do caminho. Agora poderia passar pela porta e entrar na sala de estar, e depois na cozinha, cada ambiente um testemunho do ideal norte-americano, um comercial piegas do asseio, da ordem e da normalidade, uma variação em torno de um tema familiar, cômodo e singelo. Era nesse disfarce fácil que habitava sua nêmese: a respeitabilidade. Mas em seu quintal seria possível encontrar os pedaços dos restos mortais de uma dúzia de meninas. Em tardes ensolaradas, seus convidados chegariam para o chá sob sombrinhas grandes, e Mr. Sebastian sorriria, consciente de que a morte estava a trinta e cinco centímetros de seus pés. O prazer do crime permanecia vivo em seu coração, ele sentia tanto orgulho por saber que o cometera. Ele aceitava levar todo o crédito. Henry viu tudo isso enquanto dirigia pela escuridão da aurora.

O céu esgotou seu estoque de chuva quando ele chegou a Muncie. O vapor pairava sobre as ruas calorentas como fantasmas desabrigados. Muncie era uma bela cidadezinha. Lugar perfeito para desaparecer. Mas Henry o achara. Henry iria vê-lo. "Uma coisa é vista não por ser visível: ela é visível porque é vista." Alguém disse isso. Era o credo dos mágicos.

Hoje, Mr. Sebastian seria visto.

Henry foi direto à sua casa. Esquerda, direita, depois de novo à esquerda. Não pediu informações. Não olhou na lista telefônica. Não precisava nem olhar o nome na caixa do correio para saber onde ele estava, pois sabia o número: 702. Era como se tivesse passado por todos os lugares e tivesse chegado ao último onde poderia estar.

Não bateu. Simplesmente foi entrando, como se tivesse sido convidado.

E ali estava ele, Mr. Sebastian. Aguardando. O mesmo homem, o mesmo rosto, o mesmo sorriso, a mesma cadeira. *A mesma cadeira*. Como era possível, Henry não sabia. Mas era. Era tudo igual, e por um instante Henry voltou a ser um garoto, encarando o diabo pela primeira vez. A única diferença era a roupa. Ele não estava de terno. Usava uma camiseta de malha branca, uma calça azul e mocassins. Seu novo visual.

– Olá, Henry – disse ele.

Henry ficou calado. Apenas fitava. Tinha uma faca no bolso, que sentiu com as pontas dos dedos, de leve, um movimento tão insignificante que parecia impossível de ser notado. Mas o olhar de Mr. Sebastian estava ali, e ele contraiu os lábios, agora com um sorriso diferente. Seu rosto tinha uma expressão de decepção resignada. Apesar de saber que isso iria acontecer, de certo modo desejou que não acontecesse. Mas agora não restava dúvida.

— Sinto muito, Henry — disse ele. — Quero que saiba disso. — Seus olhos pareciam repassar tudo o que tinha acontecido. — Eu não mudaria nada, mas sinto muito pelo sofrimento que isso lhe causou.

Mr. Sebastian parou para dar a Henry uma chance de responder. Mas Henry não disse nada.

— Então... Você gostaria de saber o que aconteceu com a Hannah?

Agora ele abriu a boca.

— Não — respondeu.

— Ficaria contente em lhe contar. A história não é muito longa.

— Não.

— Está bem — disse ele, e deu de ombros. Olhou ao redor, como se a conversa estivesse ficando desinteressante. — Acho que você ficaria decepcionado, de qualquer forma. As outras meninas... Tenho boas histórias para contar sobre as outras meninas. Mas a Hannah foi uma experiência rotineira sob quase todos os aspectos. À exceção, claro, de seu cabelo. Ela tinha o cabelo mais lindo do mundo, não tinha?

Henry lembrou-se do cabelo. Pensar nele agora, e pensar que Mr. Sebastian o tocara, o deixava arrasado. Antes de chegar, ele sabia que ia ficar arrasado — que ambos ficariam —, mas não tão cedo, ainda não, e não por uma lembrança. Henry sentiu seu peito se rasgando de dentro para fora. Em seguida, todas as emoções o abandonaram. A faca estava na sua mão. A expressão de Mr. Sebastian continuava inalterada. Seria mais doce se Henry o tivesse surpreendido, mas isso não mudava nada.

— Pense "Hannah" — disse Henry. E, com toda a sua destreza e ódio, as duas coisas que passara a vida toda exercitando, Henry atirou a faca. Ela girou pela sala com tanta rapidez que era difícil enxergá-la, e teria furado a parede caso não fosse parada pelo coração de Sebastian. Um arremesso perfeito. Lindo, da mesma forma que tudo o que é perfeito, mesmo a morte, é lindo. Depois de todas aquelas horas e anos, isso levou menos de um segundo.

A ferida se fechou ao redor da faca, portanto pouco sangue foi derramado; Sebastian pareceu não se impressionar. Olhou para a ferida, depois para Henry, e sorriu.

– Você foi um bom aluno – declarou, lendo a mente de Henry pela última vez. – O melhor.

E morreu.

Henry estava branco quando entrou na casa, mas ao sair sua pele estava negra, a cor que teria pelo resto de sua vida.

Em sua maioria, as pessoas que se tornam detetives particulares o fazem depois de uma longa temporada na polícia ou em algum cargo governamental. Mas fui atraído pela profissão logo cedo e nunca consegui me imaginar trabalhando em outra coisa. Adorava a escola. Quando estava crescendo, só queria saber de estudar, ler, compreender. Meus pais ficavam preocupados comigo, e eu preocupado com eles. Eu percebia, pelo exemplo deles e de quase todos os adultos que conhecia, que, quando um menino virava homem, a busca pela verdade estava, em grande parte, encerrada. Só os acadêmicos passavam a vida atormentados com questões, aprendendo, descobrindo coisas novas. Mas a maioria das pessoas – e meu maior medo era me tornar a maioria delas – simplesmente desistia de tudo e vivia ignorando alegremente o mundo ao redor delas, as pessoas que estavam em volta delas, até seus maridos e esposas: mistérios, para toda a eternidade. Foi por isso que me tornei detetive. Estou sempre curioso, sempre aprendendo. Descobrindo coisas o tempo todo. Há algo de libertador na verdade propriamente dita. É uma boa notícia, mesmo quando as notícias são ruins.

Disse a Henry que não tinha o poder de prendê-lo. Falei-lhe para não fugir, que era impossível que um policial aparecesse em breve para levá-lo para a cadeia. Tudo dependia de certas coisas, expliquei. Ele deu de ombros. Já tinha desistido.

Nunca lhe contei a respeito de Hannah. Nem que a irmã que ele dava como morta estava viva e morava a trezentos quilômetros dali. Devia ter dito, mas não o fiz, e na época não entendi por quê.

Liguei antes porque ela me pediu para fazê-lo. Ela falou que não era um bom momento, mas, quando anunciei que tinha novidades, ela ficou um instante em silêncio e depois pediu para eu me apressar. Suspeitei que seu marido fosse chegar em casa logo, e ela ainda estivesse guardando segredo. O casamento é algo belo.
    Ela foi até a porta carregando o bebê. Lançou-me um olhar desconfiado. Hannah sorriu e me pediu para entrar mesmo assim.
    Ela olhou para além de mim.
    — O senhor estacionou na rua — disse ela.
    — Não vou demorar muito tempo — declarei. Mas talvez demorasse, eu não sabia. Diga as coisas com bastante convicção e as pessoas tendem a acreditar. Talvez você mesmo passe a acreditar.
    Sentamo-nos nas mesmas poltronas de antes. Agora, havia um berço de Hannah ao lado da poltrona, mas, fora isso, nada mudara.
    — O senhor disse que tinha novidades — começou ela.
    — Eu disse? — Suponho que não estava sendo muito amigável, mas nunca sou amigável quando descubro que alguém andou mentindo para mim. Quando mentiam, eu ficava mais parecido com o homem que todos queriam que eu fosse: Bogie. Marlowe. Um cara durão. Um homem com respostas incisivas. Um homem com um código de ética nada convencional, que quebraria um braço para obter uma informação. Tudo isso só porque não consegui o que eu queria logo de início. Era simples, na verdade. Eu só queria a verdade.
    — Por favor. Conte — pediu ela.
    — Fiz uma pesquisinha, Hannah.
    — Claro. É o trabalho do senhor. Foi para isso que o contratei.
    — Pesquisinha sobre a senhora, é o que estou querendo dizer.

Isso a fez dar uma leve recuada. Não recuou muito, mas foi mais longe do que já tinha ido.
— Sobre mim? — indagou. — Sério? — Ela poderia muito bem ter dito "Para quê?". Seus olhos ficaram arregalados e surpresos.
Lancei-lhe aquele olhar frio.
— Por que a senhora não me contou?
Ela passou o bebê de uma perna para outra.
— Desculpe... Por que eu não contei o quê?
— O que *aconteceu* — retruquei. — O que realmente aconteceu. A senhora me disse que foi separada da família quando criança. Mas não me disse como.
— Como?
Fiquei encarando-a até ela ceder.
— Achei que não era importante — justificou. Outra mentira. Não seria mais óbvia nem se houvesse uma bandeira enorme onde estivessem escritas as palavras "EU SOU UMA MENTIRA". — Não para o que pedi para o senhor fazer.
— É essa a questão — eu disse. — Decido o que é importante. Uma menina é raptada, desaparece, é dada como morta, mas ela surge em Concord Heights mais de vinte anos depois vivendo uma bela vida, sem nunca ter tentado reencontrar a própria família? Não sou nenhum Einstein, mas me parece importante.
Joguei a cópia de um recorte de jornal na mesa de centro. Peguei-a com um velho amigo de uma agência de notícias que me devia um favor. A história estava toda ali, exatamente como Henry a contara. O hotel, a cidade. O homem esquisito. O sumiço. Tudo.
Porém, ela não estendeu a mão para pegá-lo. Nem olhou para ele. Não precisava, pois sabia do que se tratava.
— Por que a senhora não me contou isso quando me contratou?
— Não sei — respondeu ela. Mas sabia, sim. Eu a lia como se ela fosse o *Ned's First Reader*. — Não estou escondendo nada, Sr. Mulvaney. Pedi que o senhor achasse o Henry, não que descobrisse os detalhes do meu passado. Que diferença isso faz?
O bebê começou a chorar baixinho. Ela o colocou em cima de seu joelho e deu uma sacolejada até que ele se acalmou.

— A verdade sempre faz diferença – eu disse. – Esse é o meu negócio, Sra. Callahan. É só o que estou buscando, a verdade, e quando acho que alguém está escondendo-a de mim, fico bravo.

— O senhor não parece estar bravo.

— É uma outra parte do meu trabalho na qual sou muito bom: disfarçar minhas emoções.

Ela enxugou as lágrimas que secavam no rosto do bebê e depois me lançou um olhar que eu já tinha visto antes, o olhar que diz "Tudo bem, eu desisto, dessa vez vou falar a verdade". É claro que em geral as pessoas mentiam outra vez. Mas eu estava pronto para dar-lhe uma segunda chance.

— O que o senhor trouxe – disse ela –, essa matéria, não foi o que aconteceu. Pelo menos, não dessa forma.

— Sério? – indaguei. Peguei o recorte e fingi ler a matéria toda. – Parece uma história difícil de entender errada, sabe?

Ela não discordou.

— Algumas partes são verdadeiras – concedeu ela. – Mas não todas.

— Prossiga.

Ela se levantou e colocou o bebê no berço. Ele choramingou por um minuto, mas logo pegou no sono. Hannah apoiou as mãos no colo e respirou fundo, se preparando.

— Fui separada da minha família. Isso é mesmo verdade, como eu disse ao senhor. E nunca mais vi nem meu pai nem meu irmão. Isso também é verdade. Mas não foi um rapto, Sr. Mulvaney. Foi um... acordo.

— Um acordo?

— Eu... nós... não levávamos uma vida muito fácil. Não estou me queixando, mas é a verdade. Quando eu tinha dez anos, minha mãe já tinha morrido de tuberculose e meu pai já tinha perdido tudo. Não possuíamos quase nada. Ele arrumou um emprego num hotel. Como zelador. Dá para imaginar como é isso: ser um grande homem, perder tudo e terminar... assim? Ele se odiava. Ele começou a beber, e muito, e quando não estava tra-

balhando, ele estava bêbado, e depois passou a trabalhar bêbado.
Nós nunca o víamos, só no jantar. A essa altura, era como se ele também tivesse morrido.
– Que triste – comentei.
– É, sim – concordou ela. – Henry e eu éramos muito próximos. Unha e carne. Ele me amava *até demais*, se é que isso é possível. Acho que ele... acho que ele queria me salvar.
– Salvar a senhora? Do quê?
– Do mundo. Do mundo e de todas as coisas ruins que existem nele. E deixei que ele fizesse isso, por um tempo. Mas aí aconteceu uma coisa.
– O quê?
– Duas coisas. Eu me dei conta de que ele não poderia viver a minha vida por mim. Não sei se foi exatamente isso o que me passou pela cabeça, mas foi essa a conclusão. Depois disso, havia uma distância entre nós. Eu queria algo que ele não podia me dar. Nós criamos novas vidas para nós mesmos. Havia um cachorro... abandonado. Ele apareceu um dia e eu dava tudo a ele, dava o meu coração. De certa forma, ele me manteve viva. O simples fato de cuidar dele.
– E a outra coisa?
Ela balançou a cabeça.
– Henry parecia estar amaldiçoado – disse ela. – Mesmo naquela época. Não era alguém em quem se pudesse investir seus sonhos e esperanças. Mas aí ele também descobriu uma coisa.
– Mr. Sebastian – eu disse.
– Sim – confirmou ela. – Mr. Sebastian. Claro que esse não era o nome verdadeiro dele. Ele só se apresentava assim para parecer mais... *mágico*. Para Henry. Ele nem era mágico de verdade. Era só um homem que sabia uns truques. Na realidade, era um vendedor; vendia sabonetes, de todos os tipos, até aqueles chiques que há nos hotéis de luxo. Foi por isso que ele se hospedou no Hotel Fremont.
– Um vendedor de sabonetes – repeti.

— Henry ficou obcecado por ele, por aprender todos os truques. Passava o tempo inteiro no quarto dele, tanto tempo que até meu pai, que era totalmente ausente de nossas vidas, começou a notar. Então, um dia ele seguiu o meu irmão para saber onde ele estava indo, e depois que o Henry saiu, após ter aprendido o truque do dia, meu pai bateu à porta, entrou e conheceu esse homem. Ficaram muito tempo conversando. Naquele dia e nos seguintes, durante mais ou menos uma semana.
— E o Henry?
— Ele não fazia ideia.
— Tudo bem — eu disse. — Prossiga.
— Mr. Sebastian, como o senhor o chama, tinha ganhado bastante dinheiro. Mesmo nas épocas mais difíceis, veja só, as pessoas ainda precisam de sabonete.
— Tudo bem — eu disse.
— O que quero dizer é que, durante essas conversas, meu pai concluiu que Mr. Sebastian era um bom homem, tinha dinheiro e sempre quis ter uma família. Desejava ter pelo menos um filho.
— Então, por que não teve?
Hannah riu, mas foi um riso forçado, daquele tipo que você solta quando não acha outro som para fazer.
— Uma bobagem — explicou ela. — Ele tinha uma doença de pele. Não podia sair ao sol, pois caso saísse ele se queimava terrivelmente. O rosto dele era tão branco que era... bem... apavorante. As mulheres não se sentiam atraídas por ele, sabe?
— Entendo.
— A conclusão dessa história é que o meu pai não podia mais tomar conta de nós dois, Henry e eu. Ele não conseguia ver um futuro para mim, em especial, não do jeito que as coisas andavam.
Hannah hesitou, de propósito, me dando a oportunidade de juntar todas as informações. Ela brincou com a aliança de casamento, virando-a para um lado e para o outro, fazendo meios círculos em volta do dedo. Eu já tinha juntado as informações um minuto antes, mas voltei a separá-las, pois não gostei do aspecto que tinham. Mas ali estava ela, mais uma vez. A verdade.

– Eles fizeram um acordo – recapitulei.
– Sim – confirmou ela.
– E qual foi o acordo?
– Ele me entregou, Sr. Mulvaney. Ele me entregou a Mr. Sebastian.

Naquele momento, balancei a cabeça, não por não acreditar nela, mas sim porque o que ela acabara de falar não se encaixava direito na minha cabeça. Tive que balançar a cabeça para abrir espaço.

– O pai da senhora te entregou – eu disse, como se repetindo eu pudesse acreditar, como se, de alguma forma, fosse fazer mais sentido.

Ela olhou para o bebê adormecido, depois voltou a me olhar.
– Sim. Eu não fui raptada... Fui adotada. Ele me acolheu e passei a ter o nome dele. – Ela sorriu. – Não foi exatamente legalizado. Ninguém assinou nenhum papel. Acho que dá para chamar de acordo de cavalheiros.

– Não sei se eu chamaria assim. Em geral, cavalheiros não dão seus filhos para outras pessoas.

– Julgue meu pai como o senhor bem entender – declarou ela, com um orgulho que não combinava com uma mulher que foi vendida como se fosse uma figurinha de jogadores de beisebol. – Mas foi isso o que aconteceu.

– Deve ter sido duro.
– Foi, sim – disse. – Foi duro, no começo. Eu sentia falta do meu... primeiro pai. E do Henry, eu sentia falta principalmente do Henry. Não conseguia nem imaginar pelo que ele estava passando. Mas aí nós três...

– Três?
– Mr. Sebastian, eu e o cachorro, Joan Crawford. Passamos a ter uma vida muito diferente da que eu tinha antes. Uma vida boa. Ele me criou como se fosse sua própria filha. Não consigo nem imaginar o que teria sido de mim se não tivesse ido embora com ele. Eu tinha um lar, Sr. Mulvaney. Eu ia à escola. *Faculdade.*

Acho que meu pai verdadeiro jamais teria conseguido me dar isso. Então, sim. Foi bom. Espantosamente bom.

– Parece ter sido uma maravilha – eu disse. Peguei o recorte. – Mas e isso aqui? Os jornais não costumam inventar histórias.

– Meu pai inventou, pelo Henry.

– Pelo *Henry*?

– Ele não podia falar para o Henry o que tinha feito – justificou ela. – Que ele tinha me entregado para outra pessoa. Ele achava que Henry não poderia saber disso. Então chamou a polícia e tudo o mais, assim o Henry ia pensar...

– Que a senhora tinha sido raptada, estuprada e assassinada – completei. – Ele achou melhor Henry acreditar nisso? Que ótimo pai!

– Ele não era um homem corajoso, Sr. Mulvaney – disse ela. – Meu pai tomou a atitude certa em relação a mim, ao me dar um pai que ficasse no lugar dele. Acredito nisso de todo o coração. Mas ele não acertou no que diz respeito ao Henry. É por isso que quero que o senhor o ache. Para que eu possa contar a ele. Quero que saiba que estou bem.

E era essa a parte da história que me parecia tão estranha e deslocada. Ela *estava* bem. Qualquer um veria. Era uma bela mulher que morava em uma ótima casa com seu bebê, a babá e um marido que passava o dia inteiro no trabalho. Hannah realmente parecia feliz e, depois de eu conhecer e conversar com Henry, não conseguia entender a lógica que havia nisso. Como algo assim podia ser possível.

– Então – disse ela –, o senhor conseguiu?

– Consegui o quê?

– Achá-lo. Henry. O senhor disse que tinha notícias para me dar, pensei que fosse essa.

A esperança em seu olhar seria capaz de iluminar o mundo.

– Acho que sim – respondi. – Sim.

Ela se animou.

— Sério? Ah, meu Deus. Sério? Ele ainda é mágico?
Assenti.
— Não muito bom, segundo os dados que coletei. Mas sim. É mágico.
— Henry! — exclamou ela, saudosamente. — O senhor nem imagina quantas noites fui dormir pensando nele, só me perguntando, pensando em como seria reencontrá-lo. Quero tanto vê-lo, Sr. Mulvaney! Agora tenho uma família. Não foi como eu imaginava... Mas é uma família. Quero que ele faça parte dela. E nós temos dinheiro. Posso ajudá-lo, se for preciso. Ele pode vir morar com a gente, se quiser. Mas, acima de tudo, quero dizer a ele que estou viva. Como ele é?
— A senhora acertou na mosca antes — respondi. — Ele é amaldiçoado.
Hannah estava prestes a falar, mas escutou algum barulho. Eu também escutei: um carro na entrada. A porta do carro se abriu e se fechou. Passos na calçada. Ela me lançou o olhar, aquele de "parece que fui pega no flagra". Um olhar que eu sabia em dezoito idiomas.
— Ai, meu Deus! — exclamou ela.
— Ele não faz o tipo violento, faz? Sei me defender, é claro. Não sou tão fraco quanto aparento. Mas seria de grande ajuda saber se devo assumir uma postura defensiva.
Ela riu.
— Não. Ele não faz o tipo violento. Acho que nunca o vi zangado.
— Sério? Então por que esse sigilo todo?
Ela se levantou e examinou sua beleza no espelho. Queria ter certeza de que esse homem a veria no auge.
— Porque não queria que ele pensasse que estou triste. — Ela se virou para mim. — Ele me ama tanto. Ele só quer a minha felicidade. E realmente *não* estou triste. Só quero que Henry faça parte disso.
— É melhor eu ir embora — sugeri.

— Não. Conte mais. Ele vai demorar mais um minutinho para entrar em casa, mesmo. Ele ainda vai ligar o regador, olhar as flores de azaleia. O que ele faz quando chega em casa.

Fechei o bloquinho e o enfiei, junto com o lápis, no bolso do meu paletó. Em seguida, olhei para ela e respirei fundo, um dos maiores fôlegos que já tomei na vida. Cheguei a senti-lo nos pés.

— Antes que ele chegue, tem uma coisa que preciso contar para a senhora. Duas coisas, na verdade.

Quando as pessoas dizem "Tem uma coisa que preciso contar", já sabemos que a notícia não vai ser boa. Ela esperou, imóvel como uma estátua melancólica.

— Hannah, Mr. Sebastian, ou qualquer que seja o nome dele, está morto — anunciei.

— *O quê?*

— Ele está morto. Essa é a primeira coisa. — Pensei que devia deixá-la absorver a informação antes de prosseguir. Deixei. — A segunda coisa é que foi o Henry quem o matou.

Ela me olhou como se de repente me identificasse como um estranho.

— É chocante, eu sei.

— Ai, meu Senhor! — exclamou ela. — É mais do que chocante. É a coisa mais ridícula que já ouvi na vida.

— Perdão?

— O senhor é mesmo um detetive particular, Sr. Mulvaney? Porque, se é, nunca ouvi falar de um pior que o senhor.

— Talvez, de fato, eu seja um dos piores — concordei. — Mas, às vezes, quase que por acidente, fico sabendo de umas coisas. Eu as soluciono.

— Bom, essa o senhor ainda não solucionou. Não que eu imaginasse que o senhor fosse solucionar.

A porta da frente se abriu. Hannah sorriu e me encarou com seus belos olhos.

— Ah, veja só — disse ela. — Meu pai chegou em casa.

— Hannah — chamou ele.

Levantei-me e me voltei para o lado de onde vinha a voz.

Seu pai vestia um terno azul-marinho e sapatos pretos lustrados, com as bordas sujas de lama seca. Um homem baixinho, frágil, que dava passos pequenos e cautelosos, como se tivesse medo de cair. Era um pouquinho manco. Mas o que se destacava era seu rosto, óbvio. Era fantasmagórico, como Henry o descrevera.

– Sr. Callahan – cumprimentei.

Ele sorriu para mim ao se aproximar, a mão estendida. Um homem franco, sincero, pensei. Parecia ser um homem muito agradável. Demos um aperto de mãos.

– James Callahan – apresentou-se ele. – E quem é este aqui?

Hannah lhe deu um beijo na bochecha.

– Este é o senhor Mulvaney – anunciou ela. – Ele é vendedor de seguros.

– É mesmo? – Ele olhou para a filha de forma positiva. Mas não acreditou nela. Ninguém acreditaria. – Então, você finalmente deu aquele telefonema.

– Senti que precisava fazê-lo – explicou ela.

Ele riu e me olhou.

– A Hannah acha que moro num lugar sujeito a inundações. Sempre digo que está tudo bem, que ela não precisa se preocupar. Mas ela insiste que eu faça um seguro contra inundações. Qual a sua opinião, Sr. Mulvaney? Estamos numa área sujeita a inundações?

Ele me fitou com severidade, para que eu entendesse que ele sabia que eu não era vendedor de seguros. Mas continuei o jogo.

– Acho que a possibilidade é grande, Sr. Callahan – declarei. – É impossível prever o que pode acontecer aqui no caso de cair um aguaceiro.

– Tenho certeza de que o Sr. Mulvaney sabe do que está falando – disse ele. – Mas ainda acho que você deve ouvir outra opinião.

– É o que pretendo fazer. Tinha acabado de falar isso para o Sr. Mulvaney, e ele já estava de saída.

— Maravilha. Como está o Henry hoje?
— Henry? — falei sem pensar. Escapuliu rápido demais, e num tom brusco. Mas não estava esperando que ele falasse esse nome.
Callahan me olhou com curiosidade.
— Meu neto — explicou.
— Claro.
Em seguida, para Hannah:
— Tirando um cochilo?
Ela assentiu.
— Bom para ele. Estou com vontade de fazer o mesmo. Mas, primeiro, vou tirar este terno, e depois irei ao escritório fazer algumas anotações.
— Anotações?
— James escreve um diário — disse Hannah. — Eu digo que é o hobby dele. Ele escreve tudo o que lhe acontece.
— Porque as pessoas se esquecem — justificou, apontando a própria cabeça. — E não quero me esquecer. Nem das coisas que prefiro não lembrar.
— Me parece um excelente hobby — comentei.
— Talvez um dia ele me deixe ler — disse Hannah, sorrindo.
— Um dia. Prometo.
Nós o observamos subindo as escadas e só voltamos a falar quando ouvimos a porta do quarto sendo fechada. Olhei para o bebê. Ele estava dormindo, em paz, deitado de costas.
Hannah tentou um sorriso, mas não funcionou.
— Imagino que isso seja uma surpresa para o senhor — disse ela.
— Algo do gênero — concordei. — Mas acho que estou me inteirando.
— Desculpe. É bom eu me explicar.
— Ah, não precisa — eu disse. — Acho que já entendi. O Sr. Callahan, é melhor chamá-lo pelo nome verdadeiro, a partir de agora, criou a senhora para ser uma boa garota. Mas a senhora não foi.
— O senhor é muito impertinente — disse ela, enrubescendo. — Preferiria que não fosse.

— Desculpe. Quando me sinto um idiota, fico meio agressivo. Ela olhou para o bebê.

— Cometi um erro. Um ano depois que me formei, me apaixonei por uma pessoa que não sentia o mesmo por mim, e quando as coisas se complicaram ele foi embora. Sem dúvida o senhor já ouviu essa história antes. Assenti. Uma gotinha de suor escorreu pela minha bochecha. Ela notou e abriu a janela. Em seguida, virou-se para mim e falou baixinho, parando quando ouvia o mínimo ruído vindo do andar de cima.

— Por sorte, Sr. Mulvaney, eu tinha um lar. E que maravilha é isso... Um lar. Um lugar para onde sempre posso voltar. É só disso que as pessoas precisam, na minha opinião. Contanto que ele exista, esse refúgio, nós podemos nos dar ao luxo de cometer alguns erros. Quando se tem um lar, há tempo de transformar os erros em bênçãos.

— Como um passe de mágica — eu disse.

Ela foi até o berço, pegou o filho e o abraçou, como se alguém fosse tirá-lo dela.

Olhei para ela e o bebê e suspirei. Tinha imaginado tudo errado. Não era a primeira vez que eu estragava tudo com tamanha perfeição, e não seria a última. Mas ninguém naquela pequena tragédia era quem eu imaginara ser, e isso me deixou com a sensação de que deveria fazer as malas e entrar no negócio do meu irmão. Ele era dono de uma tinturaria.

Peguei meu chapéu e me virei para ir embora.

— Então — eu disse. — Por que a senhora não me falou o nome do bebê?

— Eu tenho que te falar tudo? — indagou ela.

Olhei para ela, aquela bela mulher parada ali, segurando seu bebê perfeito naquele Éden que chamava de lar. Os pássaros cantavam nas árvores, o céu estava azul, e se fizesse muito calor você poderia pedir uma brisa do mesmo jeito que pediria um copo de chá gelado. É uma boa demonstração, pensei. Às vezes, em algum lugar, e por motivos que você jamais adivinharia ou acreditaria, existe alguém feliz.

Quando eu estava saindo, ela chamou meu nome.

— Sr. Mulvaney.

Eu me virei.

— Sim?

— Queria saber por que o Henry disse que o matou.

Sorri e pensei em responder. Porém, não queria dar uma de esperto; não precisava disso. Entrei no carro e fui embora.

Voltei para o escritório. Não havia nenhum telefonema, recado ou sinal do mundo externo que eu sabia existir, então fingi não saber, e isso me deixou um pouco aliviado.

Saí para dar uma caminhada. O ar noturno estava denso como um creme de amendoim e, com um terno de lã preto — o único que eu tinha —, estava bem agasalhado. Memphis mais parece uma colagem de cidadezinhas costuradas aleatoriamente do que uma cidade grande. Ao andar pela noite, sempre tive a sensação de que estava pisando no gramado na entrada da casa de alguém. Mesmo um lugar como o Joe's Clam Bar, a luz enjoativa do letreiro em néon vermelho escoando nas densas sombras noturnas como se fosse sangue. Mas o Joe me receberia bem, assim como o estabelecimento ao lado, e o outro depois desse. Não tinha pressa de visitar meus vizinhos.

Em qualquer caso, eu tinha dito a verdade para todos os envolvidos. Não essa. Não conseguia imaginar como seria contar a Hannah tudo o que eu sabia a respeito de Henry, ou voltar ao Circo Chinês de Jeremiah, achar Henry e contar a ele tudo o que eu sabia sobre Hannah. Era minha função, e eu era apenas o mensageiro. Era isso o que deveria ter feito.

Mas não fiz. Em vez de fazê-lo, eu acordava todo dia e alimentava meus gatos, tomava um copo de suco de laranja, comia uma tigela de cereais e depois uma xícara de café. Depois, ia para o escritório. Quando contei, lá no início, que administro uma agência de detetives particulares, devia ter dito o quanto ela é pequena: sou o único funcionário. Não há mais ninguém. Queria ter uma secretária a quem pudesse chamar por meio de um sistema sofisticado de comunicação interna e pedir para que fizesse algo para mim – me trazer um bolo dinamarquês ou ligar para a Sra. Blandersmith. Mas isso acarretaria grandes mudanças na minha vida, e eu sabia que não podia arcar com elas. Comprei um calendário de mesa para marcar os dias à medida que passavam, e ao fim de cada um deles eu podia olhar para trás e pensar que era mais um dia em que eu não tinha contado a verdade nem a Hannah Callahan nem a Henry Walker.

Àquela altura, Hannah já estava me telefonando quase todos os dias. Não sabia o que lhe dizer, então não dizia nada. "Estou me empenhando nisso", era o que costumava dizer, usando meu tom rude e assustador, que aparentemente não era tão rude e assustador assim, pois ela continuava ligando. Depois de um tempo, cheguei a reconhecer o toque de telefone dela – havia uma cadência doce no final – e parei de atender. Ela deixava tocar por um tempo.

Por que isso era tão difícil para mim, um homem que construiu a vida sobre a vontade de descobrir e dizer verdades? A única coisa que eu precisava fazer era contar. Mas, pela primeira vez na vida, não sabia ao certo se valia ou não a pena. Para todos nós. Eu achava que Henry não acreditava realmente que tivesse matado Mr. Sebastian: ele só desejava tê-lo matado. Era o maior desejo de sua vida. Ele tinha inventado uma história condizente com o desejo, uma boa história, que ele poderia contar várias vezes para qualquer pessoa que conseguisse permanecer sentada e escutá-la, e, se todos acreditassem, talvez ele também começasse a acreditar, cada vez um pouco mais, até que, por meio da repetição, a realidade de sua vida fosse obscurecida e, em seu lugar... em seu lugar, ele veria outra coisa. A vida de Henry Walker era constituída de duas histórias, a bem da verdade: a culpa por ter matado uma

pessoa que ele nunca matou e a tristeza pela morte de uma pessoa que ainda estava viva.
O telefone nunca parou de tocar.

Falei por cerca de meia hora e depois deixei a história banhar Rudy, JJ, Jenny e Mosgrove. Era difícil saber o que estavam sentindo, mas todos – principalmente Jenny – ficaram fascinados. Jeremiah e Rudy balançaram a cabeça, os olhos voltados para o chão de serragem, e JJ pôs um chumaço de tabaco na boca e começou a mastigar. Ouvi um cavalo passando do lado de fora da fenda. Escutei alguém dizendo:
– Na semana que vem, você vai ver!
Depois de uma profunda reflexão, Rudy foi o primeiro a abrir a boca.
– Bem, Henry era um grande contador de histórias, disso não há dúvidas.
– Isso é fato – disse Jeremiah. – Eu, por exemplo, nunca acreditei numa palavra do que ele dizia.
– E quem acreditava? – retrucou JJ. – Mas essa história leva o prêmio. O prêmio e todas as medalhas.
– Eu sempre fiquei com o pé atrás – disse Jeremiah. – No mínimo.
Rudy coçou sua mandíbula grande e cheia de cicatrizes, pensando.
– Mas há uma diferença entre um contador de histórias e um mentiroso – declarou ele. – Eu não achava o Henry um mentiroso.
– Ele nunca mentiu – afirmou Jenny. – Nunca. – Era evidente que ela acreditava nisso de todo o coração.
– Não sei, não, Jenny – retrucou JJ. – Ele passou um ano inteiro aqui antes de eu descobrir que ele não era negro. O que descobri por acidente, ao entrar no trailer dele quando ainda estava se maquiando. Imaginem o choque.

— Mas – disse Rudy, ainda pensativo –, se o Henry mentiu *mesmo* sobre essa história – e vamos dizer, em prol da discussão, que foi isso o que ele fez –, isso significa que ele não matou o diabo. Ele olhou para Jenny. As cinzas do cigarro tinham caído no queixo e no peito dela, e ele limpou-a com um toque leve como uma pluma.
— O que significa... – continuou Rudy, silenciando-se.
— Você está bem, Rudy? – indagou Jenny.
— Estou bem – disse ele. – Só estou repensando.
JJ soltou uma gargalhada.
— Nunca engoli essa – afirmou. – Nunca. *Ninguém* consegue matar o diabo. É por isso que ele é o diabo.
— O JJ tem razão – concordou Jeremiah. – É um fato historicamente comprovado. Ninguém consegue matar o diabo.
Os olhos de Jenny moviam-se entre os falantes. Já que essa parecia ser a única parte de seu corpo capaz de movimentar-se, tal ato equivaleria a alguém correr três quarteirões. Seu esforço era genuíno e parecia exauri-la.
Em seguida, ela concentrou o olhar em mim.
— *Você* acha que ele era o diabo? – perguntou-me ela.
— James Callahan? Ele não me pareceu ser o diabo. Ele amava a filha, escrevia um diário. Vestia-se com elegância.
— Assim como o diabo – disse JJ. – Se ele sempre parecesse o diabo, saberíamos que ele é o diabo. Se fosse assim, não teríamos problemas com ele.
— Exatamente! – exclamou Jeremiah, e sua voz tomou a cadência assertiva de um orador profissional. – Se ele viesse a nós, poderíamos dizer "Vade retro, Satanás!". Esse tipo de coisa. A função dele é parecer ser outra coisa bem diferente, uma coisa boa, ou quase isso. Como esse tal de James Callahan, por exemplo. – Ele fez uma pausa para dar ao assunto a reflexão profunda que merecia. – Sim. Acho que ele poderia de fato ser o diabo. Mas isso não passa de um palpite fundamentado.
— Na verdade – eu disse –, minha opinião é outra. Acho que o diabo não teve muito a ver com essa situação toda. E acho que

o Henry nunca o conheceu. Se o diabo realmente existe, acho que ele tirou folga nos últimos milhares de anos. Ele deve achar que estamos cuidando muito bem das coisas.

Ninguém me olhou. Deixaram minha sabedoria barata no ar. Jeremiah me olhou e riu.

— Essa é boa! — disse.

— Muito boa — concordou JJ. — Nada de diabo. Ele é fichinha.

Rudy ainda parecia confuso. Enquanto Jeremiah e JJ riam sem parar, Rudy balançava a cabeça, seus pensamentos se digladiando dentro dele como se fossem guerreiros. Ele simplesmente não conseguia deixar o assunto para lá. Por fim, soltou um suspiro gigantesco.

— Então, você está dizendo que tudo o que o Henry nos contou era mentira? — perguntou.

Não queria partir seu coração, então não respondi. Mas Jenny, cujo coração já estava partido, respondeu:

— Ele não mentiu. É preciso saber distinguir uma verdade de uma mentira, e o Henry não sabia. Ele não sabia qual era a diferença.

E então, por motivos que até hoje não descobri, Rudy começou a chorar. Tentou conter as lágrimas, mas elas brotaram, e daí ele não podia fazer nada.

— O Henry não matou *ninguém*? Nem um homem?

— Não foi o que eu disse — esclareci. — Ele matou alguém. Mas não foi o diabo, nem o senhor Callahan.

— Quem? — implorou Rudy. — *Quem?*

Naquele instante, todos os olhos da tenda estavam voltados para mim. JJ, Jeremiah, Rudy. Ouvi até a junta enferrujada do pescoço de Jenny ranger quando ela tentou virar o rosto na minha direção. Nunca na vida tive uma plateia tão atenciosa, ou tão estranha, todos eles dispostos, até mesmo ávidos, para ouvir minha versão da história, depois da qual eles contariam as deles. Assim, iríamos deduzir tudo o que não sabíamos do que sabíamos e, desse modo, eu esperava chegar a algo que se aproximasse da verdade.

Uma viagem de carro

20 de maio de 1954

A noite finalmente chegara. Os faróis do Fleetline tinham acabado de cortar caminho, no momento em que o carro desacelerou com o desejo de morte que havia em todas as curvas invisíveis. Havia lua e estrelas, mas agora pareciam muito distantes, brilhando e cintilando sem motivo.

Tarp dirigia. Corliss estava sentado ao lado de Tarp. Jake e Henry estavam juntos no banco de trás. No rádio, o locutor anunciava a canção seguinte: "Life Could Be a Dream", de Crew Cuts.

– Adoro essa música – disse Tarp. Quando ela começou, ele aumentou o volume e fez com que todo mundo ficasse quieto enquanto ele ouvia e cantava.

– *Life could be a dream... If I could take you up to paradise.* – Mas mesmo ao cantar com todo o coração, ele não tirou o pé do acelerador. O carro parecia ser seu próprio desfile de Carnaval. – Faço isso até dormindo – tinha dito mais cedo, para ninguém em particular. Depois, soltou um "Olha só", e, sorridente, tirou as mãos do volante enquanto corria a oitenta quilômetros por hora.

Pelo retrovisor, Henry o viu fechar os olhos. O terno preto de Tarp misturava-se à escuridão da noite, e a luzinha verde do painel se refletia no seu rosto e o deixava fantasmagórico, como uma cabeça flutuante, rindo.

Agora, estavam a cem quilômetros, numa velocidade tal que até uma curva pequena era árdua. Seus corpos se moviam como árvores balançando para frente e para trás ao sabor de uma ventania furiosa. Às vezes, o carro passava por um buraco na estrada, e por um instante eles poderiam alçar voo, o carro e seus ocupantes, e podia-se acreditar que se tratava do início de algo espetacular, caso você desejasse acreditar nisso. Uma espécie de decolagem vertical. Mas, assim como subiram, eles caíram com força, como se a Terra tivesse estendido sua mão possessiva e os segurado, incapaz de soltá-los.

Pense "voar"! Se aquilo tivesse acontecido muito tempo antes, pensou Henry, ele só precisaria disso, só precisaria pensar na palavra "voar" e eles teriam voado. Henry poderia ter feito isso acontecer.

— Segurem seus chapéus, pessoal! — diria, e eles sairiam voando. Tarp, Corliss, Jake e Henry, todos no Fleetline verde-limão, flutuando diante da lua branca e gélida. Ao pensar nisso, Henry não pôde conter um sorriso.

Entretanto, sorrir doía. Doía piscar, respirar, estar dentro de sua própria pele. Tinha desistido de fazer um inventário de tudo o que fora quebrado, cortado, dilacerado, rachado, ferido ou queimado. Ele era o que era: um quase morto. Tinha perdido um balde cheio de sangue, disso tinha certeza; o tamanho do balde, contudo, ele não sabia ao certo. Mas se sentia mais leve do que nunca — de cabeça e de corpo —, um nível de dor que, de alguma forma, se transformara em um prazer vertiginoso — e se deu conta de que isso devia estar acontecendo por causa da falta de sangue. Era a única coisa que não tinha agora e que nunca tinha perdido na vida. Uma nova perda para um homem que já tinha perdido tudo.

Quando a canção acabou, Tarp diminuiu o volume do rádio e bateu a mão no painel.

— *Caramba*, isso é muito bom — disse. E cantou mais um pouco, gritando ao vento, fazendo "boom sh-boom". Teve que tomar fôlego, pois estava cantando com grande esforço. — Você gosta dessa música, não gosta, Corliss?

Corliss assentiu e falou que adorava aquela canção e também Crew Cuts.

– Eles são do Canadá – ele comentou.

Por algum motivo, esse fato fez com que ambos olhassem para Henry. Tarp riu e bateu no painel mais uma vez: Henry concluiu que ele precisava estar sempre batendo em alguma coisa.

– *Canadá* – repetiu ele. – É de lá que você é, Henry? Algum lugar doido desses? – Tarp viu o olhar de Henry através do espelho e lhe sorriu. Agora, eram como velhos amigos. – Então... Como é a sensação de voltar a ser branco? – perguntou-lhe Tarp.

Henry não respondeu. Não sabia a resposta, e, mesmo que soubesse, tinha a impressão de que não poderia mover a mandíbula para falar.

– Dá uma sensação boa, não dá? Não dá? Quando o Jake disse, você se lembra do que ele disse, Corliss?, quando ele disse "Bem, ele também não é crioulo", achei que ele tinha enlouquecido de vez. Não foi, Corliss?

– Foi sim – confirmou Corliss.

– Mas não é que ele estava certo? – disse Tarp. – Como você descobriu, Jake?

Mas Jake também não respondeu. Parecia estar com a cabeça em outro lugar. Tarp fez uma curva em S com uma só mão no volante e Henry caiu em cima de Jake, o que lhe trouxe de volta ao presente.

– Eu não descobri – explicou Jake. – Quer dizer, tinha muito sangue em volta dos olhos dele e eu estava tentando limpar, e... você sabe como foi.

– É uma bela história – disse Tarp. – Ninguém vai acreditar nela, mas é uma bela história.

Henry não sabia bem se tinha perdido alguma coisa. Tarp não fazia sentido. Talvez estivesse adormecendo de poucos em poucos segundos, mas era tão repentino e tão breve que era difícil entender o que estava acontecendo. Tinha a sensação de que o mundo tinha sido rasgado e costurado como uma colcha de retalhos, mas não da mesma forma que era antes. Algo tinha mudado, algo estava faltando, e Henry não conseguia saber o quê.

No chão, ao lado de seu pé, havia uma poça de sangue, mais escura que a própria escuridão. Henry passou alguns instantes entretido, observando a poça rolando para frente e para trás no tapete de borracha, até que Tarp freou por causa de um galho caído no meio da estrada e, com o breque, o sangue correu para debaixo do banco e desapareceu. Mesmo quando o carro voltou àquela impossível velocidade normal, o sangue não voltou.

– Ele não parece estar muito bem – avisou Jake, com uma voz baixa demais para ser ouvida. Portanto, ele repetiu. – O Henry não parece estar muito bem.

– O quê? – disse Tarp, irritado. Tarp não sabia se o ouvira, e não tinha certeza se queria ouvi-lo.

– O Henry está meio pálido – disse Jake.

Corliss riu.

– Foi uma piada? – Ele se virou para olhar para Jake. – Foi uma piada, não foi? Ele está pálido... pálido porque não é um crioulo, não é?

– Não – esclareceu Jake. – Pálido porque acho que ele está morrendo.

As pálpebras de Henry tremulavam como asas. Tremulavam como as asas do pássaro que o Jake salvara, aquele que acabou sendo morto pelo gato. Henry se lembrava da história do pássaro.

Tarp tentou tomar pé da situação pelo espelho, analisando Henry enquanto a mão esquerda apertava o volante, dando a impressão de guiá-los magicamente através do manto de trevas que os cercava. Tarp dirigia bem.

– Ei, Henry! – disse ele, como se tentasse acordá-lo. Mas Henry não falou nada. Seus olhos estavam abertos e ele olhava direto para ele, mas não falou nada. Tarp se dividia entre a estrada e o espelho. – Henry, Henry, Henry! Está aguentando firme, cara? Diga que você está aguentando firme, amigão! Anda. Ponha um sorriso no rosto do seu novo amigo.

Tarp não conseguia olhá-lo por muito tempo. Algo na aparência de Henry, naquele momento, fazia com que fosse difícil alguém olhá-lo por muito tempo.

– Não sei se ele entende que nós somos amigos dele, Tarp – disse Jake. – Já que fomos nós que fizemos isso com ele.

– Seu filho da puta miserável – xingou Tarp. – Dizendo uma coisa dessas logo agora. Eu já pedi desculpas a ele. Já disse que, se soubéssemos que ele não era um maldito crioulo, nada disso teria acontecido. Você acha que não estou me sentindo uma merda, Jake? Estou, sim. Você acha que não estou me sentindo um idiota? Foi um erro. Um erro sincero. Mas não paro de pensar no seguinte: por que *achamos* que ele era crioulo? Por quê? *Porque ele tinha um cartaz da porra que dizia que ele era.*

– Exatamente – disse Corliss. – Ele tinha um cartaz.

– Ele podia ter dito pra nós. Podia ter dito alguma coisa. Podia ter dito algo do tipo... ah, sei lá, mas talvez algo do tipo "eu não sou crioulo!". Entende o que estou falando, Jake?

Os dois irmãos se olharam no espelho.

– Entendo o que você está falando – disse Jake. – Ele praticamente pediu para a gente fazer isso com ele.

– Ele só precisa aguentar firme – avisou Tarp. – Ele só precisa aguentar mais um pouco, até a gente chegar em casa.

– *Em casa?* – indagou Jake. – Por que você está levando ele para casa? A gente precisa levá-lo ao hospital, Tarp. Olha só para ele.

– Ele não parece estar muito bem – disse Tarp, dando mais uma olhadela em Henry através do espelho. – Mas acho que se a gente levá-lo para casa, tirá-lo do carro e vir o que está acontecendo com ele, a gente vai ter mais noção do que fazer. – Tarp soltou uma gargalhada. – Eu realmente meti muita porrada nele. Meti mesmo. E não atirei nele, então...

Jake ficou olhando pela janela.

– Imagino que você vá ganhar uma medalha por isso.

– Estou tão de saco cheio de você e das suas baboseiras – disse Tarp. Em seguida, aumentou o rádio para abafar a resposta de Jake, fosse ela qual fosse, para abafar qualquer barulho. Tocava uma música de Perry Como, "Don't Let the Stars Get in Your Eyes". Henry abriu os olhos. Percebeu que sua cabeça estava encostada no ombro de Jake, mas não sabia há quanto tempo. Só sabia que sua cabeça estava ali e Jake não fez nada para afastá-la, o que era bom. Tinha passado um tempo em outro lugar, pensou Henry, tinha estado em dois lugares simultaneamente. Pela primeira vez em muito tempo, pensou em Marianne. Pensar nela fazia com que ele se sentisse solitário, mas, também, ela sempre o fazia se sentir solitário, mesmo quando estava viva. Ele não suportava. Ir sozinho a um lugar onde você costumava ir junto com alguém – é duro.

Tarp deu uma olhada em Henry pelo retrovisor, e Henry também o olhou.

– Você está acordado, amigo?

Henry abriu a boca para falar, mas não saiu nenhuma palavra. Estava tentando falar "Não sou seu amigo". Mas não conseguia. Só conseguia sorrir.

Tarp retribuiu o sorriso.

– Viu, Jake? – disse ele. – O cara ainda tem senso de humor. Ainda sorri. Não sou médico, mas para mim isso significa que ele está bem. Significa que ele vai ficar legal.

Jake olhou para o próprio ombro: havia uma mancha vermelha na sua blusa, o sangue que tinha saído do canto da boca de Henry.

– O que a gente vai fazer com ele, Tarp? – indagou Jake. – Ele não tem mais nenhuma utilidade para a gente. Vamos levar o cara para o hospital, que é onde eles podem dar um jeito nele.

Corliss estava cantarolando, acompanhando a música, e cantarolou até ela terminar.

– É uma música boa. O velho Perry Como canta bem, não é? Tarp assentiu. O cigarro queimava, pendendo de seus lábios.

– Eu quero apresentá-lo para a mamãe.

– O Perry Como? – perguntou Corliss.

– O Henry – retrucou Tarp. Quero que a mamãe conheça o Henry.

Corliss e Jake olharam para Tarp. Era como se tivessem escutado o que ele disse, mas não tivessem entendido.

– Você quer que *a mamãe* conheça o Henry? – indagou Jake.

Tarp confirmou com a cabeça.

– Quero que ele faça um truque de mágica para ela.

A estrada agora estava reta, lisa como um tapete, e Henry se deu conta de que, de repente, ela se tornara pavimentada. Chegou a ver outros carros passando na direção oposta, voando como foguetes.

Ouvira Tarp falar em *truque de mágica*.

– Ela iria gostar, Jake – disse Tarp. – Você sabe que iria.

– Se era isso o que você queria – disse Jake –, era melhor você não ter quebrado os braços dele.

– Não quebrei os braços dele – retrucou Tarp.

– Fui eu – assumiu Corliss. – Tenho quase certeza de que fui eu. – Corliss virou-se no banco e olhou para Henry, e seus olhos estavam grandes como os de uma vaca e igualmente tristes.

– Sinto muito – disse ele. – Sinto mesmo.

Jake perguntou:

– Que tipo de truque de mágica você queria, Tarp?

– Não sei. – Ele estava olhando para Henry pelo retrovisor enquanto pensava. – Talvez aquele em que você sabe qual carta está na mão da outra pessoa, mas não dá a entender que sabe até que ela imagine que você não sabe. Conhece esse?

– O que ele fez comigo? – indagou Corliss.

Tarp assentiu.

"Ok", Henry tentou falar. A palavra, ou algo parecido, aparentemente tinham deslizado de seus lábios nas asas da respiração.

Foi apenas um som, mas já chegava perto. Tarp o escutou, assim como Corliss:

– Você ouviu, ele disse Ok! – Então Jake desistiu. Estava cansado de tentar manter seres vivos com vida. Era simplesmente complicado demais.

Henry fechou os olhos, depois abriu, mas, como uma porta na ventania, eles se fecharam com força. Agora, pareciam estar trancados. Teve a impressão de que não era capaz de abri-los, e que nunca mais seria, por mais que tentasse. Pense "abrir". Só precisaria pensar e eles se abririam. E se abriram.

Corliss andava pensando numa coisa e enfim decidira compartilhá-la com os outros. Era complicado, então ele falou devagar.

– Se a gente tivesse matado o Henry antes de descobrir que ele não é crioulo, a gente teria matado pensando que ele *era* crioulo, e se fosse assim, talvez, a gente nunca soubesse a diferença.

– Não entendi nada, Corliss – disse Tarp.

Corliss suspirou.

– Só estou querendo dizer que a gente teria passado o resto da vida pensando que fez uma coisa que não fez. – Ele repensou seus pensamentos. – Queria saber quantas outras coisas são assim.

– Quase tudo – disse Henry.

Tarp, Corliss, Jake ficaram perplexos com isso, totalmente, absolutamente perplexos. A força e a clareza das palavras de Henry, depois de passar tanto tempo emitindo apenas gemidos de dor. O fato de que ele podia sequer falar. Os olhos de Henry estavam bem abertos: eram como os olhos de um bebê, absorvendo tudo.

– Quase tudo é assim – repetiu ele e, de repente, no que pareceu ser um momento de ouro, era como se nada tivesse lhe acontecido. A dor que sentia no corpo sumiu. Agora, Henry se sentia bem. Na verdade, se sentia *ótimo*. Sobrevivera. Seria possível que sua mandíbula nunca tivesse sido fraturada, suas costelas quebradas? Que o sangue que ele vira correr como um córrego pela lateral de seu tronco não passava dos arranhões que ele tinha sofrido do lado de fora da janela da mãe, quando ele e Hannah ficaram vendo-a morrer? Será que Henry também tinha inventado tudo aquilo? Sua janela estava meio abaixada, e o vento úmido e fresco soprava no seu rosto, e ele o sentia e o aspirava, e ao fazê-lo aspirou também algo mais. *Vida*. Henry a sentia dentro de seus pulmões. A vida estava voltando ao seu corpo; vinha do ar e do vento. Como se os espíritos dissipados de todo mundo que ele conhecera se juntassem por ele, *dentro* dele, só para mantê-lo vivo. Antes desse momento de salvação acontecer, ele desejou que tivesse sido morto lá, no campo, exatamente como Corliss imaginou que poderia ter sido. Não que quisesse morrer – ele não queria –, mas só porque não entendia por que viver. Mas agora parecia haver um motivo. Não um motivo, na verdade, nada tão definitivo e claro: uma intuição. Agora tinha a intuição de que havia um motivo para viver.

– Viu, Jake? – disse Tarp. – Seu merdinha! Eu disse que ele ia ficar bem. Eu disse. – Jake estava orgulhoso de si. – Você tem que lembrar que quase sempre estou certo. Ok? É uma coisa que você tem que enfiar nessa sua cabecinha abestalhada.

Henry pensou ter ouvido Jake rangendo os dentes. Ao olhar para baixo, Henry viu que ele tinha uma moedinha na mão esquerda e a esfregava com os dedos.

"Jake", sussurrou Henry. Estava com a mão estendida para tocá-lo, as pontas dos dedos avançando em direção ao seu ombro, quando Jake segurou os dedos de Henry e apertou-os, com força, com a mão direita, ainda esfregando a moeda com a outra mão, como se fosse um rosário.

Jake jogou a moeda para cima e a pegou.

– Deu o quê, Henry? – perguntou Jake. – Cara ou coroa? – Jogando e pegando a moeda sem nem olhar para ela. Sua voz alcançou o tom do vento e a pulsação de um motor, uma voz cheia de raiva, e Henry não entendeu por quê. – Deu o quê, Henry? Cara ou coroa? Preto ou branco? Bem ou mal? Vivo ou morto? – Esperou Henry lhe responder e, ele não o fez, Jake soltou seus dedos, desviou o olhar e jogou a moeda mais algumas vezes, cada vez mais alto, até que ela bateu no teto do carro e caiu no chão.

Jake olhou para ele. Henry pôde sentir a raiva que havia dentro dele vazar pelo coração, até que só restou tristeza. Tudo e todos ficaram em silêncio. Tarp tinha desligado o rádio. No banco da frente, Tarp e Corliss olhavam adiante, além do para-brisa cheio de insetos, e ninguém falou nada pelo que pareceu bastante tempo.

Henry viu uma luz. Era uma luz branca e radiante. Era uma lâmpada de rua. Tarp desacelerou.

– Estamos quase chegando – anunciou.

Agora, ele estava indo tão devagar que Henry podia ver tudo o que havia em volta deles. Viu que estavam passando por uma cidadezinha, provavelmente onde moravam Tarp, Corliss e Jake. Havia casas e pessoas e cachorros e as sombras de flores no gramado onde os lírios selvagens se curvavam sobre a grama preta. A beleza normal da vida.

– Então, Henry – disse Tarp. – Você acha que pode fazer umas mágicas para a mamãe? – Henry assentiu; Tarp sorriu. – Seria ótimo, se você pudesse. Acho que ela vai adorar. Ela tinha um cachorrinho. Eu nem me lembro do nome daquele vira-lata agora, mas ele sabia dançar só com as patas de trás, feito um cachorro de circo. Nunca a vi abrir um sorriso tão grande quanto na hora que aquele cachorro dançava.

– Polly – disse Jake. – O nome do cachorro era Polly.

– Isso mesmo – confirmou Tarp. – Polly. – Jake e Tarp partilhavam essa velha lembrança. Henry pensou que Polly fosse um bom nome para um cachorro, muito bom. – Mas não ferre com a mágica, Ok? – Tarp disse para Henry. – Só dessa vez?

– Ela está morrendo – declarou Corliss.

Dessa vez, Tarp realmente bateu em Corliss, com força, bem no pescoço, e Corliss teve que morder o lábio para não revidar.

– Porra, Tarp – reclamou ele.

– Não fale que ela está morrendo, Corliss – pediu Tarp. – Pode até ser verdade, mas dizer isso só piora as coisas. Você não tem o direito.

Corliss se calou, como se talvez não tivesse o direito.

Pararam em frente a uma casa e Tarp desligou o motor. Pela primeira vez, o carro estava parado. Tarp se virou e olhou para Henry.

– A gente está contando com você, Ok? – Agora, eram amigos. – Vai tudo acabar bem. Aguarde e veja. Você vai fazer uma velha senhora feliz. Não há nada melhor que isso, não é?

Henry fez que não com a cabeça, mas só para que Tarp soubesse que ele estava escutando, absorvendo as informações. Tarp olhou para Jake.

– Vou entrar e preparar uma cadeira para ela – anunciou. Em seguida, abriu o porta-luvas, achou um trapo e jogou-o no peito de Jake. – Dá mais uma limpada nele. Tira toda essa merda preta do rosto. O sangue, também. – Tarp ficou irritado. – Tem alguma coisa *fedendo*. – Ele olhou para Henry. – Parece que alguém se mijou. Ai, droga. Acho que agora não dá para resolver isso. – Ele piscou para Henry e abriu um sorriso. Em seguida, tocou nele, colocando a palma de sua mão no rosto de Henry e deixou seus dedos deslizarem pela sua face, como faria um amante. – Vai dar tudo certo. Aguarde e veja.

– E toma isso aqui – disse Corliss –, caso você precise. – Ele colocou o três de copas no colo de Henry.

Tarp saiu do carro e Corliss o seguiu, e Jake e Henry ficaram sozinhos no banco de trás. Olharam-se do mesmo jeito que fariam caso se conhecessem desde sempre. Jake pegou um trapo e, delicadamente, passou-o no canto do olho esquerdo de Henry, depois o passou na bochecha. Para Henry, ele parecia um fantasma, ou um santo, ou um anjo.

– Não estou com tanto peso na consciência assim, a ponto de falar isso, mas vou dizer, de qualquer forma. – Ele tomou fôlego. – Desculpa. Desculpa por isso tudo. Nunca achei que as coisas iam chegar a esse ponto, nunca, nem em um milhão de anos eu imaginaria. Mesmo se você não tivesse revelado ser, você sabe, quem você é. – Os olhos de Jake estavam cheios de uma tristeza doce, mas se achavam assim desde o instante em que Henry os viu. Jake estava se esmerando em não machucá-lo ao tentar limpá-lo, mas às vezes machucava, e Henry estremecia, e quando ele estremecia, Jake estremecia junto. – É que tem uma parte que não está saindo – justificou.

Por fim, ele desistiu de tentar e simplesmente olhou para Henry, balançando a cabeça.

– Não está saindo – disse.

A cabeça de Henry caiu para trás, apoiando-se na almofada do banco, e dali tinha uma ótima visão do mundo do outro lado da janela. Era tão lindo. Havia enormes carvalhos com copas frondosas, grandes como as nuvens que pairavam sobre as casas. As lâmpadas da rua brilhavam em todas as esquinas, morcegos e insetos entrando e saindo da lâmpada como se dançassem. As casas em volta deles eram pequenas, simples. Mas tudo o que era necessário numa casa – entrada, porta, janelas e uma luz quente brilhando lá dentro – estava ali. A vida se encontrava em toda parte. Um homem velho que não vestia nada além de um short entrou no seu campo de visão e depois saiu, arrastando os pés numa esquina. Ele estava dando uma caminhada, compreendeu Henry, um passeio antes de ir para a cama. Algo que fazia toda noite. Era possível acertar o relógio baseando-se em sua caminhada. Henry pensou "Um gato amarelo numa muralha de pedra antiga", e ali estava ele, o gato amarelo em cima da muralha antiga, todas as pernas dobradas sob o corpo. E ali estavam um homem e uma mulher. Eram jovens, da idade de Henry ou mais novos que ele, andando de mãos dadas. Ele os observou. Em seguida, Henry ouviu uma menina rindo, mas não a viu, não sabia de onde vinha o riso. Apenas o riso de uma menina em algum lugar próximo a ele neste mundo.

Jake alisou a camiseta de Henry e tirou um pouco da sujeira que havia nos seus ombros, tentou limpar um pouco do sangue. Mas era perda de tempo. Henry ainda parecia ter apanhado até chegar perto da morte, e não tinha como esconder este fato.

Jake suspirou.

— Bem, acho que a gente deveria ir entrando — disse ele. — A mamãe já deve estar esperando sentada na cadeira. E não se preocupe em errar o truque. Ela não enxerga mais nada. — Jake abriu a porta do carro com uma das mãos e segurou o braço de Henry com a outra, e lhe deu um delicado puxão. Mas ele não se mexeu. Henry estava hipnotizado pelo mundo. Não queria parar de observá-lo, nunca mais. O riso de uma menina, o velho, o casal andando de mãos dadas: *as pessoas viviam assim*. As pessoas viviam no mundo como se ele fosse o lugar onde deveriam viver. Como se fosse feito para elas. E o fato mais incrível, isso passou pela mente de Henry assim, do nada, é que ele *era* feito para elas. Para ele, para nós. Era por isso que o mundo existia. Bom Senhor. Por que ele tinha demorado tanto tempo para perceber? Que essa vida, este mundo, era algo do qual ele também podia fazer parte?

Jake puxou com mais força, mas Henry continuou imóvel.

— Não posso te carregar lá para dentro sozinho, Henry. Você vai ter que me dar uma ajudinha, Ok? Henry?

Henry teve uma visão. Ele poderia viver ali. Poderia viver nessa cidade. Viu sua vida se desdobrando diante de seus olhos. Ele arrumaria um emprego, não importava qual, e encontraria um lugar para morar. Iria plantar um jardim no quintal. Daria longas caminhadas à noite, antes de ir para a cama. Ele se juntaria ao desfile da vida que havia ali fora. Claro, de início ele seria um estranho, mas isso não teria importância: todo mundo era um estranho, a princípio. Aos poucos, tudo mudaria, no entanto. Ele sairia para dar suas caminhadas e, quando encontrasse com alguém na rua, pararia para conversar, e todos seriam amistosos, receptivos, afetuosos.

Aquele jovem casal, por exemplo. Ele os conheceria.

"Você deve ser o cara novo", o marido diria, sorridente, estendendo a mão. Eles apertariam a mão um do outro e absorveriam o ar da noite para dentro dos pulmões. "Meu nome é Jim", o marido diria, "e esta é a minha esposa, Sally." Henry apertaria a mão dela e sorriria, depois alguém faria um comentário sobre a noite, o clima, o céu estrelado.

E então ficariam ali parados. Ficariam parados por um longo instante, até que Jim teria que dizer: "E você? Qual o seu nome mesmo?"

E era aí que a visão acabava, pois Henry não tinha resposta. "Não sei" não parecia a resposta adequada. Mas era tudo o que ele conseguia pensar.

— *Henry!* — Jake o segurou pelos ombros e o sacudiu com força, como se tentasse acordá-lo. Henry não iria acordar. Não abriria mais os olhos. Jake pôs os braços em volta dele e tentou levantar seu corpo, mas nunca tinha sentido algo tão pesado na vida. — Henry — repetiu Jake, uma última vez.

Porém, Henry nem sequer reconheceu o nome. Não dessa vez. Não sabia quem era Henry Walker. Houve uma época em que sabia, em que devia saber, mas já fazia muito tempo. Anos atrás, antes de tudo isso acontecer, antes de sua mãe, seu pai, Hannah e o diabo, antes de Tom Hailey e Bakari, da parte mais negra do Congo, antes da guerra e de Marianne La Fleur e Kastenbaum e todos os outros, ele só precisava pensar "Henry Walker". Pensar "Henry Walker" e Henry Walker apareceria, quem quer que ele fosse, radiante, entusiasmado com a vida, e por isso mesmo ainda mais bonito.

Pense "Henry Walker". Só pense. Era só disso que precisava e estava feito, e ele saberia.

Agradecimentos

Guardei este livro em segredo até terminar o primeiro rascunho e, depois, mostrei-o a três pessoas: Laura Wallace, Ellen Lefcourt e Joe Regal. Eles leram e me disseram onde eu tinha errado e onde tinha acertado, e sem eles este livro não seria este livro.

Portanto, obrigado, Laura; obrigado, Ellen; obrigado, Joe. Em seguida, Christine Pride – uma verdadeira regente – levou o livro para casa, editou-o e colocou-o no mundo. Obrigado, Christine.

Eu já mencionei a Laura? Minha esposa, Laura, a minha mais doce amiga. Abraços e beijos infinitos. Eu te amo.

Este livro foi impresso na Editora JPA Ltda.
Av. Brasil, 10.600 – Rio de Janeiro – RJ,
para a Editora Rocco Ltda.